Am Abend des 27. Februar 1933 geht der Reichstag in Flammen auf. Klara Schindler, kommunistische Reporterin im dänischen Exil, reist nach Berlin, um die Hintergründe zu recherchieren. Inmitten des entfesselten Nazi-Terrors trifft sie auf Arbeiter, Agenten, Syndikalisten, Bohemiens, einen anarchistischen Bankräuber und eine rätselhafte ungarische Schönheit.
Bis heute wurden die Umstände des Reichstagsbrands nicht aufgeklärt. Wer war Marinus van der Lubbe und wie kam er in den Reichstag? Robert Bracks »schwarze Kolportage« liefert eine neue Perspektive sowie eine authentische Darstellung der sozialen und politischen Verhältnisse.

**Robert Brack**, Jahrgang 1959, lebt in Hamburg. Er wurde mit dem »Marlowe« der Raymond-Chandler-Gesellschaft und dem Deutschen Krimi-Preis ausgezeichnet. Zuletzt erschienen in der Edition Nautilus *Und das Meer gab seine Toten wieder*, der Roman eines Polizeiskandals aus dem Jahr 1931, und *Blutsonntag*, der die wahre Geschichte eines Polizeimassakers aus dem Juli 1932 in Hamburg-Altona erzählt.

www.gangsterbuero.de

Robert Brack

# UNTER DEM SCHATTEN DES TODES

Roman

Edition Nautilus

**Edition Nautilus** Verlag Lutz Schulenburg
Schützenstraße 49 a · D-22761 Hamburg
www.edition-nautilus.de

Originalveröffentlichung · Erstausgabe Februar 2012
Umschlaggestaltung: Maja Bechert, Hamburg
www.majabechert.de
Autorenfoto Seite 2: Charlotte Gutberlet
Porträt Marinus van der Lubbe Seite 221: ANP
Ein kleines Glossar der Organisationen und Presseerzeugnisse finden Sie auf Seite 222f
Druck und Bindung:
Freiburger Graphische Betriebe
1. Auflage
Print · ISBN 978-3-89401-752-1
E-Book · ISBN 978-3-86438-070-9 (ePub)
ISBN 978-3-86438-071-6 (PDF)

»Damals verstand ich, warum man sagt:
unter dem Schatten des Todes.«

Seghers, *Transit*

Im »Kabaret Malstrøm« stand an diesem Abend die Revue *Den Sorte Kat* auf dem Programm. Die Tänzerinnen trugen schwarze Katzenkostüme mit Schleiern, die sie nach und nach fallen ließen, bis sie nur noch spärlich bekleidet den Beifall des Publikums entgegennahmen, das zum größten Teil aus Seeleuten und leichten Mädchen bestand. Dazwischen saßen ein paar betrunkene Bürger oder Angehörige der Boheme. Ein Höhepunkt der Darbietungen auf der kleinen Bühne war der Solo-Auftritt von Svarta, einer Frau mit pechschwarzen Haaren, die am Schluss die Katzenmaske abnahm und eine leere Augenhöhle entblößte, aus der Blut zu fließen schien.

»Edogawa Rampo!«, rief ein japanischer Matrose, sprang auf, stürzte zur Bühne und warf der Tänzerin ein paar Geldscheine vor die Füße. Svarta bückte sich und hob die Scheine mit einer müden Handbewegung auf. Sie war deutlich älter als ihre Kolleginnen, sie lächelte nie und wusste, wie man schwieligen, vom Kohlenstaub verfärbten Händen auswich.

Der Matrose kam lachend an seinen Tisch zurück. Seine Begleiter prosteten ihm zu. Svarta hielt jetzt ein Glasauge in der Hand und setzte es in die leere Höhle. Das gläserne Auge blickte herrisch und kalt in den verrauchten Saal. Das andere fixierte eine Person an einem Tisch direkt vor der Bühne.

Die Frau hatte einen dunklen, kaum zu bändigenden Lockenkopf und trug einen Anzug mit Nadelstreifen. Die Bluse unter dem Jackett war nachlässig zugeknöpft, die rote Krawatte leuchtete auffällig. Sie blies den Rauch ihrer Zigarette Richtung Bühne, lehnte sich zurück und schlug die Beine übereinander. Dann deutete sie mit einer leichten Kopfbewegung auf den freien Stuhl neben sich.

Svarta strich sich mit den Händen über die nackten Ober-

schenkel, als wäre ihr kalt geworden, drehte sich um und verschwand hinter dem Bühnenvorhang.
Ich muss wahnsinnig sein, dachte die Frau im Nadelstreifenanzug. Ich verliebe mich in ein Glasauge. Oder ist es das Nichts in der leeren Höhle?
Svarta schlängelte sich wie ein schläfriges Raubtier zwischen Tischen, Stühlen und herumstehenden Gästen hindurch. Hier und da rief ihr jemand etwas hinterher oder versuchte, nach ihr zu fassen. Sie trug ein enges schwarzes Kleid, das bis zum Hals zugeknöpft war.
Die Frau im Nadelstreifenanzug stand lässig auf, als die Tänzerin sich näherte, und schob den freien Stuhl zurecht.
»Wenn du willst, dass ich mich zu dir setze«, sagte Svarta, »musst du eine Flasche Champagner kaufen.«
»Ist gut.« Die Frau holte einige zerknitterte Scheine aus der Jackentasche und warf sie auf den Tisch.
Svarta winkte einem Kellner.
»Rauchst du?« Die Frau mit den dunklen Locken schob eine Blechdose über den Tisch, auf der ein rotes M in einem Kreis zu sehen war.
Svarta schüttelte den Kopf. »Nicht mehr.«
»Ich heiße Klara.«
Svarta drehte sich zum Kellner, der an den Tisch trat: »Eine Flasche.«
»Svarta ist ein Künstlername«, sagte sie an Klara gewandt. Es klang fast wie eine Entschuldigung.
»Setzen wir uns doch.«
Glattes, pechschwarz gefärbtes Haar, und sonst ist sie blass wie ein kalter Kieselstein aus dem Bach. Und ein ganzes Stück älter als ich. Die nackten Arme wie Wachs, man kann die blauen Adern erkennen, da, wo der Samthandschuh aufhört. Die Farbe des Lippenstifts passt zu meiner Krawatte. Und zur Farbe des Auges, zur Farbe beider Augen. Grün. Das Blut unter dem Glasauge war weggewischt.
»Du kommst also aus Deutschland«, stellte Svarta fest.
»Über Umwege.«
»Und was hat dich nach Kopenhagen verschlagen?«

Klara blies eine Rauchwolke über den Tisch und schaute Svarta direkt an. »Eine andere Katze.«
Svarta lächelte. »Wollte sie nicht mehr schnurren?«
»Nein, es war anders«, sagte Klara zögernd. »Wir passten nicht sehr gut zusammen ... auch wegen der Politik ...«
»Das ist doch kein Grund.«
»Sie ist Polizistin.«
Svartas Lächeln wirkte ironisch und wehmütig zugleich. »Und du, was bist du?«
»So ungefähr das Gegenteil davon.«
Svarta hob die Schultern. »Na gut. Und wo ist die Polizistin jetzt?«
»Weit weg. In London.«
*... du warst das Alles für mich, Liebes, wonach meine Seele sich sehnte, ein grünes Eiland auf dem Meer ... eine Quelle und ein Heiligtum, umrankt von zauberhaften Früchten und Blumen, und all die Blumen waren mein ...*
Der Kellner trat an den Tisch, stellte einen Eiskübel und zwei Gläser ab, entkorkte die Flasche, nahm die Geldscheine vom Tisch und ging.
»Natürlich muss ich wieder die Arbeit machen«, sagte Svarta und griff nach der Serviette, die über dem Flaschenhals lag. Klara kam ihr zuvor und hob die Flasche aus dem Eis. Für einen kurzen Moment glitt Klaras Hand über den weichen Stoff. Svarta zog ihre Hand sofort wieder zurück.
»Bitte«, sagte sie. »Aber pass auf, dass du dir die Krawatte nicht nass machst.« Sie ließ sich zurückfallen und lachte auf.
Klara starrte sie an. Es war eigenartig, ein lachendes und ein totes Auge in einem Gesicht zu sehen. Und dann dieser dumme Gedanke, das Glasauge könnte herausfallen. Hastig griff sie nach der Flasche und schenkte ein. Der Schaum quoll über den Glasrand.
Svarta hörte auf zu lachen, beugte sich vor und stoppte die herunterlaufenden Bläschen mit dem Zeigefinger. Der Samthandschuh saugte die Flüssigkeit auf.
Klara drückte die Zigarette aus und griff nach ihrem Glas. Sie stießen an und tranken.

Was wäre, wenn ich sie bitten würde, das Auge herauszunehmen, sich noch einmal dieses aus der leeren Höhle fließende Blut ins Gesicht zu schminken. Bestimmt haben schon viele Männer extra dafür bezahlt.
Svarta schüttelte den Kopf: »Denk dir nichts Falsches, ich gehe niemals mit einem mit ... jedenfalls nicht von hier.«
Klara zuckte mit den Schultern und griff nach der Manoli-Schachtel. Kaum hatte sie die Zigarette im Mund, näherte sich eine Hand mit Feuerzeug, schnippte es auf und eine blaugelbe Flamme brannte auf.
»Edogawa Rampo«, sagte der Japaner. »Black cat ... terrible story...« Er sah Svarta an und hielt dabei Klara das brennende Feuerzeug hin. Sie schob seinen Arm beiseite und zog ihre Streichhölzer aus der Jackentasche.
»You know why man cuts out eye of cat?«, radebrechte der Matrose.
Hinter ihm stand ein Zweiter, dem er beinahe mit dem Feuerzeug den Ärmel angezündet hätte. Der Zweite schlug auf seinen Arm und der Japaner drehte sich wütend um. Sie begannen einen lautstarken Streit.
»Was will er denn?«, fragte Klara.
»Zeigen, dass er ein schlauer Bursche ist. Dass er erkannt hat, dass *Die schwarze Katze* eine Geschichte von Edgar Allan Poe ist. Eine dumme Geschichte ... ich mag sie nicht.«
»Aber du spielst diese Rolle...«
»Willst du mich aushorchen?«
»Nein, ich will mit dir trinken.« Klara griff nach ihrem Glas und trank es aus.
»Ich auch«, sagte Svarta. »Und ich will dich aushorchen.«
Zwei starre grüne Augen blickten Klara an. Ich bin jetzt schon betrunken, dachte sie. Svarta schenkte nach. Sie stießen an und tranken hastig.
»Aushorchen? Warum nicht. Du weißt bestimmt sehr genau, wie so was geht.«
Svartas rote Lippen näherten sich. Dieses verdammte grüne Auge, das lebendige, das so allein ist. Die Hand mit dem Samthandschuh legte sich auf Klaras Oberschenkel. »Erzähl mir was von dir.«

»Es gibt nicht viel zu erzählen. Ich bin heimatlos, einsam, habe zu viel Geld für diese Flasche Champagner ausgegeben … ich warte auf meinen Einsatzbefehl …«

Sie kriegt die Katze wirklich gut hin, dachte Klara, so wie sie sich anschleicht und den Buckel macht.

»Wer gibt dir denn Befehle, kleine Deutsche?«, fragte Svarta.

Klara fühlte sich schlagartig müde. »Die Revolution … ich bin eine Soldatin der Revolution …«, sagte sie matt und schrie auf, als die Krallen der Katze sich in ihren Oberschenkel bohrten.

Stühle wurden gerückt und drei Japaner saßen mit einem Mal an ihrem Tisch. Eine weitere Champagnerflasche wurde geordert und eine Flasche Schnaps. Auf der Bühne ging das Programm mit den anderen Tänzerinnen weiter.

Der Matrose, der den Namen Edgar Allan Poe wie »Edogawa Rampo« aussprach, begann mit einem weitschweifigen Vortrag über seine literarischen Kenntnisse. Seine Kumpane, die noch schlechter Englisch sprachen, steuerten gelegentlich bruchstückhafte Zoten bei. Die beiden Frauen ließen sich durch den spendierten Alkohol zum Bleiben verleiten und rückten näher zusammen. Irgendwann trug Svarta zu ihrem schwarzen Kleid die rote Krawatte, und Klara hatte sich das Jackett ausgezogen, die Ärmel der Bluse hochgekrempelt und die Samthandschuhe übergestreift.

Klara verlor den Überblick. Als der Japaner sich gerade in einer labyrinthischen Beschreibung der »Tatsachen im Fall Valdemar« erging, glaubte sie einen Geist zu sehen. Ein großer, kräftiger Mann prostete ihr vom Tresen her mit einem Cocktailglas zu. Ein stämmiger Kerl mit breiten Arbeiterhänden, in feinster Abendgarderobe, eingerahmt von zwei Blondinen in Pelzmänteln. Ein Gesicht, das ständig verwischte, wenn sie es zu fixieren versuchte. Als ihm der Hut vom Kopf rutschte, war sie überzeugt, dass sie sich geirrt hatte. Der Mann hatte dichtes braunes Haar, das ihr völlig unbekannt war.

»*Ich möchte dich darauf aufmerksam machen, dass ich nur noch bis Mitternacht leben werde*«, stöhnte Klara ihrer neuen Freundin ins Ohr.

»Oh, da hast du aber Glück«, entgegnete Svarta, und Klara spürte die kühle Haut an ihrer heißen Wange. »Mitternacht ist schon vorbei.«

Die letzte Vorstellung war längst beendet. Die Lampen wurden heruntergedreht, man konnte kaum noch etwas erkennen. Der Mann mit den Blondinen war verschwunden.

Die Japaner drängten zum Aufbruch. Klara fühlte sich so träge wie lange nicht. Was wollen diese Matrosen denn, warum sind sie so ungemütlich? Tatsächlich schoben die drei Asiaten sie jetzt zum Ausgang, es blieb kaum genug Zeit, den Mantel richtig zuzuknöpfen, was ohnehin nicht einfach war mit den klammen Fingern, oder bin ich etwa betrunken? Die Matrosen schubsten ihre Eroberungen durch die Tür und packten sie fürsorglich an den Armen. Draußen lag Neuschnee, darunter war es glatt.

Als sie vor einer Bruchbude ankamen, über dessen Eingang ein schiefes Schild mit der Aufschrift *Hotel* hing, sagte Svarta: »Da gehe ich nicht rein« und wiederholte den Satz in verschiedenen Sprachen.

Der Mann, der Klara gestützt hatte, schob sie gegen die Hauswand. Sie blieb apathisch stehen. Sie bemerkte, dass die beiden anderen Matrosen wie Polizisten neben Svarta standen und sie festhielten. Svarta warf ihr einen ängstlichen Blick zu: »Klara, komm! Wir gehen.« Sie versuchte sich loszureißen, was nicht gelang.

»*Ich schlafe jetzt … wecken Sie mich nicht … lassen Sie mich sterben*«, lallte Klara. Sie spürte, wie der Japaner an ihr zerrte. Die Tür zum Hotel stand jetzt offen, eine schmale steile Treppe war im Schein einer matten Funzel zu erkennen. Klara bewegte sich nicht. Der Japaner schlug auf sie ein. Svarta schrie auf, glitt aus und fiel in den Schnee.

Benommen merkte Klara, dass sie geohrfeigt wurde. Der Japaner umarmte sie grob und wollte sie ins Haus tragen. Es gelang ihm, sie hochzuheben, und Klara sah, wie die beiden anderen Matrosen Svarta mit den Fäusten bearbeiteten, während sie versuchte, von ihnen fortzukriechen.

»Hört auf damit«, sagte sie mit tonloser Stimme.

Der Japaner schleuderte sie durch die Tür, und sie prallte ge-

gen die steile Treppe. Mit einem triumphierenden Schrei warf er sich auf sie und riss an ihren Kleidern.
Über seine Schulter hinweg beobachtete Klara verwundert, wie die beiden Matrosen durch die Luft flogen. Erstaunlich, wie stark Svarta war. Schmerzensschreie waren zu hören und dann liefen die Kerle davon.
Ihre Bluse war schon zerrissen, als endlich Svartas Schatten in der Tür auftauchte, den Japaner wie ein Stück Vieh packte, hochhob und auf die Straße warf. Dort stand eine zweite Svarta und trat ihm wütend ins Gesicht.
Der Japaner wälzte sich im Schnee, sprang auf und rannte davon.
»Alles in Ordnung, Klara?«, fragte eine Stimme, die ihr entfernt bekannt vorkam. Der Mann, den sie vorhin im »Malstrøm« gesehen hatte, zog sie auf die Beine.
»*Keine Schmerzen ... ich sterbe.*«
»Klara Schindler, du stirbst nicht, du bist bloß stockbesoffen. Soll ich dich tragen, oder geht's auch so?«
»Wer ist das?«, fragte Svarta misstrauisch. »Auch ein Soldat?«
»Das mit Sicherheit nicht.«
»Polizei?«
»Das Gegenteil ist der Fall, verehrte Dame.«
»Ludwig Rinke«, stieß Klara mühsam hervor, »wieso trägst du neuerdings ein Toupet?«
Rinke strich sich mit der Hand über den Haarschopf: »Die Engel fanden's hübsch, aber das ist jetzt wohl hinfällig.«
»Wo hast du denn deine Leibgardistinnen gelassen?«
»Sind weggelaufen, als sie erfahren haben, dass sie gerade meinen letzten Heller verprasst haben.«
»Oh, das tut mir leid.«
»Künstlerpech. Jetzt hocken sie im ›Grand Hotel‹, und wenn die Rechnung kommt, müssen sie ihre Mäntel verscherbeln.«
»Wenn er ein Künstler ist«, sagte Svarta, die dem Gespräch nicht ganz folgen konnte, »darf er mitkommen.«
»Künstler ist er auf gewisse Weise. Jedenfalls kann er sehr einfühlsam sein, wenn es darum geht, Geldschränke zu öffnen.«

»Ich mag einfühlsame Männer«, sagte Svarta, »aber ich habe nur ein Bett.« Sie lehnte sich gegen Klara. Beide zitterten. Es war furchtbar kalt.
Ludwig Rinke hob seinen Hut vom Boden, klopfte den Schnee ab und setzte ihn auf. »Ich möchte euch nicht zur Last fallen. Ich könnte auch auf dem Fußboden schlafen.«
»In der Küche gibt es eine Holzbank, die einiges aushält.«
»Er hat einen ruhigen Schlaf«, sagte Klara.
Svarta hob eine Braue, aber nur die über dem Glasauge. »Na gut, gehen wir.«
Hier und da traten die ersten Arbeiter und Arbeiterinnen aus den Häusern, um zur Frühschicht zu gehen. An einer Straßenecke wurde gerade ein Kiosk geöffnet. Die wichtigsten Zeitungen lagen stapelweise im Schnee. Klara und Svarta gingen eilig vorbei. Rinke blieb abrupt stehen und zerrte ein *Ekstra Bladet* aus dem verschnürten Paket. Die Frauen merkten, dass er nicht mitgekommen war, und drehten sich um.
Ludwig Rinke hob die Zeitung hoch, damit sie die Schlagzeile lesen konnten: REICHSTAG BRENNT IN BERLIN!

★

»Unsinn! Lange werden die nicht durchhalten, und dann kommen wir!« Der Mann, der Klara in den Internationalen Seemannsklub bestellt hatte, schmiss Messer und Gabel auf den Teller, den er gierig leer gegessen hatte. Er trug einen groben Wollpullover unter dem Anzug und dicke Socken in den Schnürstiefeln. Seine Hände waren groß, aber gepflegt, die Uhr am Handgelenk sah teuer aus. Er war mal Heizer gewesen, jetzt arbeitete er als Gewerkschaftsfunktionär und organisierte die Vermittlung von Seeleuten. Sein Einfluss ging weit über den Hafen hinaus.
Sie saßen in einem Hinterzimmer mit drei gedeckten Tischen. Niemand sonst war anwesend.
Klara war zu spät gekommen. Daran war die schwarze Katze

schuld, aber sag das mal dem Genossen, dem du als zuverlässiger Komintern-Kurier empfohlen worden bist.
»Ich lege Wert auf absolute Zuverlässigkeit«, hatte er sie angeblafft, als sie sich gleich nach ihrer Ankunft in Kopenhagen bei der Internationale der Seeleute und Hafenarbeiter gemeldet hatte. Ein Genosse in der Parteizentrale hatte sie an Eriksen verwiesen, weil der die internationalen Kontakte koordinierte, aber er schickte sie fort, er hätte keine Arbeit für sie. Als sie völlig deprimiert in ihrer Pension ankam und überlegte, ob sie den Parteiausweis zerreißen sollte, tauchte ein fescher Matrose auf und übergab ihr einen Zettel. *Bleib, wo du bist! Halte dich zur Verfügung!,* stand darauf, in hastig gekritzelten Druckbuchstaben.
Der junge Matrose salutierte und rannte davon. Klara spürte Glück und Widerwillen zugleich: Jetzt bist du wieder in der Truppe und wartest auf Befehle. Zwei Tage später brachte ein Bote ein Päckchen mit einer Broschüre der Transportarbeitergewerkschaft auf Dänisch. Auf Seite 15 fand sie einige Geldscheine.
Und dann kam wochenlang nichts. Eriksen meldete sich nicht, niemand nahm Kontakt mit ihr auf. Mehr als einmal machte sie sich auf den Weg zum Seemannsklub, setzte sich an einen Tisch im Restaurant im Souterrain und bestellte aus der in mehreren Sprachen abgefassten Karte einen »Billigen Frokostteller« oder trank ein Bier. Einmal stürmte Eriksen durch das Lokal und bemerkte sie. Wenig später kam der Kellner und erklärte ihr auf Englisch, dass ihre Anwesenheit in diesem Haus nicht ratsam sei.
Klara fluchte auf Eriksen, auf die Partei, auf den Seemannsklub, die Gewerkschaft, die ganze gottverdammte Internationale und ihre Geheimniskrämerei und ließ den letzten Rest Disziplin fahren, der ihr noch geblieben war. Da niemand sie brauchte, streifte sie nachts ziellos durch die Gassen des Hafenviertels. Schließlich wurde das »Kabaret Malstrøm« ihr fester Anlaufpunkt, nicht zuletzt, weil sie überzeugt war, an diesem Ort der Dekadenz so weit wie möglich von den Leuten entfernt zu sein, die sie so schäbig behandelten, womöglich gar vergessen hatten.

Darin hatte sie sich getäuscht. Eriksen wusste sehr genau, wo sie sich die ganze Zeit herumgetrieben hatte, und machte ein paar Witze auf ihre Kosten, bevor er mit der ernsten Miene eines Politkommissars auf die Vorkommnisse in Berlin und Deutschland zu sprechen kam.

»Die Nazis werden sich nicht lange halten. Die können grölend und prügelnd durch die Straßen ziehen, aber den Staat haben sie in kürzester Zeit ruiniert.« Er schaute sie auffordernd an.

Klara wusste nichts darauf zu erwidern. Sie sah die Zeitungen, die durcheinander auf dem Tisch lagen. Der brennende Reichstag war auf fast allen Titelblättern der internationalen Presse zu sehen. Bisher wusste sie nicht viel darüber, nur das, was Rinke am frühen Morgen, nachdem sie todmüde in Svartas Wohnung angekommen waren, bruchstückhaft aus dem Artikel des *Ekstra Bladet* übersetzt hatte. Svarta hatte sich geweigert, sich mit dem Ereignis zu befassen, sie wollte schlafen.

Eriksen schob energisch den Teller beiseite. »Du wirst nach Berlin gehen, Genossin. Ich hoffe, dich hält hier nichts? Wenn du nur halbherzig dabei bist, sag es lieber gleich.«

Berlin? Das war wie ein Peitschenhieb.

»Was sollte mich hier halten?« Vielleicht gibt es jetzt ein Loch an der Stelle, wo mein Herz war. Aber ich kann ja zurückkommen und es wieder ausfüllen. Oder ich finde in Berlin etwas, womit ich es ausstopfen kann. *Mit ein bisschen Fingerfertigkeit, Nadel und Zwirn kriegen wir das wieder hin*, sagte Mutter immer. *Vernähte Herzen gibt es so viele auf der Welt.*

Eriksen schlug mit der Hand auf die Zeitungen. »Sie haben einen Holländer festgenommen. Die Nazis behaupten, er hätte in unserem Auftrag gehandelt. Er und andere Genossen. Torgler wurde beschuldigt und ist zur Polizei gegangen ... weiß der Teufel, warum er das gemacht hat.«

»Torgler? Der Abgeordnete?«

»Hast du die Zeitungen nicht gelesen?«, fragte Eriksen ungeduldig.

»Nur überflogen. Ich hatte noch keine Zeit.«

»Zum Donnerwetter! Du gehörst zum Kurierdienst. Das Erste, was du machst, wenn du aufgestanden bist – die Zeitungen lesen!«
»Ich bin gerade erst aufgestanden.«
»Du hast die Nacht woanders verbracht.« Eriksen schnaubte missbilligend.
»Ich hab mich gleich auf den Weg gemacht.«
»Weißt du, wie oft ich in deiner Pension anrufen musste?« Eriksen hob drohend die Hand.
»Ich weiß, wie ich nach Berlin komme, ich brauche keinen Zeigefinger …«, entgegnete Klara müde.
»Nichts weißt du!«
Warum ist er nur so aufgebracht? Ich mag nicht befehligt werden, schon gar nicht in diesem Ton, das ist ja lächerlich.
»Mit dem Nachtzug über Hamburg geht es sehr schnell.« Das klang wie von einer braven Schülerin aufgesagt, ärgerte sie sich.
»Nein, falsch! Da haben sie tausend Möglichkeiten, dich abzufangen. Wir werden ein Schiff für dich finden.«
»Auch gut.«
Er liebte es zu kommandieren, und es gefiel ihm nicht, dass bloßer Gehorsam für sie nicht in Frage kam. Es war an seinem Gesicht abzulesen. Die Augen gekniffen, die Lippen gepresst, die Zähne verbissen. Als müsste er sich durch einen Schneesturm kämpfen. Dabei war es nur der Rauch ihrer Zigarette, der ihm entgegenschlug.
»Die Nazis wollen uns die Schuld zuschieben … noch in der Nacht haben sie losgeschlagen. SA und Polizei haben Hunderte Genossen verhaftet. Hitler geifert gegen uns, Goebbels brüllt Lügen in die Welt, und Göring hetzt die Bluthunde.«
Klara fühlte sich ausgelaugt und stellte enttäuscht fest, dass es ihr scheinbar egal war, von hier fortzugehen. Sogar willkommen. Die sogenannte Heimat hatte auf einmal eine ungeahnte Anziehungskraft. Sie kramte in ihren Taschen nach der Manoli-Schachtel.
Als sie das halb abgebrannte Streichholz ausschüttelte und

den vom verkohlten Rest aufsteigenden Rauch anschaute, dachte sie: Vielleicht ist man ja so ein Streichholz, nur einmal zum Brennen geeignet und danach … man kann es mit einer Flamme noch einmal kurz zum Glühen bringen, vielleicht sogar mehrere Male, aber das Feuer wird nicht so stark sein, dass es dich verbrennt, nicht mal eine Brandblase, nur ein bisschen Ruß an der Fingerspitze ist alles, was von der Leidenschaft zurückbleibt.

»Freut mich, dass eine Zigarette dich so aufheitern kann«, sagte Eriksen abfällig. »Was die Brandstiftung betrifft …«

»Sie werden es selbst gewesen sein«, warf Klara ein und blies ihm den Rauch ins Gesicht.

»Natürlich sind sie es selbst gewesen, aber wer laut genug geifert, übertönt die Wahrheit. Und deshalb müssen wir dagegenhalten. Und da kommst du ins Spiel, dieser Holländer …«

»Welcher Holländer?«

Eriksen stockte, sein Gesicht verdüsterte sich erneut.

»Ich sagte doch gerade, sie haben einen Holländer verhaftet! Van der Lubbe heißt er … Wir kennen ihn nicht, aber er soll einen Parteiausweis gehabt haben, Propagandamaterial …«

»Ein Provokateur«, warf Klara ein.

»Vielleicht nur ein Schwachsinniger … es heißt, er sei schon tagelang brandschatzend durch Berlin gezogen, aber SA und Polizei ließen ihn gewähren. Na, klingelt's da bei dir nicht?«

»Wenn es so offensichtlich ist, was schert es uns dann?«

»Es sei das Fanal zum kommunistischen Aufstand gewesen, brüllen die Faschisten. Sie behaupten, sie hätten Pläne gefunden. Sie haben Lager eingerichtet, sie karren unsere Genossen mit Lastwagen hin und pferchen sie ein.«

»Und da soll ich …?«

»Dieser Spinner, so behauptet die rechte Presse, war Mitglied der holländischen Partei. Aber unsere Genossen dort sagen, sie haben ihn rausgeworfen, und jetzt gehört er zu den Radenkommunisten.«

»Was?

»Linkssektierer, Anarchisten.«

Was kümmert es uns, wenn ein Anarchist im Reichstag zündelt, dachte Klara. Mit einem Mal war sie wieder müde. Und unkonzentriert. Noch bevor die Zigarette aufgeraucht war, nahm sie sich eine neue und musste leise auflachen, als sie feststellte, dass ja in der Zündholzschachtel noch viele Hölzer lagen. Wenn das Schicksal es will, bleibt dein Vorrat noch länger erhalten. So traurig wie das Mädchen mit den Schwefelhölzern musst du nicht enden. Und jetzt hast du auch noch eine Zigarette zu viel in den Händen.
»Entschuldige, Genosse, ich bin übernächtigt«, sagte sie lächelnd.
Durch die hoch gelegenen, schmalen, von außen vergitterten Souterrainfenster drang die Sonne und schnitt schräge Pfeile in den aufsteigenden Zigarettendunst.
Eriksen beugte sich vor, die Ellbogen rutschten über die Bilder vom brennenden Reichstagsgebäude. »Hier kommst du ins Spiel. Wir wissen, dass du Kontakte zu Anarchisten hast. Die kannst du jetzt zum Nutzen der Partei aktivieren.«
Klara war erstaunt.
Er überschätzt mich. Er überschätzt meine Möglichkeiten. Aber zurück nach Deutschland, zurück in den Kampf, vielleicht in die entscheidende Schlacht ziehen, dabei sein, wenn die Faschisten geschlagen werden und das Proletariat sich erhebt, ist das nicht tausendmal mehr wert als Treibgut zu werden, Versuchungen nachzugeben? Disziplin! Nicht vom Kurs abkommen, auch wenn der lockende Gesang der Sirene süße Träume weckt – oben am Mast weht die rote Fahne, und die Mannschaft hält Kurs.
»Also nehme ich Kurs auf Berlin«, sagte sie ruhig.
Eriksen schaute auf seine Armbanduhr. »Ein Koffer mit Papieren und einem Dossier sind schon in deinem Hotel. Du wirst als Journalistin reisen. Als Auslandsreporterin der *Times*. Dein Londonaufenthalt wird dir von Nutzen sein.«
Er warf ihr einen kleinen Schlüssel hin. Dann zog er umständlich ein Bündel Geldscheine aus der Hosentasche, zählte den Betrag ab, den sie ihrer Zimmerwirtin schuldig war, und hielt ihr die Scheine hin wie einen Veilchenstrauß.
Und wenn ich abgelehnt hätte?

»Du musst alles über diesen van der Lubbe herausfinden. Wo er herkommt, mit wem er in Berlin zu tun hatte, was er dort getrieben hat. Alles. Und so schnell wie möglich. Wir haben viele Kräfte mobilisiert, um der Nazi-Propaganda entgegenzutreten. Die Truppen sammeln sich, und du marschierst voran als Kundschafterin!«

Hieß es nicht die ganze Zeit, wir seien schon auf dem Posten? Und jetzt sammeln und dann erst marschieren? Klaras Blick fiel auf die Streichholzschachtel, die sie noch immer in der Hand hielt. »Wie haben die den Reichstag denn angezündet?«

»Der Holländer sagt, mit Kohlenanzündern.«

Klara musste lachen. Eriksen stimmte ein. Und so lachten sie gemeinsam, aber aus verschiedenen Gründen.

★

Als sie in ihrer Pension ankam, stand ein ramponierter dunkelgrüner Lederkoffer im Zimmer. Die Inhaberin des Etagenhotels eilte herbei und wirkte arg verunsichert. Ein »rüpelhafter Mann in Arbeitskleidung«, dessen Manieren zu seiner Aufmachung »leider nur allzu gut« gepasst hätten, habe sie angeschnauzt und verlangt, dass sie Klaras Zimmer öffne. Er habe den Koffer abgestellt und sich neugierig umgeschaut. Sogar den Schrank und das Bett habe er untersucht. »Aber von der Polizei kann er nicht gewesen sein, Polizisten benehmen sich anders. Außerdem sprach er nur sehr schlecht Dänisch.«

Klara versuchte sie zu beruhigen, doch erst bei der Ankündigung, dass sie noch heute Abend abreisen müsse, wirkte die Zimmerwirtin erleichtert und nahm gierig die Geldscheine entgegen, die sie ihr hinhielt.

Nachdem sie gegangen war, schloss Klara mit dem Schlüssel, den Eriksen ihr gegeben hatte, den Koffer auf. Auf den ersten Blick schien er leer zu sein. Dafür war er aber eindeutig zu schwer. Im doppelten Boden, im Deckel und hinter dem

Futter am Rand fand Klara einen deutschen Reisepass und einen britischen Presseausweis, außerdem einige Briefe, die dokumentierten, dass sie für die *Times* arbeitete und den Auftrag hatte, über kulturelle Themen aus der Reichshauptstadt zu berichten. Zwei Exemplare der *Times* von gestern und vorgestern und ein *Manchester Guardian* von letzter Woche sollten ihre Glaubwürdigkeit stützen, ebenso ein paar britische Pfundnoten. Die beiden mit Gummibändern zusammengehaltenen Reichsmark-Bündel zählte sie hastig durch. Das Geld dürfte für die nächsten zwei Wochen ausreichen, wenn sie in der Reichshauptstadt nicht vom rechten Weg abkam.

Klara nahm alles heraus und versteckte die ebenfalls gefälschten Papiere, die sie bislang benutzt hatte, den echten Mitgliedsausweis der KPD, Bezirk Wasserkante, und einige persönliche Aufzeichnungen im doppelten Boden. Dann räumte sie den Schrank aus und legte ihre Kleider in den Koffer. Er war nicht mal zur Hälfte gefüllt. Sie nahm die beiden Handtücher ab, die neben dem Waschbecken hingen, faltete sie und legte sie dazu. Nach einer Weile nahm sie die Tücher wieder heraus und hängte sie zurück.

Sie legte sich aufs Bett, griff nach der arg zerlesenen deutschen Übersetzung von Stendhals *Rot und Schwarz*, die sie in einem Antiquariat in London für einen Schilling gekauft hatte, und stellte fest, dass sie sich nicht konzentrieren konnte. Schlafen war ebenfalls unmöglich. Sie grübelte vor sich hin. Sollte sie Svarta Auf Wiedersehen sagen? Adieu für immer. Wieder so ein überflüssiger trauriger Moment.

Sie wurde unruhig. Nicht wegen Berlin. Das war ein Auftrag. Einen Auftrag erledigt man. Tatsächlich war sie dankbar. Zurück in die Heimat, das war doch allemal besser, als sich von den Samtpfoten einer einäugigen Katze einfangen zu lassen. Krallen hatte die auch und fauchen konnte sie sowieso.

Klara sprang aus dem Bett, zog sich den Mantel über, die Schirmmütze ins Gesicht, griff nach dem Lederkoffer und ging. In einem Laden für gebrauchte Kleider gab sie das wenige dänische Geld, das sie jetzt noch übrig hatte, für eine Bluse, eine Strickjacke und einen Tweedrock aus, dazu dicke

Wollstrümpfe, die bis über die Oberschenkel reichten. Als sie den Laden verließ, war ihr Koffer besser gefüllt. Einen anderen Grund, sich diese Sachen zu kaufen, gab es ja nicht.
Auf Umwegen, widerstrebend, näherte sie sich Svartas Wohnung, zögerte lange, ehe sie die Treppe hinaufstieg, und noch länger, bevor sie anklopfte.
»Ist offen«, kam der Ruf von drinnen.
Svarta und Ludwig Rinke saßen in der Küche und spielten Schach. Sie im Morgenmantel, auf hinreißende Art ungekämmt, er im Unterhemd, mit herabhängenden Hosenträgern, ohne Toupet. Svartas Lächeln verhieß Ekstase und Melancholie. Sie streckte den Arm aus und legte ihn um Klaras Hüfte.
»Der König ist ein Filou«, sagte sie.
»Aber die Dame blieb standhaft«, sagte Rinke, ohne aufzusehen.
In der Küche war es heiß, der Ofen summte. Klara goss sich aus einer Blechkanne Kaffee in eine Tasse, warf ihren Mantel auf die Holzbank und setzte sich. Sie schaute zu, wie Svartas rechter nackter Fuß aufgeregt über ihre linke Wade strich, während sie verbissen über die nächsten Spielzüge nachgrübelte.
Schließlich war Rinke matt gesetzt.
»Das passiert mir höchst selten«, sagte er missgelaunt.
»Ich hatte Glück«, sagte Svarta.
»Ich reise noch heute Abend nach Berlin«, sagte Klara.
Kaum etwas änderte sich in Svartas Gesicht, aber jetzt las man darin: Ja, natürlich, so wie immer.
Wie gelingt ihr das nur, mich mit ihrem toten Auge zu fixieren. Ist das ihre Art, Freunde zu strafen?
»Lebensmüde?«, fragte Ludwig.
»Parteiauftrag.«
»Also ein Himmelfahrtskommando.« Er schüttelte den Kopf. »Wo du sowieso schon von der Polizei und den Nazis gesucht wirst. Und ich dachte, ich hätte dich von diesem Wahn kuriert.«
»Die Sache des Proletariats ist kein Wahn.«
»Die schicken dich in die Höhle des Löwen.«

»Die Nazis sind keine Löwen, das sind Schakale.«
»Meinetwegen, aber jetzt fallen sie über deine Leute her.«
»Das kann nicht lange dauern. Dann kommen wir«, sagte Klara trotzig.
»Er will doch auch nach Berlin«, warf Svarta ein. Ihr Gesicht war ein einziger Zwiespalt, aufgeteilt in Regionen der Zuneigung und der Gleichgültigkeit.
»Ich habe geschäftlich dort zu tun«, sagte Rinke.
»Dann rede nicht so einen Unsinn von der Höhle des Löwen.«
»Was habe ich denn zu fürchten? Wer interessiert sich in dieser Situation für einen gemeinen Einbrecher? Mein Vorteil ist, dass ich keiner Organisation angehöre. Ich bin praktisch unsichtbar.«
»Das ist eine gute Idee.« Svarta sah ihn auffordernd an und winkte Klara zu sich.
Rinke schüttelte bedauernd den Kopf. Klaras Finger fuhren durch Svartas pechschwarze Haare. Seufzend stand er auf. Wenig später erschien er wieder in der Tür, knöpfte sich den Mantel zu und zog sich den Hut gerade, der jetzt, wo er kein Toupet mehr trug, tiefer saß.
»Falls du in Berlin die Hilfe eines Unsichtbaren brauchst: Johann Caspar Schmidt, postlagernd, Amt am Alexanderplatz.« Er gab Svarta einen Handkuss, boxte Klara leicht gegen die Schulter und verschwand mit einem anzüglichen Grinsen.
»Also ist er doch ein guter Freund«, stellte Svarta fest.
»Er hat mir geholfen, aus Hamburg zu flüchten, als ich dort fort musste.«
»Warum?«
»Ich hatte versucht, einen Mörder zu richten, der im Polizeidienst steht.«
Svarta schwieg.
»Wir sind im kalten Schornstein eines Dampfers als blinde Passagiere nach England gefahren«, fuhr Klara fort. »Wir haben viel diskutiert. Er will die Revolution, aber nur für sich. Er redet wie ein Philosoph, aber ich verstehe ihn nicht.«
»Ich dich auch nicht.«

»Ich funktioniere ganz normal, wie alle anderen. Aber ich mag keine Krallen.«
»Da hast du aber Pech …«
Später, als Klara ihr verbot, sie zum Hafen zu bringen, war kaum noch zu erkennen, welches von Svartas grünen Augen lebte.

Der Stückgutfrachter »Horizont 2« mit Kurs auf Rostock hob und senkte sich, mal gleichmäßig, mal unberechenbar. Am schlimmsten waren die Momente, wenn er sich senkte, statt wie erwartet aufzusteigen. Die Ostsee, ein Ort, an dem sie einmal als Backfisch Urlaub gemacht hatte, wo das Wasser im Sommer zumeist träge an den Strand platschte, entpuppte sich als eigenwilliges Naturelement. Zumindest für sie, die Landratte. Klara saß in der Messe und versuchte, sich über ihr Unwohlsein hinwegzutäuschen, indem sie rauchte. Es funktionierte halbwegs.
Das Geschirr in der Kombüse schepperte leise. Der Kapitän der »Horizont 2« setzte sich zu ihr an den Tisch, der Smutje brachte zwei Grog.
»Bist ein bisschen bleich um die Nase«, sagte er.
»Ich bin von Natur aus blass.«
»Wenn wir in Rostock ankommen, vielleicht geht es dann schon los.«
»Was?«
»Generalstreik.«
Der heiße Grog wärmte Klaras kalte Hände.
»Wir haben Kisten mit Flugblättern. Die gehen mit dir an Land. Auch andere Schiffe haben Propagandamaterial. Die deutschen Hafenstädte werden sich zuerst erheben, wie damals im November. Aber diesmal ist es wirklich das letzte Gefecht.«
»Dein Wort in Thälmanns Ohr, Genosse.«
»Und du, was ist deine Aufgabe?«, fragte er neugierig.
»Ich werde bestimmt nicht die Jeanne d'Arc spielen.«
»Sondern?«
»Schweigen«, sagte Klara und zündete sich eine Zigarette an.
Der Kapitän stellte noch einige unbeholfene Fragen. Vergeb-

lich. Schließlich stand er auf. Er war unzufrieden. »Ich weiß ganz gern, was gespielt wird auf meinem Schiff.«

»Hier auf dem Schiff gar nichts.«

Er musterte sie verkniffen. »Na gut. Um sechs musst du bereit sein«, sagte er mit schnarrender Stimme. »Wird sicher kein Vergnügen. Die Sache muss zügig vonstatten gehen.« Und schroff fügte er hinzu: »Wenn du kotzen musst, dann tu's jetzt!«

Damit verließ er die Messe.

Schweigen und spionieren, dachte Klara, das ist von nun an meine Aufgabe. Sie schloss die Augen und gab sich den Bewegungen des Schiffs hin.

»Horizont 2«, was für ein eigenartiger Name, wenn man mal darüber nachdenkt. Aber du musst ihr vertrauen, deine Wahrnehmung an ihre Bewegungen anpassen, ihr eine Chance lassen, dich in ihre Obhut zu nehmen. Sie tanzt über die Wogen, lässt sich sanft in die Wellentäler fallen, nimmt dich mit nach unten und hebt dich wieder empor. Und wenn dir schwindelt, was ist schon dabei? Letzte Nacht war es nicht viel anders. Auf festem Grund. Und gefährlich war es auch.

Sie öffnete die Augen, als zwei Mitglieder der Besatzung die Messe betraten.

Noch mehr Grog.

Ein Dritter brachte Nachrichten vom Funker. Die Führer der deutschen Arbeiterparteien ließen sich widerstandslos verhaften oder tauchten ab. Wo bleibt der Generalstreik, fragten die Seeleute.

Die Gewerkschaften hätten Hitler ein Angebot gemacht.

Keiner glaubte das.

Was für eine verrückte Idee.

Noch mehr Grog.

Sie ließ sich den Weg zum Funker zeigen. »Gib mal durch: Nachrichten für mich im Zweifelsfall postlagernd Alexanderplatz.« Dann legte sie sich für einige Stunden in die Koje einer winzigen Kabine, die offiziellen Gästen der Reederei oder, wie in ihrem Fall, inoffiziellen der Besatzung vorbehalten war.

★

Das Wasser war schwärzer als der Himmel. Kurz vorm Morgengrauen kletterte Klara über eine Strickleiter vom Deck der »Horizont 2« nach unten auf einen Fischkutter, der sich hob und senkte und manchmal bedrohlich weit vom Frachter entfernte. Dann klaffte unter ihr eine Lücke, in der kabbelige Wellen schäumten, und ein bisschen sah es aus, als wollte das Meer nach ihr schnappen. Lieber schaute sie angestrengt nach oben. Neben ihr wurden einige mit Flugblättern und Propagandabroschüren gefüllte Kisten und ihr Koffer herabgelassen. Der Motor der Seilwinde jaulte leise vor sich hin.

»Darf ich mal«, sagte der Fischer, als sie unten ankam und schon wieder bedrohlich über dem kalten, bleckenden Wasser hing. Er packte sie an den Hüften und hob sie an Bord. Zwei andere zerrten die Kisten und den Koffer aus der Plane, die sofort wieder hochgezogen wurde.

Kutter und Frachter entfernten sich voneinander. Keine Abschiedsworte, keine Gesten.

Positionslichter waren zu sehen, Schattenrisse von größeren und kleineren Schiffen näher und weiter entfernt, die Silhouetten der Kräne im Überseehafen. Auf dem Deck des Kutters stapelten sich Kisten mit Fisch. Zwei Fischer waren damit beschäftigt, die Netze zusammenzulegen. Klara spürte das Klopfen des Motors unter den Sohlen.

»Runter in die Kombüse!« Der Fischer nahm den Koffer und stieg die steile Treppe hinab.

Ein enger Raum, in dem Herd, Geschirrschrank und ein Tisch mit Stühlen untergebracht waren. Das Ofenrohr endete unterhalb einer offenen Luke. Kein Feuer im Herd. Es war eiskalt.

Der Steuermann hob den Koffer hoch. »Mehr hast du nicht?«

Klara schüttelte den Kopf.

»Dich sollen wir im Stadthafen abliefern. Wir sind spät dran.« Er zog ein kleines Stück Pappe aus der Tasche. »Hier deine Fahrkarte. Wenn du den Zug nicht schaffst, nimmst du den nächsten. Wäre aber riskant. Die SA kontrolliert den Bahnhof. Die spielen jetzt Polizei. Hast du gute Papiere?«
Klara nickte.
»Ein bisschen auffällig, wie du so herumläufst.«
»So sehe ich immer aus.« Klara holte die Zigarettenschachtel aus der Manteltasche.
»In Berlin kannst du das machen, aber in Rostock fällst du auf.«
»Ich hab noch was zum Umziehen im Koffer.«
»Ist deine Sache, aber ...«
Sie steckte die Zigaretten wieder weg und stand auf. »Ich zieh mich um.«
Der Fischer nickte und kletterte an Deck.
Klara holte den Tweedrock und die Wollstrümpfe aus dem Koffer. Dann die Brille, die sie nie trug, aus Eitelkeit, so ein rundes Ding mit schwarzem Rand, billig, hatte ihr ein Optiker in London aufgeschwatzt. Sie fand sich lächerlich damit, und viel besser konnte sie damit auch nicht sehen. Aus dem schmalen Spiegel über dem Ausguss schaute sie eine Person an, die sie entfernt an ein Mädchen erinnerte, das nie gerne Röcke getragen hatte und Wollstrümpfe schon gar nicht.
Der Fischer kam wieder runter. »Los jetzt. Wenn wir längs gehen, springst du auf die Schute. Wir halten nicht an. Den Koffer nehme ich und werfe ihn hinterher. Ein Genosse erwartet dich oben am Kai.«
Klara folgte ihm an Deck.
Eine hohe Hafenmauer, der Kutter steuerte auf die Schute zu, Klara sprang und landete auf einem Haufen Kohle, der Koffer segelte durch die Luft und blieb neben ihr liegen. Sie packte ihn, schaute sich um, sah, wie der Kutter einen Bogen beschrieb und eilig verschwand. Der Schein einiger Laternen und die beginnende Dämmerung halfen ihr, sich zu orientieren.
Eine eiserne Leiter führte nach oben. Aber wie klettert man hinauf mit einem Gepäckstück in der Hand?

Irgendwie ging es. Der Kopf eines jungen Kerls mit Pudelmütze tauchte auf, eine derbe Hand schnappte sich den Koffer.

Als sie oben ankam, schnürte er den Koffer auf dem Gepäckträger fest. Klara rutschte auf der vereisten Kaimauer aus.

»Und du willst nach Berlin?«, fragte er heiser.

»Wenn ich den Zug noch kriege.«

»Dass du eine Frau bist, ist gut.«

Na ja, dachte Klara, wie man's nimmt.

»Setz dich auf die Stange. Uns hält keiner an.« Er lachte.

Er roch nach Alkohol und Zigarettenrauch. Ab und zu musste er die Füße von den Pedalen nehmen, wenn das Fahrrad ins Rutschen geriet, einmal wären sie beinahe auf den vereisten Untergrund gestürzt.

Sie fuhren an einem SA-Trupp vorbei, der Passanten anhielt.

»Die kontrollieren vor allem Leute, die vom Bahnhof zum Hafen gehen. Ich weiß nicht, wen sie eigentlich suchen. Wollen vielleicht nur zeigen, dass sie jetzt das Sagen haben.« Er lachte abfällig. »Aber ich hab auch schon gesehen, wie sie jemanden mitgenommen haben.«

Klara schwieg. Es war anstrengend genug, auf der Querstange die Balance zu halten. Sie hatte versäumt, die Handschuhe anzuziehen, die steckten in den Manteltaschen, und ihre Finger froren steif auf dem kalten Metall.

Vor dem Bahnhof noch mehr braune Uniformen. Sie überwachten die Eingänge. Ihr Begleiter fuhr Klara auf eine Reihe von Reisenden zu, die vor dem Betreten des Bahnhofs Ausweis und Fahrkarten zeigen mussten.

»He!«, rief er atemlos. »Meine Cousine muss zum Zug, der fährt in zwei Minuten.«

Klara sprang vom Rad, ihr Begleiter fiel beinahe herunter, fand das Gleichgewicht wieder und hob linkisch die Hand: »Heil Hitler.«

Der SA-Führer musterte ihn kurz. »Wo will sie denn hin?«

»Berlin. Hat ne Stellung als Tippse in Aussicht.«

Der SA-Mann blickte sie abschätzend an: »Und was ist in dem Koffer drin?«

»Was Schickes zum Anziehen in der Hauptstadt«, sagte Klara keck.
»Na dann.« Und ließ sie mit einer knappen Kopfbewegung passieren.
Klara drückte die Tür auf, ihr Begleiter schob das Fahrrad hinterher.
»He«, rief der SA-Mann, »das Fahrrad bleibt draußen!«
»Leck mich am Arsch«, murmelte Klaras Helfer und rannte mit dem Fahrrad weiter.
Am Bahnsteig kam eine riesige Dampflok zischend zum Stehen, Rauch und Dampfschwaden ausstoßend. Auf dem Nebengleis warfen die Schaffner die Türen des D-Zugs nach Berlin zu. Es dauerte eine Ewigkeit, bis der Koffer abgeschnallt war. Klara hastete die Waggons entlang ... erste Klasse, zweite Klasse ... ein schriller Pfiff ertönte ... die großen roten Eisenräder der Lok drehten langsam durch, fassten Grund und der Zug setzte sich träge in Bewegung. Eine Tür schwang auf, Klara schob den Koffer voran, fasste mit Fingern, die kaum noch in der Lage waren, etwas festzuhalten, nach dem Griff und stieg hinauf. Jemand nahm den Koffer, schob ihn aus dem Weg und zog sie rein. Neben ihr winkten Hände durch die offene Tür und das Fenster. Dampfschwaden zogen vorbei, die Tür fiel zu.
Ein Herr im Ulster, mit einem Homburg und Handschuhen, reichte ihr den Koffer. »Dritte Klasse linker Hand«, sagte er.
»Ich hab Zweiter«, murmelte Klara, mehr zu sich selbst.
»Bitte vielmals um Entschuldigung, bitte sehr.« Er deutete in die andere Richtung.
Klara stolperte mit dem Koffer den Gang entlang und betrat ein Abteil, in dem noch drei freie Plätze waren. Wenig später saß der Mann im Ulster ihr gegenüber. Dann gesellte sich eine braune Uniform mit ausladendem Bauch dazu.
Es war kalt im Abteil, alle behielten die Mäntel an. Der Mann im Ulster redete gern, die braune Uniform nickte. Sie verstanden sich offenbar gut. Für Klara war das Geschwätz eine Tortur. Zudem fühlte sie sich unwohl in ihrem Tweedrock und den groben Strümpfen.

Der Ulster holte eine silberne Zigarettenschachtel aus der Manteltasche und bot jovial allen Anwesenden eine an. Alle lehnten ab, sogar der Uniformierte, nur Klara griff dankbar zu. Kurz stutzte sie. Lag es nur an ihren gefrorenen Händen, oder hatte sie sich aus Nervosität innerlich so versteift, dass ihr der Gedanke an eine Zigarette gar nicht gekommen war? Sie sog den Rauch ein und merkte, dass ihr etwas Essenzielles gefehlt hatte. Der Ulster stierte sie an. Ihr Erscheinungsbild und die Art, wie sie die Zigarette hielt, passten nicht zusammen. Sie bemühte sich, ungeschickt zu wirken, tat so, als müsste sie husten. Der Ulster grinste zufrieden.
Nach einigen Versuchen, den desinteressierten Anwesenden die Vorzüge deutschen Tabaks zu erklären, und nachdem er sich als national denkender Tabakwarenproduzent zu erkennen gegeben hatte, wandte er sich wieder an den Uniformierten. Er sah eine glorreiche Zukunft für Deutschland kommen, jetzt wo die »ordnenden Kräfte« Tritt gefasst hätten. Ein goldenes Zeitalter des Friedens und des Wohlstands werde anbrechen. Selbst wenn Hitler wolle, könne er keinen Krieg vom Zaun brechen, weil niemand mitmachen würde. »Und warum? Ich sage es ihnen: Wirtschaftsinteressen. Genau deswegen. Es ist nämlich nicht so, wie die Marxisten behaupten: Kapitalismus bringt keineswegs den Krieg, sondern den Frieden, nur so kann ich Geld verdienen. Bestes Beispiel: Unsere Beziehungen zu Russland. Die Bolschewisten predigen die Revolution und haben allerbeste Handelsbeziehungen zum deutschen Klassenfeind. Deshalb übrigens halten die Kommunisten ruhig. Hätten sie nicht allen Grund zum Aufstand? Die Partei verboten, die Führer verhaftet ... wo ist der angedrohte Generalstreik? Es gibt ihn nicht. Und warum? Weil Stalin die lukrativen Wirtschaftsbeziehungen nicht gefährden will!«
Klara bekam kaum noch Luft in dem stickigen Abteil. Sie stand auf und ging zur Toilette. Später rauchte sie noch eine Zigarette im Gang. Als sie zurück zum Abteil kam, schnarchten sie einträchtig, der Tabakwarenproduzent und der dickliche SA-Mann in seiner braunen Kluft, die ihn wie eine riesige Zigarre aussehen ließ. Die anderen Reisenden, die

offenbar zusammengehörten, hatten ihr Frühstück herausgeholt. Der schwefelige Gestank von hart gekochten Eiern hing in der Luft. Klara blieb im Gang stehen.
Schließlich nahm sie ihren Koffer und wechselte den Wagen. Im Durchgang zwischen den Waggons wirbelten Schneeflocken. Bevor sie sich einen neuen Platz suchte, zog sie sich im Waschraum um. Am Fenster vor ihrem neuen Abteil schob sie die Hände in die Hosentaschen, die Manoli im Mundwinkel, die Schiebermütze auf dem Lockenkopf.
Was weißt du schon vom Generalstreik, Ulster, dachte sie abfällig. Den muss doch Stalin nicht befehlen. Da reicht dem Proleten ein knurrender Magen. Und den wird er auch weiterhin haben. Denn was die angeblich grandiosen Pläne deiner Nazis betrifft: Vielleicht werden sie die Produktion der Schuhsohlenfabriken ankurbeln, weil sie so schön marschieren können. Das war's dann aber auch.
Trotzdem versetzte es ihr einen Stich, als ihr auf der Hutablage im Abteil ein Exemplar des *Börsen-Courier* in die Hände fiel, in dem von einer »Reichstagsbrandverordnung« die Rede war, von einer »beispiellosen Verhaftungswelle und Hetzjagd gegen Kommunisten und Sozialdemokraten« und von der »Einrichtung von Lagern, in denen die Gegner der sogenannten nationalen Revolution konzentriert werden«.
Und dann tauchten im eiskalten morgendlichen Nebel des 1. März 1933 die vagen Umrisse der Randbezirke der Reichshauptstadt auf.

★

Bahnhof Berlin-Gesundbrunnen. Vom Fernbahnsteig in die Empfangshalle, raus auf den Vorplatz, ein Zeitungsstand kam wie gerufen. So gut wie alle Berliner Zeitungen und die wichtigsten von außerhalb waren da, aber die *Rote Fahne* fehlte natürlich. Verboten. *Berlin am Morgen, Die Welt am Abend* waren auch nicht zu finden, sogar das *Echo* lag nicht aus. Bei

genauerem Hinschauen konnte man das Nazi-Parteiabzeichen unter dem Schal am Mantelrevers des Verkäufers entdecken. *Tageblatt* und *Vossische* waren aber da. Sie nahm sich die Exemplare der bürgerlichen Zeitungen, von denen sie glaubte, dass sie umfassend berichteten, und ein paar rechte Blätter, weil man nie weiß, ob der Feind nicht ein paar wichtige Einzelheiten mehr weiß.
»Sind Se sicher, das Se det alles schaffen, Fräulein?«, fragte der Zeitungsverkäufer, ein kleiner Mann mit Schnauzer und Stumpen im Mundwinkel.
»So schwer sind die nicht.«
»Ick meen och wegen dem Kopp. So viele Worte geh'n da doch gar nich rin. Oder soll's mehr was zum Ausstopfen sein?«
»Dann hätte ich den *Völkischen Beobachter* genommen«, zischte Klara. Der Stapel auf dem schmalen Bord der Zeitungsbude rutschte auseinander, die *Vossische* fiel zu Boden.
»Nu bringen Sie mir mal nich alles in Unordnung«, nörgelte der Verkäufer.
Klara hob die Zeitung auf. »Geben Sie mir noch zwei Packungen Manoli.«
Der Verkäufer nahm die Zigaretten aus dem Regal, legte sie vor sich hin, nahm einen Schreibblock und einen Stift, ging die Zeitungen durch und schrieb die Preise untereinander. Klara seufzte ungeduldig.
Er schob ihr den Block hin, auf der er die Endsumme vierfach unterstrichen hatte. Die Manolis hatte er nur einfach berechnet. Sie steckte die beiden Packungen ein, ohne ihn darauf hinzuweisen, zahlte, klemmte sich den Zeitungsstapel unter den Arm und ging.
Sie hatte einen Zettel mit einer Adresse in Friedrichshain bekommen. Eine Blumenverkäuferin konnte ihr den Weg erklären. Sie musste die U-Bahn nehmen. Über eine steile Fahrtreppe ging es weit nach unten.
Zunächst Richtung Hermannstraße. Die gelbe Bahn polterte in den türkisfarben gekachelten Bahnhof. Klara ließ sich vom Strom der Fahrgäste hineinziehen. Umsteigen am

Alexanderplatz, kurze Blicke im Vorbeigehen auf zwei Zeitungsstände. Weder kommunistische noch sozialdemokratische Blätter waren ausgehängt.
Vom S-Bahnhof hoch zur Warschauer Straße, wo ein scharfer, kalter Wind wehte. Links rum und vorbei an der Glühlampenfabrik, dann noch ein paar Ecken weiter. Hinterhaus Rotherstraße 8, Zaschke.
Kaum hatte sie geklingelt, ging die Tür der Nebenwohnung auf und sie wurde stumm hereingewinkt. »Kufler« stand auf einem angeklebten Zettel an der Tür. Der Mann, ein etwa vierzigjähriger Arbeiter in Manchesterhosen und Sweater, machte einen niedergeschlagenen Eindruck. Zwei Zimmer, Küche, Etagenklo. Eine Frau, die, kaum dass sie Klara gesehen hatte, den Kittel auszog und erklärte: »Ich geh jetzt erst mal einkaufen, die Kinder sind bei Fritze. Ich bring sie mit, wenn ich zurückkomme ... wenn's nicht stört?« Die Frage war an Klara gerichtet, aber sie sah sie gar nicht an.
»Sie kann doch nach nebenan, in die Wohnung von Hannes«, sagte Kufler.
Die Frau nahm das Kopftuch ab und zog ihre Winterstiefel an. »Will ich gar nicht wissen.«
»Den haben sie nämlich letzte Nacht abgeholt«, sagte Kufler. »Er hat mir gesagt, dass jemand kommt ...«
»Will ich nicht wissen!«, rief die Frau lauter, schnappte sich Mantel und Hut von der Garderobe und eilte nach draußen.
»Sie ist nervös«, sagte Kufler entschuldigend. »Na ja, Angst hat sie. Die SA holt unsere Leute in großem Stil ab. Den Hannes haben sie gleich im Treppenhaus fertiggemacht, die Blutspur kannst du noch sehen. Das Haus ist leer geworden, weil manche raus sind zu Genossen in der Laubensiedlung. Aber ob die da sicher sind? Wenn das so weitergeht ... Bald haben wir nicht mehr genug Kraft zum Gegenschlag. Ich bin vor zwei Wochen hochkant aus der Fabrik geflogen, als die Nazi-Betriebsgruppe mit Hilfe der Geschäftsleitung die RGO-Zelle zerschlagen hat.«
Klara sah sich unbehaglich um. Es wirkte alles sehr ärmlich,

und die Möbel standen merkwürdig ungeordnet, als wäre die Familie gerade erst eingezogen.
»Können wir nicht gleich rüber?«
»Ich muss noch unten in der Kneipe den Schlüssel holen. Aber ich kann dir den Karton schon geben, den Hannes bei uns deponiert hat … als hätte er gewusst, was ihm blüht …«
Er öffnete einen Schrank, zog unter einigen aufgehängten Mänteln, Kleidern und Jacken eine Kiste aus Pappe hervor und schob sie Klara hin.
»Ich kann ja mit runterkommen«, sagte Klara. »Nach der langen Reise könnte ich ein Bier vertragen.«
»Nee, nee … ich bin ja gleich wieder da.« Damit verschwand er, ohne sich noch etwas überzuziehen.
Zurück kam er mit einem Krug Bier in der einen Hand und dem Schlüssel in der anderen. Er schloss die Tür zu Zaschkes Wohnung auf, hielt ihr das Bierglas hin und sagte: »Ich bring dir die Kiste.«
Ein Zimmer mit Kochecke. Offenbar hatte es mal zur Nebenwohnung gehört und war später abgetrennt worden. Der Herd war völlig verdreckt, der einzige Tisch mit schmutzigem Geschirr übersät, unter der Spüle standen viele leere Bierflaschen. Klara spürte die Kälte des Zimmers. Hier war lange nicht geheizt worden. Neben dem Ofen lagen ein paar Holzscheite und Briketts. Ein Regal mit Arbeiterliteratur stand schief neben dem ungemachten Bett, Stapel der *Roten Fahne* und der *AIZ* auf dem Boden daneben.
»Hannes war Arbeiterkorrespondent«, sagte Kofler. »Deshalb hatten die ihn gleich auf dem Kieker, weil sein Name in den Zeitungen stand.« Er blieb unschlüssig stehen, die Kiste schien schwer zu sein.
Klara war jetzt mulmig zumute.
Die schicken mich nicht nur in die Höhle des Löwen, die werfen mich zum Fraß vor. Andererseits, wenn sie den Zaschke hier abgeholt haben, kommen die erst mal nicht wieder.
Sie begann, den Tisch abzuräumen, und stapelte das Geschirr im Ausguss.
Sie deutete auf den frei gewordenen Platz, und Kofler stellte die Kiste ab. Er sah sie unschlüssig an.

»Geh nur, ich komm schon allein klar. Wir haben uns nie gesehen, ich bin gar nicht da.«
Kofler nickte erleichtert und zog leise die Tür hinter sich zu.
Klara machte den Karton auf. Eine Sammlung von Zeitungsausschnitten, außerdem linierte und karierte Zettel, auf denen in akkurat geschriebenen Druckbuchstaben weitere Beschreibungen, Hinweise und Informationen standen. Mensch, Zaschke, wenn sie das bei dir gefunden hätten!
Sie heizte den Ofen ein. Zuerst qualmte er nur erbärmlich, aber dann zog er doch. Sie las die handgeschriebenen Blätter, die ausgeschnittenen Artikel – auch englische waren dabei – und die aktuellen Zeitungen, die sie gekauft hatte. Gelegentlich nippte sie dankbar am Bier ... das hab ich ihm noch gar nicht bezahlt.
Einige Details im Zusammenhang mit der Brandstiftung im Reichstag waren bemerkenswert: Der Holländer hatte sich angeblich der Polizei gestellt. Er behauptete, ganz allein gehandelt zu haben. Zutritt hatte er sich auf recht unbeholfene Weise über ein Fenster des Reichstagsrestaurants verschafft, war zuerst über einen Zaun mit Stacheldraht geklettert und dann ohne Hilfsmittel ein Stück die Fassade hinauf auf einen schmalen Balkon, wo er das Fenster eingetreten hatte. Dann hatte er im Restaurant Feuer gelegt und war anschließend im Reichstagsgebäude herumgeirrt und hatte wahllos gezündelt. Er behauptete, nur Kohlenanzünder benutzt zu haben und Teile seiner Kleidung. Den Brand im Plenarsaal hatte er angeblich mit brennenden Kleidungsstücken und einem angezündeten Vorhang gelegt. Der große Raum brannte in kurzer Zeit lichterloh und es gab eine so enorme Hitzeentwicklung, dass die Glaskuppel im Dach zerplatzte.
Nur Kohlenanzünder und Klamotten? Und woher kam die teilweise abgebrannte Fackel, die in einem Artikel erwähnt worden war? Sie hatte in einem Sofa gesteckt, das gebrannt hatte. Manche Zeitungen erwähnten, die Feuerwehr hätte im Restaurant und anderen Räumen Spuren von flüssigem

Brandbeschleuniger gefunden. Der angebliche Brandstifter trug nichts davon bei sich und sprach immer nur von Streichhölzern und den vermaledeiten Kohlenanzündern.
Offenbar war der Holländer zwei Tage, bevor er sich den Reichstag vornahm, schon aktiv gewesen und hatte versucht, das Wohlfahrtsamt in Neukölln, das Berliner Rathaus und das Schloss anzuzünden. Allerdings auf so dilettantische Art, dass dabei kaum Schaden entstanden war und zunächst niemand etwas davon bemerkt hatte.
Interessant auch die Feststellung, dass der junge Mann zwar kräftig und gesund gewesen war, aber in Holland als Invalide galt, weil er bei einem Arbeitsunfall fast erblindet war. Wie hatte er sich denn dann nachts im dunklen Labyrinth des Reichstags orientiert?
Seine Tat, so habe er erklärt, hätte er aus Protest gegen die Hitler-Regierung ausgeführt, um die Arbeiterklasse zum Aufstand zu bewegen. Ein kommunistisches Flugblatt habe man bei ihm gefunden und einen Ausweis der KPD. Die Polizei und die Brandexperten der Feuerwehr waren sich einig, dass er diesen Brand niemals allein gelegt haben konnte. Also schlossen die rechten Kommentatoren, dass es sich um einen kommunistischen Umsturzversuch gehandelt habe. Für die Nazis war die Sache ohnehin klar. Sie hetzten die Staatspolizei und die SA auf die angeblichen Verschwörer der KPD, die sich mit dieser Tat allerdings das eigene Haus über dem Kopf angezündet hätten. Seit die Hakenkreuzfahne über der Parteizentrale im Karl-Liebknecht-Haus wehte, war die KPD-Führung auf die Benutzung der Fraktionsräume im Reichstag angewiesen.
Wie reimt sich das zusammen? Gar nicht. Aber interessant, dass ein englischer Journalist darauf hinweist, dass die Nazi-Führer Göring, Goebbels und Hitler schon sehr früh nach Ausbruch des Brandes vor Ort auftauchten und sofort den Kommunisten die Schuld in die Schuhe schoben. Praktisch im gleichen Moment ging, wie von Zauberhand gelenkt, die Hatz auf die Genossen los. Und eine Verordnung, die das brachiale Vorgehen legitimierte, lag auch schon in der Schublade des Kanzlers.

Perfekt. Nur dass manches eben nicht passte, vor allem das amateurhafte, scheinbar spontane Vorgehen dieses halbblinden Holländers und die von langer Hand geplante, gut geschmierte Unterdrückungsmaschine der Nazis, die angeworfen wurde, kaum dass dieser scheinbar ahnungslose Junge das Wort »Protest« ausgesprochen hatte.
Aber eins weißt du ganz genau, dachte Klara: Wenn du bei einer gemeinsamen Aktion als Einziger von der Polizei hochgenommen wirst, dann bist du's immer allein gewesen, und dabei bleibst du auch.
Klara schob die ausgeschnittenen Artikel und die Zeitungen beiseite. Die handschriftlichen Notizen des unbekannten Genossen brachten nichts Neues, nur eine lückenhafte Zusammenfassung dessen, was sie gelesen hatte. Am Schluss allerdings die, wie Klara fand, sehr vage Vermutung: »Der Holländer hat mit den Nazis paktiert.« Warum haben sie ihn dann festgenommen?
Aber nehmen wir einmal an, dieser Marinus van der Lubbe hat im Auftrag der Nazis gehandelt ... wo waren dann seine Mittäter geblieben? Seelenruhig aus dem brennenden Gebäude marschiert? Mit Händedruck von Göring, Hitler und Goebbels verabschiedet? Und der dumme Marinus soll als angeblich kommunistischer Verschwörer geopfert werden und tut das auch noch bereitwillig? Oder ist etwa geplant, ihn entkommen zu lassen? Da wird die Polizei aber auch ein Wörtchen mitreden wollen. Hätte man sich nicht einen besseren Strohmann aussuchen können, als ausgerechnet einen halbblinden holländischen Sektierer? Man drückt ihm eine Schachtel Kohlenanzünder in die Hand und fertig ist der kommunistische Brandschatzer? Eine jämmerliche Strategie. Wo es doch genügend Überläufer gibt, die einen weitaus besseren Täter abgegeben hätten.
Wer weiß. Am Schluss des handgeschriebenen Berichts fanden sich einige konkrete Hinweise und Anknüpfungspunkte: »Van der Lubbe war schon ca. zwei Wochen in Berlin! Er wohnte im Männerwohnheim in der Alexandrinenstraße in Kreuzberg. Er hatte Kontakte zum Neuköllner Arbeitslosenausschuss! Bekanntschaft mit dortigen Genossen, Teil-

nahme an Aktionen (Wohlfahrtsamt!). Vorsicht, Provokateure! Möglichkeit: Eingeschleuste SA-Spitzel haben ihn auf ihre Seite gezogen. Nachgehen!«

Klara mochte die Ausrufezeichen nicht. Das war ihrer Ansicht nach grundsätzlich zu bemängeln an den Genossen, dass sie zu viele Ausrufezeichen und Befehlsformen verwendeten. Trotzdem, die Arbeit musste getan werden. Sie fand ein leeres Blatt und schrieb eine Zusammenfassung. Dann lernte sie alles auswendig und schob anschließend sämtliche Papiere in den Ofen.

Als es an der Tür laut pochte, schreckte sie zusammen. Unwillkürlich trat sie ans Fenster. Das war kein Fluchtweg. Hier konnte man sich bestenfalls drei Stockwerke tief in den Innenhof stürzen.

Also mach auf.

Da stand nur ein kleiner Junge, nicht mal zehn Jahre alt, und hob ihr angestrengt den Koffer entgegen. »Den haben Sie vergessen. Und das hier.« Er hielt den Zettel mit Zaschkes Adresse in der Hand.

Sie nahm das Gepäckstück und den Papierfetzen entgegen und sagte: »Ich muss auch noch das Bier bezahlen«, da rannte der Junge schon zurück und warf die Tür hinter sich zu. Bratkartoffelgeruch hing in der kalten Luft. Immerhin, Familie Kufler hatte was zu beißen.

★

Die Nacht im Bett des Verhafteten war schauderhaft. Der Ofen ging aus, die schäbigen Decken wärmten kaum, trotz Wollstrümpfen und Pullover. Mit dem Frieren kam die Angst. Was, wenn die SA-Männer zurückkommen, weil sie noch etwas suchen? Oder die Stapo sich vergewissern will, ob der Genosse was unter den Dielenbrettern deponiert hat? Sind die Papiere wirklich zu Asche verbrannt?

Stiefeltrampeln im Treppenhaus. Die kommen nicht, die gehen runter, die wollen zur Arbeit. Klara zog sich so warm an, wie es ging, kratzte die Eisblumen vom Fenster und spähte in den Innenhof. Vereinzelt waren Küchen und Schlafräume erhellt. Sie war schon kurz davor, den Mantel anzuziehen um loszugehen, legte sich dann aber erschöpft und niedergeschlagen wieder ins Bett.

Beim Aufwachen stellte sie erleichtert fest, dass es draußen hell geworden war. Vereinzeltes Kindergeschrei, Rumoren im Hof. Sie ging los. Das leere Bierglas mit ein paar Groschen stellte sie vor Kuflers Tür. Die Zeitungen von gestern ließ sie zurück.

Auf der Oberbaumbrücke rutschten die Fußgänger und Radfahrer mehr, als dass sie gingen, Autos schlichen mit ruckenden Scheibenwischern vorbei, der eisige Wind jagte dicke Schneeflocken über die Spree. Die Gesichter der Passanten waren hinter den Schals und unter den Mützenschirmen und Hutkrempen kaum zu sehen.

In einem kleinen Café, das mehr einer Eckkneipe ähnelte, bekam sie einen Malzkaffee und ein Käsebrot. Einige Zeitungen hingen am Garderobenständer neben der Tür – nichts Neues über den Reichstagsbrand und den verhafteten Holländer.

Klara fragte nach der Alexandrinenstraße. Dahin sei es nicht weit, aber die Straße sei lang, behauptete der neugierige Wirt, wohin sie denn genau wolle. Klara antwortete nicht, sondern zählte ihm ihr Geld hin.

An einem Tor mit einem Gitter aus Eisenstäben, die mit Blechplatten beschlagen worden waren, sodass man nicht hindurchsehen konnte, hing ein großes Schild: *Männerheim – Betten von 60 Pf. an – Mittagstisch von 12-3 Uhr – Abendtisch von 5-8 Uhr – Angenehme Aufenthaltsräume, Radio, Zeitungen usw.* Ein Torflügel war halb geöffnet, einige Männer in schäbigen Kleidern lungerten herum und rauchten, zwei waren damit beschäftigt, den Schnee vom Gehweg auf die Straße zu fegen.

An einer Tür des klotzigen Gebäudes stand *Bureau Verwaltung*. Ein Pappschild mit sauber gemalten Blockbuchstaben und einem dicken Pfeil wies den Weg zur *Aufnahme*. Klara klopfte bei der Verwaltung.

Ein schmaler Kopf mit spitzer Nase erschien im Türspalt und sagte unwirsch: »Anmeldung um die Ecke!« Klara hielt ihm den englischen Journalistenausweis hin. Er starrte sie verwundert an: »Was ist das denn?« Jetzt erst bemerkte er, dass eine Frau vor ihm stand.
»Englische Presse«, sagte Klara. »*The Times*, London. Ich störe Sie nicht lange.«
Der Mann schien verblüfft. Wahrscheinlich hatte er noch nie mit jemandem von der Presse zu tun gehabt.
»Oder soll ich zuerst die Heimgäste befragen?«
»Die Gäste, wieso? Um was geht es denn?«
»Um den Holländer, der den Reichstag angezündet hat. Der hat doch hier gewohnt.«
Die Augen des Mannes weiteten sich. »Holländer?«
»Sie wissen, wen ich meine. War denn die Stapo noch nicht hier?«
Die Gesichtszüge des Mannes entgleisten. »Was sollen die denn …?« Er zog die Tür ein Stück weiter auf und schaute nach draußen, ob jemand zuhörte.
»Zeugenaussagen, Beweise, Spuren, Hinweise auf Mittäter, vielleicht hat er ja was zurückgelassen«, listete Klara mit lauter Stimme auf.
»Jetzt kommen Sie erst mal rein.«
Klara betrat das winzige Büro mit einem verkratzten Schreibpult, mehreren mit Aktenordnern gefüllten Regalen und einem Rollschrank. Auf dem Pult ein aufgeschlagenes Kontorbuch mit Namen und Zahlenkolonnen, davor ein Tintenfass mit eingetauchtem Federhalter. Der Mann trug Ärmelschoner und unter dem Jackett eine Weste. An der Wand hing eine Hausordnung der Städtischen Asyle für Wohnungslose.
»Wieso interessiert sich England …?« Der Mann deutete auf einen Stuhl. Beide setzten sich.
»Die ganze Welt schaut nach Berlin. Das Feuer hat viele Menschen aufgeschreckt.«
»Aber … es hat doch nur ein Haus gebrannt.«
»Immerhin das Parlament, Herr …?«
»Schmeding, aber den Namen möchte ich nicht in der

Zeitung haben. Und meine Ansichten über die Brandstiftung ...«, sagte er unsicher.
»Ich will mit Ihnen nicht über Politik sprechen«, kam Klara ihm zu Hilfe.
Der Verwalter warf ihr einen dankbaren Blick zu.
»Es geht nur um diesen Holländer. Marinus van der Lubbe.«
»Lübbe«, verbesserte der Mann. »So spricht man das richtig aus, weil es ja Holländisch ist. Obwohl es aus seinem Mund fast wie Löbbe klang.«
»Er hat hier also gewohnt.«
»Ja, und das nicht zum ersten Mal. Er ist schon mal in Berlin gewesen und hat hier geschlafen. Vor ein oder zwei Jahren.«
»Was hat er denn hier so gemacht?«
Der Verwalter zuckte mit den Schultern. »Man fragt die Männer nicht, was sie machen, sie sind doch immerzu unterwegs und übernehmen Gelegenheitsarbeiten. Die einen arbeiten mehr, die anderen weniger.«
»Und der Holländer?«
»Hat gern gearbeitet. Da war er regelrecht erpicht darauf. Wollte sich nützlich machen. Es gibt ja manche, die haben ein schlechtes Gewissen, wenn sie gut behandelt werden. Das konnte ihm nicht passieren, er hat immer zugepackt, wenn er helfen konnte. Der hatte ja auch Bärenkräfte, da drängte es ihn geradezu, was zu tun. Zum Beispiel hat er den ganzen Schnee vorm Heim beseitigt. Jetzt sind ja nur ein paar Flocken gefallen. Aber als er hier war, war da eine dicke vereiste Schicht. Da ist er ran und nach zwei Stunden war der ganze Gehweg frei. Dafür haben wir ihm ein Essen umsonst gegeben. Hunger hatte der ja auch immer. Und kaum Geld.«
»Hatte er Freunde hier?«
»Im Heim? Nicht dass ich wüsste. Er war zu allen freundlich, die sich anständig benommen haben. Hat auch mal einem geholfen, den andere auf dem Kieker hatten. Aber man kann nicht sagen, dass er sich hier mit jemandem angefreundet hätte.«
»Hat er über Politik geredet?«

»Das ist hier ja nicht erlaubt, dass jemand in dieser Hinsicht Werbung macht. Aber politisch war er, das stimmt. Draußen auf der Straße hat er mal mit jungen Männern über so Sachen wie Arbeitslosigkeit und das Elend geredet. Er wollte, dass was getan wird. Was er genau damit meinte, hab ich nicht mitbekommen. Er hat ja oft sehr undeutlich geredet, so genuschelt, und einen eigenartigen Akzent hat er auch gehabt.«
»Halb blind soll er gewesen sein.«
»Halb blind? Würde ich nicht sagen. Er hat den Bürgersteig blitzblank geputzt, wie kann er da blind gewesen sein?«
»Wann genau hat er denn hier gewohnt?«
Schmeding blätterte in seiner Kladde. »Am 18. Februar kam er nachmittags an. Montag war er auch noch hier, da hat er Schnee geschippt. Sonntag hab ich ihn nicht gesehen, aber da bin ich nur kurz mal reingekommen. Ist ja nicht so, dass die Männer den ganzen Tag hier rumhocken. Schon gar nicht so ein unruhiger Geist wie der Lubbe, der war immerzu in Bewegung.«
»Montag war der 20. Februar. Hat er abends auch hier übernachtet?«
Wieder blätterte er hin und her, schien verwundert, schüttelte den Kopf. »Das ist hier nicht vermerkt. Wir schreiben ja nur An- und Abreisetag auf.«
»Wann ist er denn abgereist?«
Schmeding schien etwas verwirrt. »Am 23. ist wieder seine Ankunft vermerkt. Aber eine Abmeldung kann ich nicht entdecken.«
»Aber Sie tragen das doch selbst ein.«
»Nein, das heißt ja, aber nicht immer. Ich kann ja nicht vierundzwanzig Stunden hier sein, dann macht das eben ein anderer. Wir haben zwei Schichten und einen Nachtdienst, der auch mal Eintragungen macht. Das hat's ja auch schon gegeben, dass einer nachts nach einem Streit abgedampft ist.«
»Das heißt, Sie wissen nicht, ob er am 21. und 22. Februar hier gewohnt hat. Kann man jemand anderen fragen?«
»Na ja, Schmitz hat jetzt ein paar Tage frei, und soweit ich

weiß, ist er verreist.« Schmeding blätterte unschlüssig weiter und tippte dann erfreut auf eine Eintragung: »Hier ist er vermerkt, am 25. hat er das Heim verlassen. Dann wird er ja wohl die vorangegangene Nacht da gewesen sein.« Er dachte nach. »Ja, da hab ich ihn auch gesehen, ich hatte nämlich Spätdienst. Jetzt fällt mir auch wieder ein, dass wir ein bisschen Streit hatten. Er hatte nämlich Handzettel auf sein Bett gelegt, also politische Werbung. Und da hab ich gesagt, das geht nicht, dass er hier so was verbreitet. Das wollte er aber gar nicht. Er hat die nur selbst gelesen. Ich hab ihn trotzdem gebeten, sie rauszuschaffen, und das tat er dann ohne Widerspruch. Er kam mir sehr nachdenklich vor, als würde er über ein schwieriges Problem nachgrübeln. Das fällt mir jetzt ein, weil ich verwundert war, dass er so ruhig wirkte, wo er doch sonst immer Hummeln im Hintern hatte.« Der Verwalter überlegte und konnte sich an immer mehr erinnern: »Das war, als er schon ein paar Tage hier war, aber welcher Tag genau, weiß ich auch nicht ... da war er so schlecht gelaunt. Das ist mir aufgefallen, weil er immer hilfsbereit war seinen Schicksalsgenossen gegenüber. Aber da war er unwirsch, als er von einem Alten angebettelt wurde. Er hat ja gern was abgegeben, obwohl er selbst kaum was hatte.« Schmeding schüttelte den Kopf. »Wenn er nichts weiter besessen hat als das, was er auf dem Leib trug, dann hat er gar nichts besessen. Die Kleider waren so abgetragen, zerrissen und löchrig, dass man Mitleid haben konnte. Aber das machte ihm nichts aus. Und er hielt alles peinlich sauber. Also ich hab ihn nicht nur Socken waschen sehen, wenn ich das mal so sagen darf.«
»Bekannte, Freunde, mit denen er öfter zu tun hatte?«
»Ich sagte doch ... keine Ahnung. Er soll sich vor allem in Neukölln aufgehalten haben. Aber das hab ich aus der Zeitung ... Wenn man bedenkt, dass wir hier den Brandstifter beherbergt haben ... andererseits kaum zu glauben, er war doch so umgänglich.«
Klara, die sich die ganze Zeit Notizen gemacht hatte, steckte Block und Stift in die Manteltasche und fragte forsch: »Können Sie mir die Räumlichkeiten mal zeigen?«

Schmeding schüttelte den Kopf. »Nein, das wäre nicht angebracht. Ich kann sie doch da als Frau nicht rumführen.« Und ungeduldig fügte er hinzu: »Es wäre ohnehin besser, wenn Sie jetzt gehen würden.«
»Hat van der Lubbe vielleicht irgendetwas hiergelassen?«
»Ich sagte doch, dass er nichts besaß!«

Klara verließ das Männerwohnheim. In der Straßenbahn wurde sie Zeugin eines halblauten Gesprächs zwischen zwei Frauen:
»Ich hab die SPD-Fahne aus seiner Kommode geholt. Ich weiß noch, wie ich damals die Buchstaben ausgeschnitten und aufgenäht habe. Was ich ihm so alles geschneidert hab!«
»Hat er die denn immer noch rausgehängt?«
»Am Tag der Arbeit, obwohl ich's nicht gern gesehen habe, weil die Nachbarn alle schon die andere rote Fahne genommen haben.«
»Ihr habt die Kommune im Haus?«
»Nicht die Rote mit Hammer und Sichel, die mit dem Kreuz!«
»Ach so.«
»Ja, eben, und jetzt näh ich ihm das Kreuz drauf, und am Ersten Mai hängt er die hin. Das ist gut für den Hausfrieden und für ihn auch.«
Hungrig und mit einem flauen Gefühl im Magen kam sie am Alexanderplatz an. Sie setzte sich in den Schalterraum des Postamts und schrieb eine kurze Nachricht an »Johann Caspar Schmidt«: »Brauche dringend gute Unterkunft.«
Dann suchte sie sich in der Nähe ein mittelgroßes Hotel, in dem auch ausländische Gäste abstiegen. Dort fühlte sie sich sicherer als in dieser frostigen einsamen Höhle in Friedrichshain.

★

In der *Vossischen* von heute ein Bild des Täters. Seht einmal, da steht er ... Ausgebeulte, zu kurze Hosen, Schnürstiefel, eine grobe Arbeiterjacke mit knappen Ärmeln, um die Hüften rum zu weit, darunter ein helles Hemd, ordentlich zugeknöpft und eine Schirmmütze auf dem jugendlichen Kopf. Selbstbewusst, beinahe freundlich schaut er in die Kamera. Kühn und standhaft wie einer, der weiß, was er tut oder getan hat und warum. In den Händen hält er eine Schachtel. Sollen das die Kohlenanzünder sein? Der Schriftzug ist auf dem gerasterten Zeitungsbild kaum zu erkennen. Dagegen das Bild im *8-Uhr-Abendblatt* von gestern. Es zeigt einen halb nackten, debil dreinblickenden Kerl. Dieselbe Hose, dieselben Stiefel, aber ein nackter Oberkörper, über den sich die Hosenträger spannen, üppiger Haarschopf und darunter das trotzige Gesicht eines Jungen, der etwas ausgefressen hat, es aber nicht für nötig hält zu bereuen. Athletisch wirkt er nicht gerade, kräftig schon, und mit diesen fleischigen Händen konnte der Maurergeselle zweifellos zupacken.
Noch mal das Gesicht unter der Mütze: Da schaut ein zufriedener Mensch hervor, er zeigt sich so, wie er von der Welt gesehen werden will, deshalb vielleicht auch das Päckchen mit den Anzündern. Wobei man sich fragen muss, was die Polizei geritten hat, ihn derart inszeniert der Presse zu präsentieren. Am anderen Foto fallen zwei Dinge auf: die müden Augen, als wäre er völlig übernächtigt, aber ein rebellischer Blick, der sich dem Gegner stellt und signalisiert, dass er bereit ist, Widerstand zu leisten. Bedenkt man jedoch, dass dieser Mensch brandschatzend durch den Reichstag gezogen ist und alles angezündet hat, was ihm in die Finger kam, schließlich sogar seine eigenen Kleider, und mehrere Scheiben zertrümmert hat, um sich Zugang zum Gebäude und zu verschiedenen Räumen zu verschaffen, dann sieht er erstaunlich unversehrt aus. Keine Brandverletzungen, keine blutigen Schnitte, auch die Hose ist nicht zerrissen. Blitzsauber steht er da, als hätte man ihn gerade aus dem Waschkübel gezogen.
Klara löffelte den Nudeleintopf mit Rindfleisch aus, den sie im »Speiselokal Wolgast« bekommen hatte, immer mit Blick

auf die beiden Fotos. Derselbe Mensch, die Beine fast gleich stehend, einmal mit herabhängenden nackten Armen, die Hände übrigens nicht kampfbereit oder zornig geballt … das andere Mal ordentlich angezogen (sollte er seine Kleider tatsächlich, wie berichtet, verbrannt haben, hätte er diese hier von der Polizei gestellt bekommen), zurückhaltend, entspannter Blick und die Anzünder (es müssen die Anzünder sein!) so in den Händen haltend, als wollte er sagen: Seht her, damit habe ich die Tat begangen, die Deutschland erschüttert hat, es war ganz einfach …
Klara musste lachen … Was für ein großartiges Werbeplakat würde dieses Bild abgeben: »*Feuerfee* – Prima Kohlenanzünder – brennen zuverlässig an, selbst größte Brandobjekte«. Sie griff nach ihrem Bierglas und trank es aus.
Ein feister Bürger am Nebentisch mit Uhrenkette an der Weste und plumpem Gesicht starrte sie wütend an.
»Möchten Sie die Zeitung?«, fragte Klara.
»Ich lese keine Judenblätter«, stieß er hervor.
Der tief sitzende Zorn, den sie gegen diese Art Mensch hegte, brach aus ihr hervor. Mit leicht zitternder Hand legte sie die Zigarette auf den Aschenbecher. »Die haben aber einen flotten Stil«, sagte sie. »Liegt wahrscheinlich daran, dass sie nicht bei jedem Komma die Hacken zusammenschlagen und den Arm hochreißen müssen wie die Redakteure beim *Völkischen Beobachter*.« Sie deutete einen Hitlergruß an.
Der Bürger erhob sich halb und hatte schon rote Flecken im Gesicht: »Wenn Sie den Reichskanzler verspotten, muss ich …«
Der Kellner trat zwischen sie und servierte dem Bürger ein Gulasch. Dann drehte er sich auf dem Absatz herum, blieb weiter zwischen den Streitenden stehen und zog Stift und Block hervor. »Sie möchten zahlen?«
Klara wollte schon verneinen, da wurde ihr klar, dass der feiste Kerl Stammgast war. Sie griff nach ihrer Zigarette, las die Summe ab, die der Kellner notiert hatte und legte die Münzen genau abgezählt auf den Tisch. Früher hätte ich eine Diskussion vom Zaun gebrochen, hätte den Kellner gezwungen, Farbe zu bekennen. Und wenn mein alter Freund

Kurt Ritter, das nihilistische Lästermaul, dabei gewesen wäre, dann hätten wir uns vor dem feisten Bürger aufgebaut, ihm die Uhr aus der Westentasche gezogen und ihn gefragt, ob er denn wisse, was es geschlagen habe … Aber Kurt, der Kabarettist ohne Netz und doppelten Boden, übergießt jetzt wahrscheinlich den Leibhaftigen mit seinem Spott und amüsiert sich gut, während ich mich damit herumschlage, ein holländisches Phantom zu identifizieren und nicht mal weiß, wozu das alles noch gut sein soll …

Der Kellner half ihr mit verkniffenem Gesicht in den Mantel. Klara blies ihm den Rauch entgegen und ging grußlos.

Ich muss mich mehr zusammenreißen. Es macht keinen Sinn, auf Provokationen einzugehen oder selbst zu provozieren. Widerstand muss organisiert werden, nicht improvisiert … Deine Aufgabe ist es, dich als Rädchen im Getriebe einzufügen … Höre ich da nicht ein höhnisches Lachen aus der Unterwelt? »Meine Verzweiflung, Klara, die wird auch durch die Weltrevolution nicht besiegt, darauf bestehe ich!« So ein dummer Kerl, was würde er wohl an meiner Stelle jetzt tun? Sicher wäre er nicht hier, er wäre in Kopenhagen geblieben, bei der schwarzen Katze, wäre im »Malstrøm« auf die Bühne gestiegen und hätte das getan, was er immer tat: seine unhaltbare Position verteidigt. Wir waren uns ähnlicher, als ich es wahrhaben wollte.

Klara fröstelte. Eins steht fest, entschied sie, als sie mit weit ausholenden Schritten über das breite Großstadt-Trottoir ging, mit zusammengekniffenen Augen, Rauch und Dampf ausstoßend wie eine zornige Lokomotive, auch wenn meine Mission sinnlos wäre, ich würde sie bis zum Ende ausführen. Es sei denn … »Es sei denn, jemand hat mir einen besseren Holzweg anzubieten«, wie Kurt mal erklärt hatte. Nein, Kurs halten!

Zum Roten Rathaus und zum Schloss war es nicht weit. Zwei Tage bevor er in den Reichstag einstieg, hat Marinus van der Lubbe versucht, drei Brände zu legen. Einen im Wohlfahrtsamt von Neukölln, einen im Rathaus, einen im Schloss. Was verband diese drei Gebäude miteinander? Sie waren staat-

liche Institutionen, allerdings völlig verschiedener Art: Das Wohlfahrtsamt war ein Anlaufpunkt für Arbeitslose, die dort Unterstützung suchten. Das Rathaus beherbergte die Stadtregierung, das Schloss war seit der Novemberrevolution ein Museum. Welcher Idee folgt einer, der nacheinander diese drei Gebäude anzünden will?
Der Pförtner am Rathaus reagierte zunächst abweisend auf Klaras Presseausweis: »Wenn ich den ganzen Tag der Presse Auskunft gebe, dann kann ich meine Arbeit nicht mehr erledigen. Und Sie denken vielleicht, ein Pförtner hat nicht viel zu tun, aber da kommen auch schon wieder Leute, die mir Löcher in den Bauch fragen wollen ... Sehen Sie, und die möchten bloß eine normale dienstliche Auskunft ... Und in ein paar Minuten kommt eine Lieferung von der Druckerei, die wollen dann wissen, wo die Kisten hingestapelt werden sollen, und ich muss ihnen aufschließen ... währenddessen wird wahrscheinlich jemand kommen und hier auf die Glocke schlagen, weil ich anderweitig beschäftigt bin und so weiter. Und nun Sie, und ich frag mich, wie ich wohl dastünde, wenn meine Frau so rumlaufen würde, die Figur hätte sie ja, aber trotzdem, wer will schon eine Dietrich zu Hause, im Kino ist die mir lieber, aber wo Sie jetzt schon mal so dastehen ... Machen Sie halt die Zigarette aus, zwei Minuten hätte ich schon noch.«
Es sei ein völlig dilettantischer Anschlag gewesen, erklärte der Pförtner. »Ich weiß nicht, wie der es geschafft hat, den Reichstag in Brand zu setzen, aber hier hat er sich dämlich verhalten. Wenn er geglaubt hat, er könne unser Haus abfackeln, indem er was Brennendes in die Souterrainwohnung wirft, dann war er aber ganz schön naiv. Aber so hat er sich das anscheinend vorgestellt: Kohlenanzünder durchs gekippte Fenster und schon brennt unser schönes rotes Rathaus lichterloh. Samstag, so kurz nach sieben Uhr abends muss das gewesen sein. Ein ganzes Päckchen von den Anzündern, immerhin. Aber der Kollege, der da wohnt, das ist nämlich eine Dienstwohnung im Souterrain, hat den Brandgeruch bemerkt, nachgeschaut und dann einen Eimer Wasser drübergekippt und fertig. Ist ja schon öfter mal passiert, dass je-

mand eine brennende Zigarette reingeworfen hat. So dachte der Kollege auch. War ihm nicht so wichtig, hat die Sache erst am nächsten Tag gemeldet, nachdem es ihm doch so vorkam, als wäre das mehr als nur eine Kippe gewesen. Immerhin waren ein Stück von der Tapete, eine Leiste am Fußboden und ein Kleiderständer angekokelt. Das will man ja auch ersetzt haben. Gut, hieß es, wird geregelt, aber häng es mal nicht an die große Glocke, ist ja schon genug Trubel in der Stadt, man muss nicht aus allem gleich eine Riesensache machen, es kracht doch sowieso an allen Ecken und Enden, politisch gesehen, meine ich. Wobei, wie ich schon sagte, der Effekt einer solchen Tat ... wie soll ich sagen? Erst mal: Wer sollte politisch was davon haben, wo doch alle Parteien hier im Rathaus ihre Leute haben? Und dann ist ja auch noch die Frage, was es bringen soll, wenn hier der Keller ausbrennt. Aber vielleicht hat der Holländer ja auch nur geübt. Im Reichstag hat's besser geklappt, aber da soll ihm jemand zur Hand gegangen sein – das haben Sie jetzt gar nicht gehört. Abgesehen von ... Na bitte, da geht's schon wieder los. Also dann, Dienst ist Dienst und Schnaps ist Schnaps ...«

Das Schloss war nur wenige Straßenecken und eine Brücke entfernt. Zwischen neunzehn und zwanzig Uhr war der Holländer da langgegangen. Es war schon dunkel gewesen. Trotzdem natürlich jede Menge Leben und Großstadtverkehr, hier im Zentrum der Stadt, und diese öffentlichen Gebäude werden ja angestrahlt. Klara sah den Schatten van der Lubbes vor sich, wie er sich im Schein der Straßenlampen nähert und auf der beleuchteten Fassade wie in einem expressionistischen Stummfilm seine Ausmaße vervielfacht, die Proportionen verzerren sich wie bei einer dämonischen Prophezeiung aus dem Hause Caligari, breitet sich über die ganze Schlossfassade aus, schwarze Flammen züngeln, dann eine Explosion, ein Schrei, flackerndes grelles Feuer, Hilferufe, eine angstvolle Silhouette, die am Fenster auftaucht, der Sprung in die Menge, Tränen, Hysterie und ein entschlossener Held, der den Täter stellen will und dem Wahnsinn verfällt ...

Was für Gedanken! Aber gehöre ich nicht zum Feuilleton der

*Times*? Wobei ich mir als Britin einen zurückhaltenderen Stil angewöhnen sollte, zumal, wie sich jetzt herausstellt, kein Anlass besteht, die Angelegenheit allzu dramatisch zu beschreiben.

Ein Feuerwehrmann hatte genügt, den Anschlag auf die ehemalige kaiserliche Residenz zu vereiteln.

»Ich bin auf Kontrollgang gewesen und habe im fünften Stock in einem Raum ein kleines Feuer entdeckt. Es gelang mir, den Brandherd mit Hilfe eines Feuerlöschers zu ersticken. Eine Arbeit, die schnell erledigt war. Großer Schaden war nicht entstanden. Allerdings stellte sich später heraus, dass es durchaus zu einem Brand größeren Ausmaßes hätte kommen können, wenngleich der oder die Täter nicht systematisch vorgegangen sind. Offenbar sind sie, jetzt heißt es ja, es sei nur einer gewesen, über das Gerüst an der Westseite hochgeklettert. Es wurde an verschiedenen Stellen gezündelt, Streichhölzer und Reste von Kohlenanzündern hat man gefunden.«

»Hat denn niemand bemerkt, dass da einer über das Gerüst gegangen ist?«

»Warum sollen sich Passanten um so was kümmern? Sogar der Souvenirverkäufer von gegenüber, der sich hier ein bisschen auskennt, hat gedacht, als er einen undeutlichen Schatten sah, der sich nach oben bewegte, dass da ein Arbeiter zu tun hat. Alarmiert war der nicht. Und wir hier sind es ja auch jetzt erst, nachdem das mit dem Reichstag passiert ist und es heißt derselbe Täter. Vorher war das für uns eher eine kleinere Sache.«

Zum Reichstag war es jetzt nicht mehr weit. Über die Linden zum Pariser Platz zwischen den sich drängenden Passanten hindurch. Ein sehnsüchtiger Blick in die Friedrichstraße, drüben in der Leipziger könnte sie sich einen neuen Anzug besorgen, und elegantere Schuhe. Aber das werden die Genossen nicht gutheißen ... wenn sie denn je eine Abrechnung über die Spesen bekommen.

Es dämmerte, als Klara am Reichstag ankam. Das Gebäude, das man »dem deutschen Volke« gewidmet hatte, war nun also im Kern ausgebrannt. Vor allem war es ein Klotz. Die

vielen Säulen und die breiten Türme an den vier Ecken täuschten eine Art Palast vor, der aber so wuchtig wirkte wie eine Festung und trotz der vielen Fenster wie ein Gefängnis. Ein kommunistischer Abgeordneter aus Hamburg hatte einmal seinen persönlichen Hass auf dieses architektonische Monstrum zum Ausdruck gebracht, in dem er sich »wie ein Zögling in einem Asyl zur Knechtung der Volksvertreter fühlt, in einer Kaserne des Amtsschimmels, wo dem freien Geist durch dicke Mauern der Zutritt verwehrt wird«. Die deutsche Räterepublik, so hatte der Genosse hoffnungsfroh geäußert, würde hoffentlich ein passenderes Haus für die Vertreter des befreiten Proletariats errichten.
Einstweilen war hier die Glaskuppel zerborsten und drinnen lag der Plenarsaal in Schutt und Asche. Klara hatte genügend Bilder gesehen, um zu wissen, dass es ein wahres Höllenfeuer gewesen war, das dort gewütet hatte.
Marinus van der Lubbe, der hilfsbereite, bescheidene Maurer aus Holland, war angeblich durch ein Fenster rechts vom Hauptportal in das Abgeordneten-Restaurant eingestiegen. Schauen wir uns das doch mal an. In den Berichten ist die Stelle des Einstiegs gut beschrieben. Ein Eisengeländer verhindert den direkten Zugang zum Erdgeschoss, dahinter geht es nämlich zwei Meter tief hinab in den Burggraben der Festung. Vergitterte Kellerfenster, Gitter auch im Untergeschoss. Und wer da hin will, muss zunächst über Stacheldraht klettern. Von dort unten nach oben ins Hauptgeschoss, das sind knapp fünf Meter, die soll der Brandstifter die Fassade hochgeklettert sein. Vor dem Fenster ist ein schmaler Balkon, genug Platz zum Stehen. Wenn man gutes Schuhwerk hat und einen anständigen Tritt, geht die Scheibe vielleicht schnell zu Bruch. Er soll ja schon draußen Streichhölzer angesteckt haben und dann mit den brennenden Anzündern ins Restaurant gesprungen sein. Gut, wenn man erst mal oben ist, kein Problem mehr. Aber wie gelingt es einem Halbblinden, ohne Hilfsmittel diese Mauer zu erklimmen? Da sind Fugen, aber viel zu schmal zum Festhalten. Über eine besondere Begabung als Fassadenkletterer bei van der Lubbe ist nichts vermeldet worden. Mit groben Schuhen und im

Wintermantel ist man nicht sehr wendig und geschickt. Seil und Enterkralle hatte er nicht dabei, von einer Leiter ganz zu schweigen. Hätte er sich nicht seine Klamotten zerfetzt beim Überklettern des Stacheldrahts, sich die Hände zerschnitten? Das Foto, das von ihm nach der Tat gemacht worden ist, zeigt keine derartigen Verletzungen, keine zerrissenen Hosenbeine, nichts.
Gedankenverloren wandte Klara sich um und lehnte sich gegen das Eisengeländer. Der Holländer hatte behauptet, an dieser Stelle eingestiegen zu sein. Die Brandlegung begann in den Räumen des Restaurants. Aber wenn man da gar nicht hochkommt? Warum behauptet er dann, an dieser völlig unmöglichen Stelle eingedrungen zu sein?

★

Graue Wolken am Himmel verteilten ebenso graue Schneeflocken in der hereinbrechenden Dämmerung. Ein kurzer Gang über Friedrichstraße und Leipziger Straße hatte sie ratlos gemacht. Das Leben ging einfach weiter, und wo auch immer das kämpferische Proletariat war, das angeblich den größten Teil der Berliner Bevölkerung ausmachte, hier war es kaum zu erahnen. Die Männer und Frauen in den gut geschnittenen Mänteln, die die funkelnden Auslagen der Schaufenster begutachteten, schienen von der sich ausbreitenden Nazi-Pest nicht beunruhigt. Begriffe wie »Widerstand« oder »Generalstreik« wirkten bedeutungslos in einer bunten Welt, in der Damen mit eleganten Hüten und Herren mit Lederhandschuhen und Gamaschen herumstreiften und nach Dingen Ausschau hielten, die sie nicht brauchten, sondern nur haben wollten.
Klara fühlte sich wie auf schwankendem Boden, als wäre die Zeit des Exils, die Zeit auf den Schiffen, noch nicht beendet. Eine fremde Heimat war das hier, zumal sie gerade zur Beute der Barbaren wurde, die hinter den glitzernden Fassaden der Hauptstadt ihren Mordplänen nachgingen. Immerhin

hatte sie einen Auftrag, aber ihr fehlten aufmunternde Worte, die kämpferische Gesinnung. Wir haben es immer gepredigt, allein ist ein Mensch wirklich nichts. Solidarität, Brüderlichkeit, der gemeinsame Kampf, Einheit – wie viele Worthülsen haben wir großzügig verschleudert. Nun, inmitten der gesichtslosen Menge, einem Wind ausgeliefert, der den Schnee in die Augen treibt und den Mantel zu dünn erscheinen lässt, würde ich gern in der Masse untertauchen, sogar im Gleichschritt marschieren, wo ich doch sonst oft genug dafür gesorgt habe, dass die, die zu wenige Fragen stellen, aus dem Tritt gerieten.
Zum zweiten Mal an diesem Tag schob sie die Tür zum Postamt am Alexanderplatz auf, ließ ihren Blick rasch, unauffällig, aber genau prüfend über die Menge der Postkunden gleiten. Sind Spitzel anwesend? Woran willst du sie erkennen? Die Schlange vor dem Schalter für postlagernde Sendungen war lang. Sie werden wohl kaum alle Briefe von diesen Leuten gelesen haben.
Ein Umschlag mit Mädchenhandschrift, darin ein niedlicher Brief an eine Tante gerichtet, mit einer ungelenken Zeichnung von Kindern, die eine Schneeballschlacht machten. Auf der Innenseite des Umschlags, sodass man es nur lesen konnte, wenn man ihn umdrehte und hineinspähte, eine Adresse und ein Name. Das genügte.
Sie war schon auf dem Weg zum Ausgang, als sie eine Hand auf ihrer Schulter spürte. Sie drehte sich langsam um und zog die rechte Faust aus der Manteltasche, um zuschlagen zu können.
Ein großer Mann im Blaumann, mit dickem Rollkragenpullover darunter und einer Mütze mit Ohrenschützern, fasste sie am Arm und zog sie zur Seite. »Du siehst blass aus.« Es war Ludwig Rinke.
»Netter Zufall, spart mir die Gebühr«, sagte er. »Komm mit raus. Hier stehen zu viele Leute rum.« Er bückte sich und hob einen Werkzeugkasten hoch. Er trug dicke Arbeitshandschuhe.
Immerhin einer, der sich bemüht, mir das Gefühl von Geborgenheit zu geben, dachte Klara und fummelte eine

Manoli aus ihrer Manteltasche. Rinke führte sie zu einem Glühweinstand am Straßenrand.

»Weniger rauchen, mehr essen«, sagte er. »Du bist schmal geworden.«

»Deus ex machina«, sagte Klara. »Zum zweiten Mal.«

»Wir waren doch verabredet, oder? Hat besser geklappt als gedacht. Wo bist du untergekommen?«

»Momentan ein Hotel. Gefällt mir aber nicht. Jetzt habe ich eine Adresse im Wedding.«

»Und das Himmelfahrtskommando? Um was geht's?«

»Material sammeln, der Holländer, das Feuer, das ganze Wie und Warum.«

»Sie haben dich auf van der Lubbe angesetzt?« Er fuhr sich mit der Hand über die Stirn und schaute sie zweifelnd an.

»Was ist dabei?«

»Deine Leute wollen ihn denunzieren, genau wie die anderen.«

»Unsinn!«, fuhr Klara ihn an.

Rinke wirkte leicht irritiert und schaute an ihr vorbei. »Dass du mir bloß keine Schande machst, Klara.«

»So ein Quatsch.«

»Schon gut. Du gehst deinen Holzweg, ich geh meinen. Apropos…« Er hob seine Blechkiste. »Die Arbeit ruft.«

»Und du, wo wohnst du?«

»Billige Absteige. Aber ich habe eine Wohnung in Aussicht, in der ich werkeln kann.« Er zögerte, schien einen inneren Disput auszufechten und nannte ihr eine Adresse in Kreuzberg. »Merk dir das, für alle Fälle«, fügte er unwirsch hinzu. »Wenn du kommen musst, dann ohne deine Stalinisten. Die Wohnung gehört einem Freund, der ist sehr allergisch, was deine Bande betrifft. Ich nenne ihn Genosse A.« Rinke lachte. »Sollte nur er da sein, kannst du ihm vertrauen. So, ich muss weiter, die Arbeit ruft, großer Auftrag.« Er grinste.

»Auftrag?«

Rinke stieß ihr den Ellbogen in die Seite. »Wie nennst du es, wenn du eine Sache erledigst, Berufung?«

»Wie lange?«

»Ein paar Tage, ein paar Wochen? Ich habe vor, ein politisches Signal zu setzen.«
»Du? Soll das ein Scherz sein?«
»Scherz, Ironie, tiefere Bedeutung, wer weiß? Ich hatte schon immer ein Faible für menschliche Schwächen bei den Starken. Und es lohnt sich.«
Er zahlte die Brause und verabschiedete sich. »Wenn wir uns aus den Augen verlieren und unser Briefkasten hier nicht funktioniert, lies die *Vossische*. Die nehmen Annoncen zügig rein. Wenn ich Berlin verlasse, wirst du es irgendwie erfahren.«
»Wohin?«
»Weiß man das in diesen Zeiten? Und sonst bin ich immer für dich da. Mach's gut!« Er beugte sich zu ihr, umarmte sie linkisch und eilte, den Werkzeugkasten in der Hand, zwischen Automobilen, Droschken, Omnibussen und Straßenbahnen auf die andere Seite, wo er vom Schatten der wogenden Masse aufgesogen wurde. Klara war völlig perplex.
Sie nahm die Straßenbahn in den Wedding. Busse mochte sie nicht, schon gar nicht die Doppeldecker, wo man oben saß wie in einer Konservendose.

Eine Tischlerei im Hinterhof, das Schild hing vorn zur Straße über der Durchfahrt, matt angestrahlt von einer Straßenlaterne, die Torflügel waren noch geöffnet. Ein Laster stand schräg halb in der Durchfahrt, halb auf dem Gehweg, Bretter und ein nagelneuer Schrank auf der Ladefläche. Die Ausfahrt wurde von einem Lieferwagen blockiert, der einige Beulen aufwies. Im Vorbeigehen bemerkte Klara ein Hakenkreuz, das verkehrt herum in den Lack unterhalb des Griffs der Hecktür geritzt war.
Es hätte ihr eine Warnung sein sollen. Kaum hatte sie sich durch den schmalen Raum zwischen Wand und Kotflügel geschoben, sprangen von rechts und links zwei Männer auf sie zu, packten sie an den Armen und zerrten sie gegen die Wand.
»Stillgestanden« und »Schnauze halten« wurde sie ange-

blafft. »Hände über den Kopf!« Klara tat es. Eine Taschenlampe blitzte auf, gleichzeitig ein Schlag in die Magengrube, der glücklicherweise von Jacke und Mantel gedämpft wurde. Trotzdem musste sie sich würgend nach vorn beugen. Der Strahl der Lampe blieb an ihrem Gesicht hängen, die Mütze wurde ihr vom Kopf geschlagen. Eine Faust blieb drohend in der Luft hängen.
»Was soll das denn?«, fragte der eine verblüfft. »Eine Frau?«
»Presse, Ausland«, stieß Klara mühsam hervor.
»Hat wieder einer gemauschelt«, sagte der, der offenbar das Wort führte. Er trug einen Trenchcoat, der andere einen Ledermantel. Sie ließen von ihr ab, Klara stöhnte auf und musste husten.
»Erst mal den Ausweis!«
Sie prüften den Presseausweis im Schein der Lampe.
»Gut«, sagte der Trench. »Sehr gut. Wir sind angehalten, für Öffentlichkeit zu sorgen.«
»Na ja«, murmelte der im Ledermantel.
»Kommen Sie mal mit, Fräulein«, sagte der Trench in versöhnlichem Ton. »Sie sprechen doch Deutsch?«
»Sicher.« Klara merkte, wie sie zu zittern begann. »Wer sind Sie denn?«
»Staatspolizei«, sagte der Trench und deutete auf den anderen: »Mit Hilfestellung.«
Klara bemerkte das Nazi-Abzeichen am Ledermantel, braune Kniehosen, derbe Stiefel darunter. SA also.
»Säuberung der Hauptstadt von aufrührerischen Elementen, Herstellung der Ordnung nach dem Aufstandsversuch der Kommune …«
Sie führten Klara in den zweiten Hinterhof. Dort standen Männer vor der Hauswand aufgereiht, vor ihnen SA-Leute, manche hielten brennende Fackeln in der Hand. »Umdrehen!«, kommandierte ein braun Uniformierter. »Hände an die Wand, Beine breit! Durchsucht nach Waffen!«
»Kommunistische Zelle … Verschwörer … massenweise Propagandamaterial im Keller … Druckerpresse für verbotene Druckschriften … Pläne für den Aufstand … Zerschlagung des Staats … Mordanschläge auf die nationale Regierung …

Waffenfunde ... Sprengstoff ... Agenten des feindlichen Auslands ...« Klara verstand nur Bruchteile der monotonen Sätze, die der Trench ihr ins Ohr murmelte wie einen auswendig gelernten Text. Der Mann im Ledermantel sah sie mit begeistert glänzendem Gesicht an.
Ein Knüppel in die Kniekehle, und ein widerspenstiger Genosse ging zu Boden. Alle wurden abgetastet und gefesselt. Der letzte, der drankam, nutzte einen Moment der Unaufmerksamkeit und rannte an den SA-Leuten vorbei zur Durchfahrt. Drei sprangen ihm nach.
Ein Ruf aus dem dritten Stock: »Wir haben ihn!« Im gleichen Moment fiel ein Sack von oben herunter und kam mit einem dumpfen Aufprall auf den Steinplatten auf. Nur dass es kein Sack war, sondern ein Mensch mit zerschlagenem Gesicht und blutgetränkten Haaren. Der Uniformierte, der neben ihm stand, schaute ihn gleichgültig an und trat ihm in die Seite, als er sich nicht regte. Dann senkte er die Fackel und probierte aus, ob der Bewusstlose Feuer fing.
»Aufhören!«, rief Klara mit kraftloser Stimme.
»Schafft ihn weg«, sagte der Ledermantel. Zwei SA-Männer hoben den leblosen Körper auf und schleppten ihn zur Straße.
»Typische Geschichte«, sagte der Trench betont sachlich zu Klara. »Sie springen aus dem Fenster, und später heißt es dann, wir hätten nachgeholfen.«
»Aber er wurde blutig geschlagen ...«
»Nein, nein«, sagte der Stapo-Beamte mit milde tadelnder Stimme, »er ist leider aufs Gesicht gefallen.«
Der Geflüchtete wurde in den Hof gebracht. Er taumelte und fiel auf die Knie. Vor Entsetzen weit aufgerissene Augen. Er spuckte Blut und Zähne. Als er aufblickte, schaute Klara in eine von Schmerz und Entsetzen grotesk verzerrte zahnlose Fratze.
»Leider vor ein Auto gelaufen«, kommentierte der Ledermantel, »so ein dummer Mensch.«
Klara wandte sich ab, musste würgen, ihr schwindelte. In einer Ecke bemerkte sie eine etwa Sechzehnjährige in BDM-Tracht. Mit zusammengekniffenen Lippen und hasserfülltem

Blick starrte sie auf den Verletzten. Der Ledermantel, der sich schon zum Gehen gewandt hatte, bemerkte sie und rief sie zu sich. Er deutete auf Klara: »Durchsuch die mal«, sagte er fast beiläufig. »Man weiß ja nie.«
Das Mädchen nickte und machte sich verbissen ans Werk. Der Ledermantel winkte einen SA-Mann herbei: »Überwachen!«
Der Uniformierte stellte sich neben Klara und sah zu, wie das Mädchen sich gewissenhaft durch alle Taschen arbeitete, Mantel und Jackett aufknöpfte und sie abtastete. Papiere, Ausweise, Zigaretten, Feuerzeug und Sonstiges reichte es dem SA-Mann, der alles im Schein der neben ihm hochgehaltenen Fackel prüfte.
»Die trägt ja Hosen«, sagte das Mädchen angeekelt.
»Als Ausländerin kann sie das meinetwegen tun«, sagte der SA-Mann, dem offenbar entgangen war, dass Klara sich als deutsche Korrespondentin einer britischen Zeitung ausgewiesen hatte.
Nach und nach gab er ihr die inspizierten Sachen zurück. Sogar die Zigaretten schüttelte er aus der Manoli-Dose und spähte hinein. Eine davon fiel zu Boden. Klara bückte sich. Das Mädchen trat auf die Zigarette, beinahe hätte sie Klaras Hand erwischt, dann zog sie den Fuß zurück. Die Zigarette war hin.
»Oh, Entschuldigung«, sagte das Mädchen.
Klara richtete sich auf. Der SA-Mann hielt jetzt den Umschlag aus dem Postamt in der Hand. Darin war die Notiz, die sie hierhergeführt hatte. Beweis genug, dass sie zu den »Verschwörern« gehörte. Der SA-Mann zog den Brief eines unbekannten Mädchens an seine nicht existierende Tante heraus. Das weckte die Neugier des Ledermantels. Der SA-Mann gab ihn weiter und behielt den Umschlag in der Hand.
»Sie hat keine richtige Adresse«, sagte er.
Der Ledermantel lachte milde, als er das kindliche Bild bemerkte.
Der SA-Mann reichte ihm den Umschlag.
»Wieso postlagernd?«, fragte der Ledermantel.
»Ich bin beruflich viel unterwegs ... daher ...«

Er hielt den Umschlag in den Fackelschein und drehte ihn mehrmals um. »Wohnsitz in Berlin?«
»Pension Unger … beim … S-Bahnhof Warschauer Brücke.«
Er schob zwei Finger in den Umschlag, um nachzusehen, ob noch was drin war.
In diesem Moment, als Klara fest damit rechnete, dass ihr Ende gekommen war – »nun schon … nun schon …«, summte es in ihrem Kopf –, kreischte der zahnlose Mann schrill auf.
Ein Uniformierter – »Glotz nicht so, du Sau!« – hatte ihn mit einem Tritt auf den Rücken geworfen und ihm die brennende Fackel ins Gesicht gedrückt.
»Na, na, na!«, rief der Ledermantel und klatschte in die Hände, als wollte er ungezogene Kinder zur Räson bringen. »Jetzt ist aber gut! Wir ziehen ab. Die Gefangenen in den Wagen!«
Die Männer mit den Fackeln trieben die Gefesselten durch die Toreinfahrt. Die Geschlagenen wurden aufgerichtet und mitgeschleift.
»Aber … das sind doch zwei Verletzte«, hörte Klara sich protestieren.
»Die werden selbstverständlich in unserem Gefängnislazarett behandelt, gnädige Frau«, erklärte der Ledermantel mit ironischem Unterton und reichte ihr die Papiere.
Klara hörte die Motoren aufheulen, dann war es still. Niemand regte sich im Haus, fast alle Fenster zum Hof waren dunkel. Neben ihr stand das BDM-Mädchen.
»Solche wie Sie gehören auch abgeholt«, zischte sie.
Klara verpasste ihr eine so kräftige Ohrfeige, dass sie taumelnd gegen eine Mülltonne prallte.
»Hilde, bist du noch da unten?«, ertönte eine Frauenstimme, als Klara keuchend durch die Einfahrt eilte.

★

Der grauhaarige Nachtportier im Hotel zögerte kurz, bevor er sich zum Schlüsselkasten umdrehte. Er legte Klaras Zimmerschlüssel aufs Pult, behielt aber die Hand darüber.
»Sie sind doch Ausländerin, kommen Sie aus Dänemark?«
»Nein, aus London.«
»Ach, und was haben Sie in Berlin zu tun?«
»Ich bin Journalistin, ich schreibe für die *Times*.«
»Also sind Sie Engländerin?«
»Ja, warum fragen Sie? Ich habe doch meinen Pass gezeigt ...«
Er nahm die Hand vom Schlüssel. »Man hat nach einer jungen Frau aus Dänemark gefragt. Sie soll hier abgestiegen sein. Das Gästebuch wurde kontrolliert ... aber eine Dänin ist nicht verzeichnet.«
Klara griff nach ihrem Zimmerschlüssel. Er fühlte sich kalt und fremd an, als wollte er nichts mit ihr zu tun haben. »Wer ist denn ›man‹?«
»Bitte?«
»Sie haben gesagt, ›man hat gefragt‹.«
»Na, wer halt so fragt.«
»Hat man die Frau beschrieben? Vielleicht habe ich sie ja gesehen.«
»Das habe ich auch gefragt. Aber sie wussten nur: dänische Kommunistin, nicht wie sie aussieht.«
»Aha.«
Er lachte. »Na ja, Sie sind ja aus England und die *Times* ist bestimmt kein rotes Blatt, was?
»Stimmt.«
»So habe ich das denen auch gesagt: Wir haben nur eine Engländerin hier, und die ist seriös.«
»Danke.«
»Die sind alle ein bisschen nervös, wegen des Brandes im Reichstag. Da sollen Ausländer die Hand im Spiel gehabt haben. Aber der, den sie auf frischer Tat ertappt haben, war ja aus Holland.« Er schüttelte den Kopf, als würde ihn das alles ratlos machen. »Wussten Sie, dass Hanussen, der Hellseher, den Brand vorausgesagt hat? Der verkehrt doch mit den Nazi-Größen. Komisch, dass die seine Warnung nicht

ernst genommen haben. Wäre das nicht interessant für Sie? Als Journalistin, meine ich.«

Ja, allerdings ... wenn der Chefokkultist der Nazi-Bonzen so einen Brand voraussagt, dann fragt man sich schon, woher er das weiß.

»Jedenfalls ist es ein Beweis dafür, dass er wirklich große Ereignisse voraussehen kann.«

Klara wünschte ihm eine gute Nacht und ging mit klopfendem Herzen auf ihr Zimmer. Ausziehen, sofort? Nein, nur keinen Verdacht erregen!

Sie überprüfte ihre Papiere im doppelten Boden des Koffers. Da waren noch Dokumente, die ihre wahre Identität bestätigten. Auf die sollte sie ausweichen, wenn die Tarnung als Engländerin nicht mehr funktionierte. Das würde kaum möglich sein, immerhin wurde sie wegen eines Anschlags auf einen Hamburger Polizeioffizier gesucht. Aber vernichten? Sie versteckte die Papiere wieder im doppelten Kofferboden. Den Briefumschlag, ein paar Zettel und Papierfetzen mit verräterischen Notizen verbrannte sie im Aschenbecher. Dann ging sie den Hotelflur ab und suchte nach dem Fluchtweg im Brandfall. Er führte über eine Treppe ins oberste Geschoss, wo man über eine Luke aufs Dach klettern konnte. Die im Treppenhaus liegende Leiter gehörte dazu.

Zurück im Zimmer setzte sie sich im Mantel ans halb geöffnete Fenster, rauchte und horchte in die Nacht.

Wenn draußen Stiefelgetrappel zu hören ist und Befehle gebrüllt werden, flüchte ich aufs Dach. Wenn sie sich anschleichen, springe ich aus dem Fenster.

Irgendwann nickte sie ein, ihr wurde kalt und sie kroch doch ins Bett. Am Morgen noch beim Aufwachen der erste Gedanke: Ich werde von nun an immer eine aktuelle *Times* bei mir tragen ...

Der Tagesportier wunderte sich, dass sie ohne Frühstück das Hotel verlassen wollte. Sie schützte vor, verschlafen zu haben.

Mit ihrem Koffer setzte sie sich in ein überfülltes Kaffeehaus beim Gendarmenmarkt und aß mit einer Gier, die sie selbst überraschte, ein großes Frühstück mit Ei und Schinken.

Sie rekapitulierte ihre Situation. Der Auftrag lautete, alles über den angeblichen Brandstifter herauszufinden. Wenn es sein musste, sollte sie ihre Kontakte ins Milieu der Linkssektierer nutzen. »Wir wissen, dass du Kontakte zu Anarchisten hast …« Der einzige Anarchist, den sie kannte, war Ludwig Rinke, und den konnte man kaum als Sozialrevolutionär bezeichnen. Dennoch und obwohl er behauptete, nur auf eigene Rechnung zu arbeiten, hatte er Verbindungen zu echten Revolutionären. Aber stehe ich nicht kurz vor dem Verrat, wenn ich ihn als Informanten benutze? Könnte die Partei nicht jemanden abkommandiert haben, der mich beaufsichtigt? Ha, falle ich etwa schon auf die Propaganda der bürgerlichen Presse herein, die behauptet, die Internationale befinde sich im Würgegriff der GPU? Hast du jemals diesen Griff gespürt? Der angeblich allmächtige Apparat des Genossen Stalin ist nicht einmal mächtig genug, dich davor zu bewahren, haarscharf an der Entdeckung durch deine Verfolger vorbeizuschlittern. Wäre ich einen Tag früher in Friedrichshain angekommen, eine Stunde früher im Wedding, zwei Stunden früher im Hotel …
Klar ist, dass ich weder die einen noch die anderen, weder die Gegner noch die Genossen, zu Ludwig Rinkes Unterschlupf führen darf. Die Partei wirkt in diesen Tagen, wo es darauf ankäme, straff organisiert dem faschistischen Terror entgegenzutreten, merkwürdig desorganisiert. Nach all dem, was ich mit angesehen habe, kann ich mich nur wundern … Angst bekommen … der Verzweiflung verfallen? Weiterkämpfen! Und den Auftrag ausführen, den ich angenommen habe.
»Sie rauchen zu viel, Fräulein«, sagte eine ältere Frau am Nebentisch. »Ich bin ja schon völlig eingenebelt.«
Klara entschuldigte sich, zahlte und ging. Besser gesagt, sie lief davon vor möglichen unbekannten Verfolgern der eigenen oder der feindlichen Seite, besuchte Läden, die mehrere Eingänge hatten, durchquerte Cafés, eilte im Laufschritt durch Kaufhäuser, benutzte Nebenausgänge, Hintertüren, hastete über Höfe in Seitenstraßen, durch Grünanlagen, fuhr kurze oder längere Strecken mit U-Bahn, Straßenbahn, den

ungeliebten Bussen, nahm für eine kurze Strecke ein Taxi – und landete schließlich in Kreuzberg, wo sie wieder Hauseingänge, Höfe, Treppenhäuser, Kellertüren und Durchgänge benutzte, in atemloser Hast, mit einem verrückten Ehrgeiz, unbedingt die abwegigsten Haken zu schlagen, in der Hand immer den lästigen Koffer.

Und dann stand sie vor der Tür der angegebenen Adresse im Hinterhof-Souterrain eines Mietblocks. Auf die Tür gemalte Buchstaben: *Otto – Reparaturen aller Art.* Ein kleiner drahtiger Mann in Manchesterhose und gestreiftem Sweater, mit scharf geschnittenem Gesicht, Hakennase, glatt gekämmten Haaren und Sportschuhen, wie Boxer oder Ringer sie tragen, stand vor ihr. Er erinnerte Klara eher an einen Artisten aus dem Zirkus oder einen Jockey als an einen Handwerker.

»Guten Tag, mein Koffer ist kaputt«, sagte Klara, die über der Tür ein offenes Küchenfenster bemerkt hatte.

»Na ja«, sagte der Mann, »dann kommen Sie mal rein.«

Klara schloss die Tür hinter sich. »Sind Sie Otto?« Sie stellte den Koffer ab. »Ich bin Klara. Ist Ludwig hier?«

Der Mann schüttelte den Kopf. »Einen Otto gibt's hier nicht, hat's hier nie gegeben, wird's hier nie geben. Sagen wir mal, ich bin Ludwig der Zweite.«

»Ist er hier?«

»Ludwig der Erste? Nein. Der ist arbeiten gegangen. Aber setz dich doch.«

»Bist du der, den Ludwig ›Genosse A‹ nennt?«

Der Mann, der nicht Otto und bestimmt nicht Ludwig hieß, zuckte mit den Schultern. Das konnte man auch als Bejahung deuten.

Klara schaute sich um.

Der Raum war niedrig, aber recht groß, ein breiter Durchgang führte in einen zweiten, noch weitläufigeren Raum, der nur durch Eisenträger, Werkbänke, Kommoden, Schränke, Haushaltsgeräte und Möbelstücke, die offenbar repariert werden sollten, abgeteilt wurde. Ein modernes Radiogerät, völlig auseinandermontiert, stand auf einem Tisch, in einer Ecke ein Grammophon mit abgebrochenem Trichter und zahllose andere Sachen. Obwohl es viele Gegenstände waren,

schien alles sich wohlgeordnet an seinem Platz zu befinden. Erstaunlicherweise fiel durch die Souterrain-Fenster genügend Licht herein, dass man ohne künstliche Beleuchtung arbeiten konnte.
»Wir haben auch ein Gästezimmer«, sagte Genosse A und führte Klara durch einen Verschlag, in dem ein Bett stand, durch ein dunkles Kabuff, wo zwei Feldbetten an der Wand lehnten, in ein Zimmer mit einigen Möbeln und zwei gemachten Betten. In dem einen schien Ludwig zu schlafen, jedenfalls lagen auf dem Nachtschränkchen einige dicke Bücher, darunter Feuerbach und Nietzsche und eine zerfledderte Ausgabe von Voltaires *Candide*. Auf dem Boden eine Ausgabe der Zeitschrift *Der Syndikalist*. Genosse A hob sie auf und wollte sie aufs Kopfkissen legen, hielt dann aber inne.
»Er weigert sich, das zu lesen, ich leg's ihm trotzdem immer hin. Wenn es um Organisation und politische Aktion geht, ist er störrisch wie ein Kind, besser gesagt wie ein Esel.«
»Mir sagte er, er hätte eine politische Aktion geplant.«
Genosse A kniff die Augen zusammen: »So? Hat er das? Interessant.« Er reichte ihr die Zeitschrift. »Ist jetzt natürlich auch verboten, die Neuausgabe heißt *Arbeiter-Echo*. Ich hab auch alle Exemplare der *Internationale*, falls du dich theoretisch weiterbilden möchtest.«
»Die *Internationale*?«
»Eine sehr interessante Zeitschrift für alle, denen Freiheit genauso wichtig ist wie Gerechtigkeit.« Seine Augen blitzten auf.
»Kenne ich nicht.«
»Nein? Ihr Kommunisten seid wirklich Sektierer.« Er deutete auf das zweite Bett. »Das kannst du haben, falls du bleiben musst. Mach's dir bequem. Keine Ahnung, wann Ludwig zurückkommt. Ich bring dir was zu lesen … gelangweilt hat sich bei uns bislang noch keiner.«

Ludwig Rinke war am frühen Abend zur Stelle, grüßte seinen Freund fröhlich und bekam bei Klaras Anblick schlagartig schlechte Laune. Fast schien er sie zu ignorieren.

Genosse A war irritiert und machte sich in seiner Küche zu schaffen.
»Pichelsteiner Eintopf«, sagte er, als er den großen Topf auf den Tisch wuchtete, »sein Lieblingsessen, hoffentlich bessert es seine Laune.«
»Wenn ich jetzt schon weiß, dass ich die nächsten drei, vier Tage immer das Gleiche kriege ...«, nörgelte Rinke, entschuldigte sich dann aber.
»Was ist denn los?«, fragte Klara verunsichert.
»Was ist los, was ist los ...«, begann Rinke und fuchtelte mit dem Löffel herum. »Ich weiß jetzt, worauf dein Auftrag hinausläuft, das ist los.« Er wandte sich an seinen Freund: »Und das wird dir auch nicht gefallen. – Von Moskau her tönt es, aus Paris tönt es und aus London. Die Propagandawalze der Stalin-Anbeter hat losgelegt, und nun rollt sie über ihn hinweg, in Treue fest vereint mit dem Panzerwagen der Nazi-Justiz.«
»Über wen?«
»Van der Lubbe. Die Nazis benutzen ihn als Vorwand für die Kommunistenhatz, die Kommunisten beschmeißen ihn mit Dreck, er sei ein schwuler Lustknabe, den Röhm und Konsorten mit Geschenken überhäuften.« Rinke schlug empört mit der Faust auf den Tisch. »Was sind das für dreckige Lügen!«
»Wer behauptet denn so was?«
»Kommunistische Auslandspresse. Es ist zum Kotzen, aber typisch für deinen Verein.« Er deutete anklagend mit dem Löffel auf Klara.
Ihr fiel nichts dazu ein.
»Er hatte Freunde hier in Berlin, Genossen, die uns nahestehen ... jedenfalls ihm ...« Er blickte seinen Gastgeber an. »Die haben Verbindungen nach Holland und dort weiß man schon ganz genau, wie der Hase läuft und wer auf ihn schießt ...«
»Wenn es heißt, ein Halbblinder klettert in den Reichstag und fackelt ihn in wenigen Minuten mit ein paar Kohlenanzündern ab, dann bin ich auch skeptisch«, warf Klara trotzig ein.

»So? Wenn die Gralshüter der Revolution aus einem Mann der Tat, der zum Aufstand aufruft, einen Kollaborateur aus niedersten Motiven macht ... eine bezahlte Nazi-Hure, dann werde ich wütend!«

»Was weißt du denn schon von diesem Holländer?«, fragte Klara.

Genosse A, in dessen Gesicht Verunsicherung und Unbehagen geschrieben standen, erhob sich hastig und ging in die Kochecke, wo er sich an einem Laib Brot zu schaffen machte.

»Ich weiß, was er getan hat!«, rief Rinke. »Und was er danach gesagt hat!«

»Nicht so laut«, mahnte sein Freund.

»Er wollte das deutsche Proletariat zum Kampf gegen die Hitlerei aufrufen ... Eben das, was deine Partei versäumt hat ... wo man sich auch schon fragen kann, wieso. Wie kann denn eine Organisation so schlecht organisiert sein, dass sie sang- und klanglos untergeht?«

»Wir sind für den illegalen Kampf gerüstet«, erklärte Klara verbissen. »Im Übrigen kann man sehr wohl auf den Gedanken kommen, dass dieser van der Lubbe ein Instrument der Faschisten ist, immerhin hat seine Tat die Jagd auf die Arbeiterparteien provoziert ... eine willkommene Provokation! Wir wissen ja, dass die Pläne zu dieser Hatz schon lange in Hitlers Schublade lagen ...«

Rinke, jetzt schon etwas ruhiger, schüttelte den Kopf: »Nein, nein ...«

»Gut«, sagte Klara. »Gehen wir also mal davon aus, er wollte zum Kampf gegen die Nazis aufrufen ... konnte er sich nicht denken, dass er mit dieser Tat das Gegenteil bewirkt?«

»Die sogenannten Arbeiterparteien bewirken schon seit Jahren das Gegenteil«, warf Genosse A ein und legte das Brot auf den Tisch.

Eine Weile aßen sie schweigend ihren Eintopf. Nach dem Essen ging Rinkes Freund los und holte ein paar Flaschen Bier.

»Ich bin Reporterin«, sagte Klara, »Ich werde nicht lügen, egal, was ich herausfinde.«

»Vielleicht wirst du das sogar versuchen, aber ...«, lenkte Rinke ein.
Klara schnitt ihm das Wort ab: »Bring mich mit den Leuten zusammen, mit denen van der Lubbe hier in Berlin zu tun hatte.«

★

Das Wohlfahrtsamt, bei dem die Arbeitslosen in Neukölln Unterstützung beantragen konnten, war nur eine einstöckige Holzbaracke in der Nähe eines Friedhofs. Klara stand auf der gegenüberliegenden Straßenseite und fragte sich, was den Holländer wohl dazu bewogen hatte, dieses mickrige Gebäude anzuzünden. Viel passiert war anscheinend nicht. Es war wirklich rätselhaft, wie ungezielt und ineffizient dieser Mann gehandelt hatte – oder steckte ein Plan dahinter, den sie nicht begriff?
Vor der Baracke hatte sich eine Schlange von Wartenden gebildet, Männer, Frauen und einige Kinder, denen man ansah, dass sie völlig verarmt waren. Klara bemerkte einen Polizisten, der gelegentlich aus dem Amt trat, die Menschen begutachtete und seinen Blick über die nähere Umgebung schweifen ließ, dann verschwand er wieder. Um sich dem Beamten nicht als willkommenes Ziel zu präsentieren, verlegte sich Klara darauf, an einer Ecke den einen oder anderen Arbeitslosen abzufangen, indem sie ihm eine Zigarette anbot, sich als ausländische Reporterin zu erkennen gab und Fragen über den Brand im Wohlfahrtsamt zu stellen versuchte.
Die meisten waren desinteressiert und liefen vorbei. Einige hielten sie offenbar für einen Mann. Manche Männer wiederum schienen zu glauben, sie stehe da, um anzuschaffen, und reagierten anzüglich. Als die Frauen das bemerkten, gab es empörte Bemerkungen in ihre Richtung. Ein paar jüngere Männer allerdings nahmen dankbar eine angebotene Zigarette an und redeten mit ihr.

Die meisten klagten, dass es sehr schwer sei, Geld- oder Sachleistungen zu bekommen, die Beamten seien abweisend, bürokratisch und hochnäsig. Auf die Frage, was es denn mit diesem Brandanschlag auf sich gehabt habe, wussten die meisten nichts zu sagen. Zwei oder drei glaubten gehört zu haben, dass es jemand von den Arbeitslosen gewesen war, die einen Tag zuvor versucht hätten, das Amt zu stürmen.

Ein etwas älterer Mann, der mehrmals neugierig vorbeigegangen war und Klaras Gespräche mit den Männern offenbar interessant fand, wusste mehr, gab zögernd einiges preis und schaute sich immer wieder um.

»Der Brandanschlag, das stand auch in der Zeitung, soll ja von dem Holländer begangen worden sein, den sie im Reichstag verhaftet haben. Das glaube ich nicht. Was wollte der denn mit dieser Bretterbude? Üben? So ein Unsinn! Es kommt doch keiner extra aus Holland, um so ein mickriges Amt abzufackeln. Aber es wird halt ne Menge zusammengefaselt in den Zeitungen. Ich meine, das war bloß eine Racheaktion … man kann's auch keinem verdenken, der da drin mal um ein paar olle Klamotten für die Kinder oder Geld für die Suppenküche gebettelt hat … Ich hab mal versucht, für eine Nachbarin, eine alte Frau, die nicht mehr gehen konnte, Holz und Kohle über das Amt zu organisieren. Da wurde nichts draus, nicht mal ne Decke wollten die rausrücken bei der Kälte, sie solle selber kommen, hieß es. Wegen der Gicht konnte sie ja nicht mehr schreiben, nur so'n Krickelkrackel, und das haben die als Unterschrift nicht anerkannt … Wird Sie jetzt nicht interessieren, diese Geschichte … die Frau ist dann in ihrer eigenen Wohnung erfroren. So läuft das hier, die haben kein Mitleid, deshalb kriegen sie den Hass der Leute zu spüren, deshalb sind auch immer Polizisten im Amt. Also meine ich, es war Rache. Bestimmt nichts Großes und auch nicht sehr politisch. Es ging um einen Selbstmord. Also, es hat sich einer aufgehängt, den die da drin abgekanzelt haben, als er nicht mehr wusste, wie er seine Familie am Leben erhalten soll. Der ist verzweifelt … kann man verstehen, andererseits hat die Frau

jetzt die Kinder allein am Hals und die Verwandten freuen sich auch nicht, dass sie teilen müssen. Einen hat es aber richtig gefuchst, der hat sich alle Tage vor das Amt hingestellt und dazu aufgerufen, die Beamten fertigzumachen … frag mich nicht wie. Auch bei ›Schlaffke‹, das ist ne Kneipe, hat er krakeelt. Ich glaube, es war sein Schwager, also der Schwager von dem, der Selbstmord begangen hat. Aber Schwager … was hier so alles als Schwager durchgeht … Wenn er verwandt war, hätte er sich vielleicht besser um die Kinder gekümmert als um seine Rache, aber die wollte er unbedingt.«
Der Mann nahm, kaum dass er seine Zigarette aufgeraucht hatte, eine neue an. Klara hatte den Eindruck, dass er gern etwas weiter ausholte, weil dann vielleicht noch eine Manoli heraussprang.
»Er, also der angebliche Schwager des Selbstmörders … das ist übrigens so einer, der sowieso immer das große Wort führt bei Schlaffke … da in der Kneipe … Gerüchte gab's übrigens sogar in die Richtung, dass sich da ein paar Leute bewaffnen wollten, um das Amt zu stürmen … aber das hat die Polizei wiederum rausbekommen, und die haben sie abgefangen. Dann hieß es: Pistolen, Messer, Eisenstangen, sogar Granaten und was nicht alles, inklusive Flugblätter von den Roten … heutzutage weiß keiner, woher solche Behauptungen kommen und was da überhaupt dran ist. Die Amtsschimmel jedenfalls haben sie nicht übern Leisten gezogen … Ein paar Tage später wurde behauptet, jemand hätte versucht, die Bude anzuzünden. Mich würd's auch nicht wundern, wenn einer von den Fettsäcken da drin seine Zigarre versehentlich in den Papierkorb mit den abgelehnten Anträgen geschmissen hat, statt in den Aschenbecher. Aber fragen Sie mal die Jüngeren, irgendeiner erzählte, er hätte den Holländer vom Reichstag erkannt und der hätte hier mit den jungen Leuten vorm Amt rumgestanden und versucht, sie zu irgendwelchen Sachen anzustiften … Was weiß ich … Siehst du ein Bild in der Zeitung von einem, der was aufm Kerbholz hat, denkst du gleich, du bist doch gestern mit ihm in der Straßenbahn gefahren oder hast ihm an der Ecke Feuer gegeben …

apropos, haben Sie noch eine Zigarette? … Ich muss jetzt aber weiter.«
Klara suchte weiter in gewissem Abstand zum Amt nach Zeugen. Sie stieß auf drei junge Männer, die untereinander Päckchen austauschten. Irgendwas in Pergamentpapier eingewickelt, das konnten auch einfach nur Stullen sein. Klara fragte, ob sie Lubbe, den Brandstifter, gekannt hätten. Die Männer wollten wissen, wer sie sei. Sie zeigte ihren englischen Pass und den Presseausweis. Mit deutschen Journalisten würden sie nicht reden, sagten die drei, mit einer Ausländerin schon, aber nur kurz.
Sie erinnerten sich an den Holländer, der öfter hier herumgestreift sei. Kommunist sei er gewesen, aber keiner von der Partei. Im kommunistischen Verkehrslokal hätte er sich aufgehalten und offenbar viele Bekannte in der Gegend gehabt. Arbeitslose, vor allem organisierte. Da gäbe es ja den Ausschuss in der »Gaststätte Schlaffke«. Gewundert hätten sie sich, dass er einerseits mit den Kommunisten zusammen war und andererseits gegen sie geredet hätte. Wenn er hier vorm Amt die jungen Leute angesprochen hätte, dann sei es gegen die Parteien gegangen, die die Arbeiter verraten hätten. Nur die Arbeiter selbst könnten den Faschismus aufhalten, wenn sie in Massen protestieren und streiken würden, um das ganze Land lahmzulegen. Keine Politik sollten sie machen, sondern direkt die Macht ergreifen. Davon habe er immer wieder angefangen, der Holländer: Alle Parteien müssten weg, der ganze Staat tauge nichts, weil er nur zur Unterdrückung der Arbeiter da sei, das würde man ja schon hier bei diesem Amt sehen, dass es nur darum ginge, die Armen zu demütigen. Dabei hätten sie das Recht auf Brot und Kleidung, es würde ihnen alles nur verwehrt, damit sie schwach bleiben. Wenn die Massen sich aus eigener Kraft erheben würden, dann würde das alles hinweggefegt, und Parlamente und Abgeordnete und Parteien und Gewerkschaftsbürokratie bräuchte man nicht, man müsse es alles ganz anders machen, so wie in Russland, als der Staat und die Unterdrücker gestürzt und alles neu organisiert worden sei. Auf den Einwand, in Russland hätten sie doch einen Staat und

eine Partei, hatte er gesagt, das sei aber anders und historisch vorgesehen, dass dieser Staat gar kein richtiger mehr sein kann, weil er sich von selbst umwandeln würde, denn wenn keiner da ist, der unterdrückt, dann geht die Maschine kaputt oder bekommt eine neue Existenz. Einmal hätte der Holländer davon gesprochen, der Staat würde sich verpuppen wie ein Insekt und am Schluss würde aus der hässlichen Hülle etwas schönes neues Lebendiges herauskommen, man könne sich gar nicht vorstellen, wie das dann sei, denn es sei eben ganz neu, aber auf jeden Fall ein geschichtlicher Naturprozess ... Wirklich verstanden hätten sie nicht, was er damit meinte.

Von Brandstiftung hätte van der Lubbe nie geredet, von Zerstörung und Gewalt schon, aber nur im politischen Sinn. Sie hätten allerdings den Eindruck gehabt, dass er heute hier und morgen da gewesen sei, und manchmal verschwunden. Etwas Handfestes hätten sie ihm nicht zugetraut, obwohl er erzählte, er hätte in Holland die revolutionäre Jugend organisiert. Eines jedoch glaubten sie alle drei nicht: dass er in der Lage gewesen sei, den Reichstag anzuzünden, ganz allein, mit Streichhölzern und Kohlenanzündern.

★

In der Gaststätte Schlaffke stimmte was nicht. Das merkte Klara gleich, nachdem sie eingetreten war. Die wenigen Männer, die an den zerkratzten Tischen saßen, beäugten sie misstrauisch, der Wirt hinter dem abgewetzten Tresen grüßte abweisend mit einem knappen Kopfnicken. Es war kalt. Neben dem Ofen lagen Holzscheite, aber er schien nicht geheizt. Klara behielt wie die anderen Gäste ihren Mantel an. Sie setzte sich an einen Tisch nahe der Tür. An der Garderobe neben ihr hingen leere Zeitungshalter, auf einem in verblichenen Buchstaben der Schriftzug der Tageszeitung *Berlin am Morgen*. In die Tischplatte eingeritzt ein Sowjetstern mit Hammer und Sichel, kaum noch zu erkennen. Sie schaute

sich um. Keine Plakate oder sonstigen Zeichen, die deutlich machten, dass dies ein Verkehrslokal der Kommunisten war. Normalerweise fühlte Klara sich in solchen Kneipen zu Hause, aber hier herrschte eine eigenartige Atmosphäre. Als hätte der Wirt absichtlich nicht geheizt, damit keine Gäste kamen.
Sie rauchte, bestellte ein Bier, rauchte. Das Bier schmeckte sauer. Eine hagere Frau in verblichenem Kleid mit Strickjacke kam aus der Küche und stellte ein Glas mit Soleiern auf den Tresen. Dem Wirt schien das nicht zu gefallen, aber er sagte nichts. Die Frau griff nach einem Brotlaib, hielt ihn sich vor die Brust und säbelte mit einem langen Messer mechanisch Scheiben ab, die sie in einen Korb legte. Sie sagte etwas zum Wirt, der nun nach hinten ging. Durch das Fenster zur Küche konnte Klara sehen, wie er begann, Kartoffeln zu schälen und in einen großen Topf zu werfen, dann Zwiebeln.
Klara stand auf, trat an die Theke und fragte die Frau, ob sie keine Zeitungen hätten. Sie bekam keine Antwort.
Klara fragte, wann sich denn der Erwerbslosenausschuss wieder treffen würde. Die Frau zuckte mit den Schultern. Sie hatte jetzt einen Schmalztopf vor sich und schmierte Stullen.
Klara erklärte, sie habe gehört, in der letzten Zeit hätte es in der Gegend viele politische Aktionen gegeben, zum Beispiel gegen das Wohlfahrtsamt. Wieder nur Schulterzucken, aber die Männer musterten sie eingehender. Und sehr abweisend.
Sollte sie jetzt ihren Parteiausweis ins Spiel bringen oder sich besser als englische Journalistin ausgeben?
Drei Männer betraten das Lokal und bestellten lautstark Bier. Dann noch vier, die aussahen wie Möbelpacker oder Transportarbeiter. Sie ließen sich Brote, Dauerwürste, ein paar Eier und was zu Trinken bringen und beklagten sich über das saure Bier.
Ein Mann, kaum größer als Klara, drahtiger Körperbau, verschlagener Blick, stand auf einmal wie zufällig neben ihr, griff in das Glas mit den Eiern, holte sich eins raus und begann seelenruhig, es zu pellen. Dazu hätte er sich auch ein Stück weiter weg hinstellen können, aber er blieb direkt

neben ihr. Klara tat so, als würde sie in ihrer Brieftasche nach Geld suchen und legte wie zufällig den Presseausweis auf den Tresen. Der Mann ließ seinen Blick flüchtig darüberschweifen, desinteressiert.
Noch mehr Gäste traten ein.
Die Frau hinterm Tresen ging in die Küche und schickte den Wirt in die Gaststube. Er begann mit geübten Griffen viele Gläser zu füllen. Jemand meckerte, er solle den Schaum nicht mit dem Spatel abnehmen.
»Der Ausschuss trifft sich nicht mehr hier«, sagte der Mann neben Klara beiläufig. »Komisch, dass sich das Ausland für uns interessiert.« So wie er sie anschaute, wollte er ihr damit zu verstehen geben, dass er ihr nicht glaubte.
»Wegen des Brandstifters«, sagte Klara und nahm eine neue Zigarette aus der Packung.
Der Mann gab ihr Feuer. »Geben Sie mir mal ein Bier aus und ne Zigarette. Dann setzen wir uns, ist ja nur noch der Tisch da frei.« Er deutete auf den, an dem Klara gesessen hatte.
Am Tisch prostete Klara ihrem Gegenüber zu und fragte nach seinem Namen.
»Ernst.«
»Und weiter?«
»Das muss erst mal genügen.«
»Der Holländer«, fragte Klara, »der war doch mal hier. Sogar öfter. Regelmäßig.«
Der Mann nickte.
»Er war im Ausschuss aktiv, richtig?«
»Nein. Er hatte hier Freunde.«
»Wen zum Beispiel?«
»Na ja, ich kenne Sie ja nicht. Wir stehen ziemlich unter Druck seit dem Brand. Es ging ja auch vorher schon hoch her, aber jetzt ... momentan sieht es schwierig aus. Und dass Sie aus London extra nach Neukölln kommen, um nach Rinus zu fragen ...«
»Rinus ...«
»So haben wir ihn genannt.«
Klara klappte ihre Brieftasche auf, tat so, als würde sie etwas suchen und ließ ihn kurz ihren Parteiausweis sehen.

»Wasserkante, Hamburg?« Der Mann, der sich Ernst nannte, rückte ein Stück näher. »Was willst du nun also?«
»Herausfinden, warum er das getan hat und ob überhaupt. Im Ausland ist man der Meinung, die Nazis selbst hätten den Reichstag angezündet.«
»Sie haben ihn doch drin verhaftet …«
»Manche meinen, er habe mit denen unter einer Decke …«
»Rinus? Der hat doch eine Hasstirade nach der anderen gegen die Nazis losgelassen. Er war empört, er wollte den Aufstand, er hat geredet wie ein Prediger … und wer weiß, was er bei den jungen Leuten erreicht hätte, wenn man ihn besser verstanden hätte. Deshalb ist er ja zum Ausschuss gekommen, weil er meinte, diejenigen, die am ehesten zu radikalen Aktionen zu bewegen sind, das sind die Arbeitslosen. Auch weil sie von der Hinhaltetaktik der Gewerkschaften nicht verdorben sind. Er hat gern gesprochen, aber das klang immer merkwürdig … ein bisschen lustig sogar. Die Genossen aus der Partei haben ihn nicht für voll genommen. Aber das beruhte auf Gegenseitigkeit. Er hat die Partei nicht leiden können … hat zwar immer vom Proletariat geredet, aber er war ein Einzelgänger. Eigensinnig. Er hat hier Freunde, die ihn auch beherbergt haben ab und zu. Denen hat er gern auch geholfen. Aber wenn's drum ging, komm mal mit Plakate kleben, Parolen malen, Handzettel verteilen, dann sagte er immer Nein. Andererseits, was die Plakate betrifft …« Ernst schaute versonnen zum Fenster. »… da haben die Nazis in letzter Zeit auch aufgetrumpft: Die haben eine selbstentzündliche Flüssigkeit entwickelt. Die pinseln sie auf die Plakate und dann gehen sie in aller Seelenruhe weg. Und dann fangen die Dinger von allein an zu brennen. Ob Rinus davon wusste? Na egal. Jedenfalls, wie er die Arbeiter mobilisieren wollte, ohne die Partei, das war allen ein Rätsel.
»Jetzt wissen wir es.«
»Individuelle Aktion … man sieht ja, wo es uns hingebracht hat. Hier haben alle ganz schön Schiss gekriegt in den letzten Tagen.«
»Er hat das Gegenteil von dem erreicht, was er wollte, oder?«

»Was weiß ich, was er wollte … keine Ahnung. Aber vielleicht hat er ja recht gehabt, es nur falsch angefangen … jetzt müsste man losschlagen, oder?«

»Ich bin nicht für Taktik oder Strategie verantwortlich«, sagte Klara vorsichtig.

»Die Führung ist untergetaucht. Und was erwarten die nun von uns?«

Klara schwieg und rauchte.

»Wir hätten vielleicht wirklich sofort was tun sollen«, sagte Ernst. »Jetzt sitzt allen die Angst im Nacken, und sie ducken sich. Wo ist der Plan, und was soll das für einer sein?«

»Keine Ahnung.«

»Wenn du aus Hamburg kommst, was ist dort los?«

»Bin länger nicht dort gewesen.«

»Wohnst jetzt in Berlin?«

»Nein.«

»Sondern?«

Ich wollte eigentlich die Fragen stellen, dachte Klara. Aber der hier geht auf einmal ganz schön zielstrebig vor. Sie antwortete nicht.

»Gibst du mir noch ein Bier aus?«, fragte Ernst. Den Eifer, den er an den Tag legte, konnte Klara sich nicht mit seinem Bierdurst erklären, aber sie ließ ihn gewähren.

»Ich will mit den Leuten reden, bei denen er gewohnt hat.«

»Da kann ich dir helfen, aber ob denen das recht ist? Und weiß ich denn, ob du es aufrichtig meinst?«

»Was denn?«

»Ja eben. Du schneist hier rein, siehst nicht gerade aus wie eine von uns und stellst viele Fragen. Sagst, du kommst aus Hamburg … dann auch wieder nicht … bist von der englischen Presse, dann eine von uns …«

»Vielleicht können wir ihm ja helfen«, versuchte Klara das Gespräch in eine andere Richtung zu lenken. »Wenn die Nazis ihn missbraucht haben.«

»Du meinst, sie haben ihn entführt und in den Reichstag geschleppt?«

»Man sollte mal herausfinden, was passiert ist, was er die Tage vorher gemacht hat.«

»Um die Propaganda der Nazis umzudrehen, richtig?«, fragte Ernst eifrig. »Wenn man Rinus ins Ausland schaffen könnte ... und dann macht er eine Aussage, und allen wird klar, wer hier lügt, dann ... oder?«
»Kümmert sich eigentlich jemand um ihn?«, fragte sie.
»Von der Partei? Weißt du's nicht?«
Unausgesprochen, bemerkte Klara, zweifelt er an, dass ich dazugehöre. Will mich provozieren, mehr von mir preiszugeben. Geschickt. So arbeiten Spitzel. »Seine Freunde vielleicht?«, fragte sie.
Ernst schüttelte den Kopf. »Alle haben genug damit zu tun, ihren Kopf aus der Schlinge zu ziehen oder sich zu ducken.«
Schöne Freunde, dachte Klara, die ihn so hängen lassen.
»Die Leute, bei denen der Holländer untergekommen ist«, sagte sie. »Wo wohnen die?«
Ernst nahm einen Schluck Bier, zog an seiner Zigarette und schaute sich hastig um. Dann beugte er sich vor und senkte die Stimme. »Bei den Starkers, das ist gar nicht weit von hier.«
Wirklich, er übertreibt seine Heimlichtuerei.
»Bring mich hin«, forderte sie ihn auf.
Er schüttelte heftig den Kopf. »Das geht nicht. Wir sind zerstritten. Wenn du hingehst, erwähnst du meinen Namen besser nicht.«
Zwei Männer in grober Arbeitskleidung und Schirmmützen kamen herein, bemerkten Klaras Gesprächspartner und kamen zielstrebig auf ihn zu. Sie bauten sich rechts und links von ihm auf.
»Zahl dein Bier und geh!«, forderten sie ihn auf.
»Ich bin ja eingeladen«, erklärte er mit einem schiefen Grinsen.
»Dann geh.«
Ernst stand auf, schaute Klara aus Augen an, die jetzt wie erloschen wirkten, und ging.
»Nichts für ungut«, sagten die Männer und setzten sich an den Nebentisch.
Klara trank ihr Bier aus. Der Antrieb, weitere Fragen zu stel-

len, war erloschen. Sie musterte die beiden Männer. Wahrscheinlich RFB. Was wollten die jetzt hier? Gab es nichts Wichtigeres zu tun, als Eckkneipen auf Spitzel zu kontrollieren? Oder hatten sie die Seite gewechselt?
Ihr forschender Blick schien den beiden nicht zu gefallen.
»Wenn Sie gehen wollen«, sagte der eine und deutete mit dem Kopf zur Tür, »hält Sie keiner auf.«
Bevor ich noch mal mit dem Parteiausweis hausieren gehe und mich blamiere oder in Gefahr bringe, mache ich lieber woanders weiter.
»Ich muss noch zahlen«, sagte sie und stand auf.

★

»Guten Tag, sind Sie Frau Starker?«
»Nein, warum?«
Die Frau trug eine Schürze, an der Tür stand der Name Starker. Es war kaum anzunehmen, dass in diesem Mietshaus jemand wohnte, der eine Haushaltsangestellte hatte. Die große knochige Frau blickte sie abweisend an. Schwer zu sagen, wie alt sie war, zwischen Ende zwanzig und Mitte vierzig kam alles in Frage.
»Ist Herr Starker vielleicht da?«
»Warum?«
»Ich möchte mit ihm sprechen.«
»Tatsächlich?« Die schmalen Lippen der Frau verzogen sich zu einem abschätzigen, höhnischen Grinsen. »Solche wie Sie kennt der doch gar nicht.«
»Ich bin Reporterin.«
»Und wenn schon. Kann jeder sagen.«
Klara zeigte ihren Presseausweis.
»Eine englische Zeitung? Was soll das denn? Wir haben nix mit dem Ausland zu tun, wir sind einfache Leute.« Die Frau gab ihr den Ausweis zurück und wollte die Tür schließen.
Klara schob einen Fuß vor und sagte schnell: »Der Hol-

länder.« Die Tür kam knapp vor Klaras Schuhspitze zum Stehen.
»Wir kennen auch keine Holländer.« Der Blick der Frau, ihr Zögern sagten etwas anderes.
Im Türspalt, einen Kopf größer als die Frau, tauchte das Gesicht eines stämmigen Mannes auf, unrasiert. Unter der Strickjacke trug er ein Unterhemd. Seinem Blick nach zu urteilen hatte er gerade geschlafen, aber in seinen Augen standen Misstrauen und Furcht.
»Was ist, was will der Kerl?«, fragte er.
»Das ist ne Frau, die kommt aus England.«
»Ja und? Wir kaufen nichts, soll woanders...«
»Reporterin von einer englischen Zeitung.«
»Und?«, fragte er. »Mit England hab ich nichts am Hut.« Der Mann versuchte, die Frau zur Seite zu drängen, offenbar wollte er die Tür schließen.
Klara schob ihren Fuß weiter vor und sagte schnell: »Es ist wegen Rinus.«
»Was?«
»Marinus«, sagte Klara überdeutlich. »Van der Lubbe.«
Der Mann riss die Tür auf, einen Sekundenbruchteil später schien er sie zuwerfen zu wollen, gleichzeitig stieß er die Frau unsanft mit dem Ellbogen von sich.
»Sie sind doch Kurt Starker, oder?«, fragte Klara. »Der Brandstifter hat doch hier gewohnt.«
Starker fuhr sich nervös mit der Hand übers Gesicht, reckte den Hals und versuchte, ins Treppenhaus zu spähen. »Verdammt, jetzt...«, stieß er gepresst hervor, griff nach ihrem Arm und zog sie roh in die Wohnung. Hinter Klara fiel die Tür mit lautem Dröhnen ins Schloss.
»Sind Sie verrückt geworden?«, schrie er sie an.
»Nu glaub mal nicht, dass nicht sowieso alle davon wissen«, stellte die Frau nüchtern fest. »Dass er hier war, meine ich. Was soll denn die Geheimniskrämerei?«
»Ich will nur ein paar Fragen stellen«, sagte Klara.
Eine zweite Frau tauchte in einer Tür auf. Sie war kleiner als die andere, ein bisschen rundlich und hielt Stricksachen in der Hand. »Is was?«

»Schon gut«, sagte Starker hastig.
»Na gut, wo Sie jetzt schon mal drin sind. Das ist Frau Starker, das ist der Mann dazu oder war und ich bin Grete.« Sie schaute Starker auffordernd an. »Gehen wir in die Küche? Oder willst du sie rausschmeißen?«
»Ich weiß gar nicht, was das soll«, sagte Starker.
»Seit dem Brand«, erklärte Klara, »kennt alle Welt den Namen van der Lubbe. Es werden die abenteuerlichsten Geschichten über ihn erzählt, vor allem Gerüchte und viele Lügen ... mich interessiert die Wahrheit. Sie kennen ihn, er hat hier gewohnt ... er war ein Freund, ein Genosse ...«
Starker sah Grete an, die offenbar die Stelle seiner Frau eingenommen hatte, er wirkte irritiert: »Wieso wissen die in England, dass Rinus hier bei uns ...«
»In die Küche!«, kommandierte Grete. »Setzen wir uns doch hin.«
Ein großer Tisch mit einem karierten Wachstuch, Herd, Reformschrank und ein Sofa. Darauf hat er geschlafen, dachte Klara, und schaute unwillkürlich zum Ofen, ob da vielleicht ein Päckchen Kohlenanzünder lag. Neben dem Herd aber waren Zeitungen abgelegt, unter anderem die *Rote Fahne,* und eine Kiste Brennholz stand da. Damit ging das Anzünden genauso gut.
Sie setzten sich an den Tisch, und Starker bestätigte Klaras Vermutung: »Wenn Rinus bei uns war, hat er da geschlafen. Brauchte nur eine Wolldecke, selbst wenn der Ofen ausging. Ihm war nie kalt.«
»Ein netter Junge«, sagte Grete. »Hat immer mitgeholfen, Kohlen raufgeschleppt oder den Abwasch gemacht. Und wenn er 'n paar Mark übrig hatte, gab er immer die Hälfte ab. Wusste ja, dass wir's nicht dicke haben. Aber nicht nur so. Er hat sogar seine letzten paar Groschen weggegeben, wenn da einer Hunger hatte oder es ihm sonstwie schlecht ging. Manchmal hab ich gedacht, Marinus ist ein halber Heiliger. Er war so selbstlos. Stimmt's nicht?« Sie sah Starker auffordernd an.
»Ja.«

»Was hat er hier eigentlich gemacht?«, fragte Klara. »Arbeit gesucht? Wollte er länger bleiben?«
Starker stöhnte leise. »Was hat er gemacht …«
»Er war nicht wegen Arbeit gekommen … Wie wäre das auch gegangen als Ausländer, und wir haben ja sowieso viel zu viele Arbeitslose«, sagte Grete.
»Sie beide sind doch im Erwerbslosenausschuss aktiv. Hat er da mitgemacht?«
Grete schüttelte den Kopf und sah ihren Lebensgefährten an. »Kurt hat ihn immer mal gefragt … auch wegen der Parteiarbeit, aber …«
»Das wollte er nicht«, sagte Starker. »Er hatte da andere Ideen, wie man die Arbeiter mobilisieren muss. Parteien lehnte er ab. Gewerkschaften auch. Er meinte, der Aufstand müsse irgendwie von allein kommen, aus der Masse der Arbeiter, sozusagen als Naturereignis, ohne Führung, die Arbeiter müssten sich selbst führen, sonst taugt es nichts und wird nur verraten, weil Führer immer die Massen verraten.«
»Und davon wollte er die Leute hier in Deutschland überzeugen«, ergänzte Grete. »Weil Deutschland die größte Masse an revolutionärem Proletariat hat und weil es das am weitesten entwickelte Land ist und weil der Klassenkampf hier in der Konfrontation mit dem Faschismus am schärfsten ausgefochten wird.«
Starker lachte vor sich hin. »Als er herkam, fragte er zuerst, wo die Massen aktiv sind, das klang so, als würde er das Schlachtfeld suchen. Aber es war ja keins da. Das hat er erst nicht verstanden. Er dachte, gut, die Sozialdemokraten predigen den Burgfrieden mit den Kapitalisten und Faschisten, aber die KPD doch nicht. Dass eine so große und gut organisierte Partei nicht gegen die Hitlerei vorgeht, es die Massen nicht drängt, etwas zu tun … das war ihm ein Rätsel.«
»Ist es mir immer noch«, kommentierte Grete trocken.
»Aber Sie beide sind doch bei den Kommunisten organisiert …«
»Na ja … wie das jetzt weitergeht …«
»Es gab immer wieder Streitgespräche«, sagte Starker. »Aber

wir haben ihn dann in Ruhe gelassen. Wenn wir für die Partei was zu tun hatten, war ja klar, dass er nicht mitkommen würde.«
»Und was hat er stattdessen gemacht?«
»Rumgestromert ist er«, sagte Starker und schaute Grete an. »So hat sie es immer genannt. Wenn er loszog, wusste man nie, ob er am Abend wieder zurückkommt oder irgendwo anders bleibt.«
»Mit jugendlichen Arbeitslosen hat er oft geredet. Die wollte er dazu überreden, etwas zu tun.«
»Was denn?«
»Mal hat er gesagt: was Großes, was Entscheidendes«, sagte Grete. »Jetzt wissen wir ja, was er meinte.«
»Das war er doch nicht«, sagte Starker.
»Nein?«
»Sie sind nicht der Ansicht, dass van der Lubbe den Reichstag angezündet hat?«
»Das waren die Nazis selber«, sagte Starker. »Die hatten einen Plan, die schlagen jetzt zu mit ihrer neuen Notverordnung.«
»Na, ich weiß nicht«, sagte Grete. »So verrückt, wie er manchmal geredet hat, traue ich ihm alles zu.«
Na großartig, dachte Klara, nicht mal die beiden hier, die ihn gut kennen, sind sich einig.
»In Holland ist er aber doch in der Partei aktiv gewesen, oder?«, sagte Klara.
»Im Jugendverband oder was die da haben. Davon hat er erzählt. Er hat ein Jugendhaus gegründet ... Leninhaus hat er das genannt. Er hat viele Demonstrationen organisiert ... und Angriffe auf die holländischen Wohlfahrtsämter. Was staatliche Behörden betrifft, da war er eigen, er hatte ja am eigenen Leib erfahren, wie mies die sind, wenn es um die Verteilung ihrer Almosen geht. Ihm wurde oft, weil er Widerstand organisierte, das Geld gekürzt oder gestrichen. Aber er war der Meinung, dass ihm und den anderen Bedürftigen, den Armen, von der Gesellschaft ein Mindestmaß an Unterstützung zusteht ... Dass das nicht selbstverständlich war, konnte ihn sehr aufregen, wenn es aber als Macht-

instrument benutzt wurde, dann machte ihn das fuchsteufelswild.«

»Zu Recht«, warf Grete missmutig ein.

»Ja, aber es ist ein Unterschied, ob ich ein Fenster einschmeiße oder ein Haus abbrenne. Unschuldige können dabei zu Schaden kommen.«

»Er soll ja drei Mal Brände gelegt haben, die rasch gelöscht wurden, bevor er in den Reichstag ging.«

»Falls er da überhaupt freiwillig reinging … wir wissen nur von der Sache im Wohlfahrtsamt hier in Neukölln. Und ehrlich gesagt, hatten wir immer den Eindruck, dass er da einem Provokateur aufgesessen ist.« Starker sah seine Freundin an. »Oder? Darüber haben wir doch gesprochen.«

Grete nickte. »Wir haben immer versucht, ihn zu warnen. Rinus war ja manchmal viel zu gutgläubig.«

»Es heißt auch, er sei halb blind gewesen.«

»Ein Arbeitsunfall. Deshalb war er ja auf die Unterstützung vom Amt angewiesen, obwohl er ein kräftiger gesunder Kerl war«, sagte Starker.

»Es war kein Unfall, ein dummer Jungenstreich«, ergänzte Grete. »Vielleicht auch einfach nur ein Missgeschick. Das passierte auf der Baustelle. Kollegen wollten sich einen Spaß machen. Sie stülpten ihm einen Sack über den Kopf. Da war aber noch Kalk drin, und der hat ihm die Augen verätzt. Seitdem sieht er nicht mehr gut. Tatsächlich kann er alles nur durch einen Schleier erkennen. Hell und dunkel, das funktioniert auch nicht richtig. Manchmal hat man das gemerkt, dass er mehr aufs Gehör achtet, draußen auf der Straße. Oder er hat schon mal beim Abwasch danebengegriffen und einiges zerdeppert.«

»Man merkt es ihm nicht an, dass es die Augen sind, wenn er komisch guckt oder sich eigenartig bewegt. Viele dachten, er wäre schwer von Begriff, also ein bisschen dumm. Aber das war ein Trugschluss. Rinus hat viel gelesen, nicht nur Politisches, auch philosophische Bücher. Der weiß viel, und manchmal hat er versucht, was Kompliziertes zu erklären. Das klang dann meistens eigenartig, weil er im Kopf seine holländischen Gedanken ins Deutsche übersetzte und die

Holländer ganz anders reden … also es war schwer, ihm zu folgen.«

»Er hat mich mal völlig verwirrt, als er mir den Unterschied zwischen Sein und Wahrheit oder dem unterschiedlichen Sein bei Menschen verschiedener Klassen und ihren unterschiedlichen Wahrheiten zu erklären versuchte«, erinnerte sich Grete.

»Das Sein bestimmt das Bewusstsein«, warf Klara ein.

»Nee, komplizierter. Man sieht die Wahrheit immer nach dem jeweiligen eigenen Sein, aber das kann sich verändern, und die Wahrheit wird dann relativ, weil sie zwischen dem vorherigen Sein und dem späteren verschieden ist oder so ähnlich.« Grete lachte verlegen. »Aber der Gipfel war, dass er nach solchen wirren Reden auf einmal erklärte, darauf käme es überhaupt nicht an, denn wir Proletarier müssten uns sowieso auf ein hartes Sein einstellen. Und ob es nun gut oder schlecht sei, das Sein sei nun mal immer das Sein und so gesehen unausweichlich, während die Wahrheit in den Ereignissen liege, und das sei etwas ganz anderes … mit solchem Gerede konnte er einen wirklich besoffen machen.«

»Am Anfang war die Tat«, hörte Klara sich reden, »was sonst, Taten schaffen Ereignisse, Ereignisse schaffen das Sein, das Sein das Bewusstsein, das Bewusstsein neue Taten, die Wahrheit ist der historische Prozess …«

Starker starrte sie verblüfft an.

Grete lachte: »Sie reden ja wie er. Sind Sie mit ihm verwandt?«

Wer weiß, dachte Klara und schüttelte den Kopf: »Nein, bestimmt nicht.«

Die Küchentür ging auf und Frau Starker trat ein, noch immer das Strickzeug in der Hand, bleich im Gesicht.

»Rinus war immer sehr gut zu allen, auch zu uns. Ihr sollt nicht schlecht über ihn reden. Jemand hat ihm übel mitgespielt.« Sie bückte sich, zog die Ofentür auf und stocherte mit dem Schürhaken darin herum. »Er war ein netter Junge, auch wenn er dumme Ideen im Kopf hatte. Nun hat er sich reinlegen lassen, weil er so vertrauensselig war.« Sie legte den

Schürhaken beiseite und griff einen Packen Zeitungen, knüllte sie zusammen und schob sie in den Ofen.
»He!«, rief Starker, »die müssen aber noch länger reichen.«
Frau Starker schob noch mehr hinterher.
»Was soll denn das!«, rief Grete.
Frau Starker machte weiter und schimpfte dabei vor sich hin: »In welchem Wolkenkuckucksheim lebt ihr eigentlich? Das muss alles weg. Die Braunhemden sind schon wieder bei den Nachbarn und bald sind sie hier. Mit Zeitungen und Büchern müssen wir heizen, das gibt Zunder, und mir ist sowieso so kalt, wenn ich zu lange allein in meinem Zimmer hocken muss. Ihr lasst mich versauern. Wenn Rinus noch hier wäre, der hätte sich um mich gekümmert, aber den habt ihr ja rausgeekelt.«
»Das stimmt doch gar nicht!«, empörte sich Grete.
Klara sah Starker fragend an.
»Es gab halt Meinungsverschiedenheiten. Bei unserer letzten Diskussion bin ich ein bisschen laut geworden und hab ihm gesagt, er soll sich zu seinen Sektierern scheren, mit denen er noch von Holland her zu tun hat.«
»Was denn für Sektierer?«
»Radenkommunisten heißen sie dort, Arbeiterunion nennen sie sich hier. Die haben ähnlich verrückte Ideen wie er. Kann sogar sein, dass er für die irgendwelche Kurierdienste erledigt hat. Bei aller Liebe, aber die wollte ich mir nicht auch noch ins Haus holen.«
»Du gibst also zu, dass du ihn rausgeekelt hast!«
»Ach, halt doch den Mund.«
Grete stand auf und trat ans Fenster. »Da sind sie ja wirklich schon wieder.«
»Verdammtes Pack!«
Sie sind überall, dachte Klara. Als hätten sie es genauestens geplant, und haben sie das nicht auch, seit Jahren schon, sich überall breitgemacht, den Staat okkupiert und nun benutzen sie seine Maschine. Warum nur sind Stiefel und Uniformen so viel wirkungsvoller als die geballte Faust und das tapfere Herz des Arbeiters?

Zurück in die Gastwirtschaft »Schlaffke«, Notizen machen, später würde sie zum Alex und ihre ersten Ergebnisse dort in einem Brief postlagernd abgeben. Männer und einige Frauen saßen bei Erbsensuppe mit Speck. Es gab jetzt auch ein unscheinbares Mädchen, das bediente, und in einer Ecke eine still dasitzende junge Frau in vergleichsweise bürgerlicher Kleidung, die wirkte, als habe sie seit letzter Nacht noch nicht nach Hause zurückgefunden. Sie puderte sich die Nase. Die RFB-Leute waren weg, im Lokal herrschte eine normale Atmosphäre.

Nach einer Weile, als der Wirt sie wiedererkannte, machte er einen Mann, der mit einer Zeitung in der Ecke saß, auf sie aufmerksam. Der schaute sie eine geraume Zeit an, stand auf, tippte einem Kartenspieler am Nebentisch auf die Schulter, der gerade mit seiner Skatrunde zum Ende gekommen war. Sie kamen an Klaras Tisch. Der eine trug eine dicke Strickweste zur Manchesterhose, der Skatspieler einen schlichten Anzug und eine Mütze auf dem Kopf.

Sie grüßten und setzten sich. Der mit der Weste war der Wortführer, der Skatspieler sagte kaum etwas, hörte aber aufmerksam zu.

»Eine Genossin, die wir gar nicht kennen, geht rum und stellt Fragen über den Erwerbslosenausschuss. Da fragen wir uns, was das wohl zu bedeuten hat.«

Klara schob den leeren Suppenteller von sich und nahm sich eine Zigarette. Sie hielt den Männern die Schachtel hin, aber beide schüttelten den Kopf. »Haben wir uns abgewöhnt, aus Kostengründen.«

Sie zündete die Zigarette an, inhalierte genüsslich und stieß eine Rauchwolke aus.

»Dann gibt sie sich als englische Journalistin aus. Da stellen wir uns noch mehr Fragen.« Er hob die Schultern und es

wirkte so, als würde er damit sein Recht aufs Fragenstellen selbst anzweifeln.
»Ich komme aus London«, sagte Klara, was ja ungefähr der Wahrheit entsprach. »Und ich habe einen Auftrag ... aber ich bin euch keine Rechenschaft schuldig, auch wenn ihr hier in der Gegend die Partei repräsentiert.« Sie blies dem Wortführer Rauch ins Gesicht.
Der Skatspieler sagte: »Nimm's nicht persönlich, aber wenn jemand die Leute hier ausfragt wegen dem Holländer, nach allem, was passiert ist, dann wollen wir wissen, warum.«
»Es sind Denunzianten und Spitzel unterwegs ... der Holländer hat mit vielen Leuten zu tun gehabt, hat versucht, die Jugend aufzuwiegeln, einige sind auf dumme Gedanken gekommen. Wenn wir nicht gewusst hätten, dass er kein Provokateur ist, aber er hatte ja Freunde ...«
»Ich verstehe schon.« Klara hielt ihm unvermittelt die Hand hin und stellte sich vor, nur mit Vornamen. Der in der Weste hieß Karl, der Skatspieler Walter.
»Vielleicht hatte er falsche Freunde?«, fragte Klara.
»Er kannte auch einige Leute, um die wir einen Bogen gemacht haben«, bestätigte Karl.
»Allerdings«, bekräftigte der andere. Die beiden warfen sich einen Blick zu.
»Hintze zum Beispiel, der ging hier ein und aus ... bis vor Kurzem ...« Wieder schauten sie sich an, diesmal leicht amüsiert. »Schwindel-Hintze ... so haben wir ihn genannt, ein übler Hund. Geahnt haben wir's immer, dass er Dreck am Stecken hat. Der hat einen Überfall aufs Wohlfahrtsamt propagiert ...«
»Ich hab davon gehört«, sagte Klara. »Er wollte Rache wegen seines Schwagers.«
Karl machte eine abfällige Handbewegung. »Wenn der mal einen Schwager hat. Aber das ist nebensächlich, die Racheaktion war nur vorgeschoben. Der hat einen Haufen junger Leute zusammengetrommelt, hier im Lokal ... Wir waren nicht da, sonst wäre er nicht so leicht damit weggekommen. Aber so war's nun mal. Sie sind dann aufs Amt marschiert und, na klar, da standen auch schon die Sipo-Fritzen bereit

und haben sie einkassiert. Und dann hieß es, wir hätten die mit Pistolen ausgestattet.«

»Das ist doch kein Beweis, dass dieser Hintze …«

»Nee, aber dass er als Einziger gleich wieder entlassen wurde, wohl schon … eine halbe Stunde später spaziert er schon durch die Gegend und nimmt die Beine in die Hand, als er mich bemerkt.«

»Und mit dem hatte Marinus van der Lubbe Kontakt?«

Beide nickten.

»Und der Hintze war einer, der zum Zündeln aufrief. Läuten da bei dir nicht die Glocken?«, warf Walter ein.

»Rinus war ein bisschen … Lenin hätte gesagt, von der Kinderkrankheit infiziert«, sagte Karl.

»Revolutionäre Ungeduld«, warf Walter gemächlich ein.

»Er war enttäuscht. Er wollte die Massen aufpeitschen, aber da machte niemand mit. Ist ja auch klar: Irgendein Holländer schwingt große Reden, was geht uns das an? Für strategische Überlegungen haben wir schließlich eine Parteiführung. Das wollte der nicht kapieren, dass da auch geplant werden muss. Also war er unzufrieden, das hat er uns auch unter die Nase gerieben, er war ja oft genug hier. Jedenfalls wollte er zurück nach Holland. Das war am selben Tag, als der Hintze die Leute aufs Wohlfahrtsamt hetzte.«

»Und da war van der Lubbe auch dabei?«

»Nee, nee. Sein Freund, bei dem er übernachtet hat. Der war hier bei der Versammlung vor der Aktion dabei. Das wissen wir. Er hat den Holländer gesucht, der Hintze auch, aber er war nirgendwo zu finden. Was komisch war: Da fand mal was statt, was er wollte, und er schleicht sich davon. Jedenfalls war er an dem Tag unsichtbar.«

»In einer anderen Gegend soll er agitiert haben«, sagte Walter.

»Gut, davon haben wir später gehört. Aber hier hat er überall herumerzählt, er wolle nach Holland zurück. Einen Tag später, das wissen wir jetzt erst, hat er aber versucht, das Wohlfahrtsamt anzuzünden. Und wir wissen ja, wer immer so gern vom Zündeln geredet hat.«

»Hintze«, stellte Klara fest.

»Genau«, sagte Walter. »Der suchte geradezu nach einem Kandidaten, den er darauf abrichten konnte. Den gleichen Floh hat er dem Zachow und dem Bienge ins Ohr gesetzt, das sind auch so zwei Heißsporne.«
»Vor allem interessant, dass der Holländer sich auf einmal verabschiedet, und am nächsten Tag losgeht, um drei öffentliche Gebäude abzufackeln.«
»Hat ja anscheinend nicht viel gebracht«, sagte Klara, riss ein Streichholz an und schaute fasziniert zu, wie die Flamme das dünne, kurze Hölzchen auffraß. Der dumme Gedanke von der verbrannten Leidenschaft schoss ihr durch den Kopf, das Bild einer schwarzen Katze mit weißen Schenkeln ...
»Und zwei Tage später die Aktion im Reichstag«, fuhr Karl fort. »Als hätte er vorher geübt.«
»Man könnte auch fragen, ob sich da einer vielleicht erst beweisen musste.«
»Vor wem denn?«, fragte Klara.
»Den Anstiftern.«
»Wer?«
»Jetzt kannst du's dir doch denken.«
»Dann hätte er ja die Seite gewechselt.«
»Sieh mal, wir haben auch geforscht, nach der großen Sache und weil er doch hier bekannt war – aber wo er abgeblieben ist, nachdem er sich von den Starkers verabschiedet hat, konnte uns keiner sagen. Zwei Tage war er vom Erdboden verschwunden, dann legt er gleich dreimal los.«
»Quatschte immer von Massenaktion, und dann macht er so was ganz allein«, brummte Walter.
»Ja eben. Und wieso ging er nicht, wenn er schon das Rathaus und das Schloss gezündelt hatte, gleich weiter zum Reichstag? Der lag doch praktisch auf seinem Weg. Aber da war wieder ein Tag dazwischen. Und an dem hat ihn hier keiner gesehen. Alle denken, der ist nach Holland, und dann steht er auf einmal im brennenden Reichstag und behauptet, mit ein paar Kohlenanzündern sei ihm dieses Kunststück gelungen, ganz allein, ohne Unterstützung ...«
»... und weiß nichts von den Fackeln und den Benzolspuren, die die Feuerwehr gefunden hat.«

»Wenn er den Brandbeschleuniger bei den drei vorherigen Bränden benutzt hätte, dann wäre das aber anders ausgegangen …«
»… stellt sich also die Frage, wer ihm den Tipp gegeben hat …«
»… oder zur Hand gegangen ist …«
»Hintze!«
Das war nun aber kein Ausruf der Empörung, sondern des Erstaunens, denn Schwindel-Hintze trat, nachdem die Tür aufgeflogen war, in den Raum, hinter ihm zwei SA-Männer und zwei Polizisten mit Tschakos.
Walter beugte sich zu Karl und zischte ihm ins Ohr: »Ich dachte, der ist erledigt worden?«
Karls Mundwinkel zuckten, aber er brachte nichts heraus. Er war jetzt bleich, seine Hände zitterten. Hintzes hysterisches Grinsen wurde von mehreren frischen Schnittwunden im Gesicht entstellt, sein rechter Arm war bandagiert und hing in einer Schlinge. Er trat beiseite und ließ die Polizisten vorbei.
Die beiden Beamten stapften in eine Ecke und der eine las mit lauter Stimme abgehackte Sätze von einem Zettel ab: »Gaststätte Schlaffke, Verkehrslokal der Kommunistischen Partei, bis auf Weiteres wegen staatsfeindlicher Umtriebe geschlossen! Personalien aufnehmen! Verdächtige Gewalttäter abführen! Beschlagnahmung von aufrührerischen Schriften! Alle Kommunisten sind zu sistieren!«
Sie kamen auch durch den Hintereingang. Ein ganzer SA-Trupp drängte herein, Gesichter wie gierige Hunde, wer keinen Knüppel oder kein Eisenrohr hatte, nahm das Koppel herunter, an dem schwere Karabinerhaken hingen.
»Befehl ausführen!«, brüllte der Anführer, und dann fiel die braune Horde über die Gäste her.
Die beiden Polizisten traten ans Fenster und schauten nach draußen.
Schwindel-Hintze deutete auf Klaras Gesprächspartner. Vier SA-Männer sprangen auf die beiden zu und schlugen auf sie ein, bis sie von den Stühlen fielen und unter dem Tisch Schutz suchten.

Klara sprang entsetzt auf und prallte gegen einen der Uniformierten am Fenster. Der verlangte seelenruhig und ohne sich von dem brutalen Tohuwabohu um sie herum ablenken zu lassen ihren Ausweis.
Sie zeigte die Pressekarte und behauptete, ein Interview für ihre Zeitung durchgeführt zu haben.
Der Beamte führte sie zwischen den prügelnden Braunhemden hindurch. Schmerzensschreie, Stöhnen, zusammenbrechende Männer, Platzwunden, Blut spritzte aus Nasen und Mündern, rhythmisches Einprügeln auf regungslos Daliegende, dumpfe Schlaggeräusche von harten Stöcken auf weiches Fleisch. Sie taumelte gegen die Frau, die sie vorhin schon bemerkt hatte, die nicht in das Bild dieser Arbeiterkneipe gepasst hatte, und entschuldigte sich. Ein Hauch von Parfüm ging von ihr aus, in der Hand hielt sie einen mit Federn verzierten, lächerlich wirkenden Hut. Netzhandschuhe, bei dieser Kälte.
Die Frau warf ihr einen so ungemein abfälligen Blick zu, dass Klara kurz glaubte, sie müssten sich kennen, denn eine derartige Feindseligkeit konnte nur persönlich begründet sein. Aber da wurden sie auch schon auseinandergerissen. SA-Männer machten lachend anzügliche Bemerkungen über die andere, einer legte ihr sogar die Hand unters Kinn. Klara wurde von dem Polizisten zur Seite gezogen, um eine Hausecke gedrängt und mit bedauerndem Blick – als wollte er sich für den hinterhältigen Überfall entschuldigen – verabschiedet.
Sie ging eilig davon, rutschte mehrmals auf dem vereisten Gehweg aus und bemerkte irgendwann, dass dieses hässliche, nach Atem ringende Keuchen, das sie die ganze Zeit hörte, von ihr selbst stammte.

★

Mehr als ein Grog war nötig, um sie wieder halbwegs ins Gleichgewicht zu bringen, nachdem Rinke ihr einen üblen Streich gespielt hatte. In Montur eines SS-Standartenführers

hatte er ihr die Tür der Werkstatt von »Otto« geöffnet, mit herrischer Geste und in zackigem Ton grüßend. Beinahe wäre sie zusammengebrochen. Rinke entschuldigte sich wortreich, nahm die zitternde Klara in die Arme, um sie zu beruhigen, und wurde von ihr zurückgestoßen: »Nicht in dieser Uniform, du Schwein!« Kurz darauf, bei dem mühsamen Versuch, sich eine Zigarette anzuzünden: »Was soll das überhaupt?«
»Ich war auf Arbeit unterwegs. Was denkst du denn? Fasching ist vorbei.«
Klara schaute ihn finster an. »Was ist das denn für eine Arbeit?«
»Du weißt doch, was ich tue. Ich war auskundschaften.« Er wandte sich ab, ihre stechenden, auf schon boshafte Art ungläubigen Blicke gefielen ihm nicht.
»Was ist denn los mit dir?«, fragte er.
»SA-Überfall auf ein Lokal«, stieß sie hektisch hervor, »mit Polizeischutz sozusagen ... alle brutal zusammengeschlagen ... mich hätten sie beinahe geschnappt ... Presseausweis hat funktioniert ... die ganzen blutigen Köpfe ... die schlagen dauernd zu ... das ist die Barbarei ...«
»SA ist überall«, sagte Rinke, während er die Uniformjacke gegen eine Wollweste eintauschte. »Die haben Oberwasser. Passt mir auch nicht in den Kram, wäre mir lieber, wenn es da draußen etwas ruhiger zuginge.«
Sie stierte ihn an. Im Blick der Vorwurf: Du denkst immer nur an dich.
Rinke tat es mit einem Schulterzucken ab. »Du zitterst, ist dir kalt? Setz dich an den Tisch, ich mach uns einen Grog. Das hier hab ich auf dem Rückweg bei einem Feinkosthändler gefunden, ein echter Martiniquer und kein bisschen runterverdünnt. Der möbelt uns auf.« Er zog die Flasche aus der Tasche des SS-Mantels.
Klara studierte apathisch das Muster der Tischplatte. Als der dampfende Grog vor ihr stand, kam sie wieder zu sich, trank hustend und wärmte sich die Hände am Glas.
»Wo ist denn Otto oder wie er heißt?«, fragte sie.
»Der ist bei seinen Genossen, die organisieren die Unter-

grundarbeit. Die haben eine kleine Druckerei, die sie jetzt in ein Versteck bringen müssen.«

»Welche Genossen?«

»Syndikalisten. Hat er dir nicht irgendwelche Zeitungen gegeben? Die würden übrigens zu dir passen. Die wollen die Revolution, ohne strammzustehen.«

»Pah, marschieren muss man schon. Ohne straffe Organisation geht gar nichts.«

»Ich vermute, du sprichst von deiner Partei. Straff organisiert den Nazis in die Arme marschieren, ist das das Ziel?«

»Hör doch auf«, murmelte sie. Ihr fehlte die Kraft, lauter zu werden.

»Zwei große Arbeiterparteien, Hunderttausende organisierte Mitglieder, Millionen von Wählern ... und was hören wir von ihnen? Straff organisiertes Schweigen. Offenbar sind die Führer, wenn sie sich nicht fangen ließen, auf und davon. Die unteren Chargen halten die Köpfe hin, und das Fußvolk wartet geduldig, dass mal ein Befehl von irgendwoher kommt.«

»Warte nur ab ...«

»Das ist ja der Fehler, das Abwarten. In dieser Hinsicht muss ich Otto und seine Leute beglückwünschen. Die werden morgen schon Handzettel verteilen, Plakate kleben und zum direkten Widerstand aufrufen. Stell dir vor, ihr und eure sozialfaschistischen Lieblingsfeinde würden diesem Aufruf einfach folgen ...«

Klara atmete den Alkoholnebel ein, der aus dem Glas aufstieg. Sie war nun entspannter, aber mit einem Schlag auch mutlos. »Die haben vielleicht erst mal Glück, aber dann werden sie auch geholt. Die Mordmaschine ist gut geschmiert und läuft auf Hochtouren.«

»Die Mordmaschine lief die ganze Zeit, und wer sie erobert, mordet weiter.«

»Und?«

»Zerschlagen, sagt Otto.«

»Warum tust du's dann nicht?«

»Ich mach's anders. Ich schlüpfe durch die engen Maschen des Stacheldrahts, schleiche mich ins Zentrum der Macht und stehle den Goldschatz des Pharao, dabei streue ich ein bisschen Sand ins Getriebe, was vielleicht jenen hilft, die es lahmlegen wollen, aber das geht mich nichts mehr an.«

»Räuberromantik ... so dumm.«

»Und wenn schon. Es geht nicht um die Zukunft, immer nur um die Gegenwart. Wer jetzt nicht lebt, ist schon tot.«

»Egoist.«

»Schau dich um: Siebzig Millionen Egoisten, als Menschen verkleidete Gartenzwerge, hängen ihr Mäntelchen nach dem Wind, und an die Schlafmütze kleben sie sich heute das Hakenkreuz, morgen den roten Stern.«

»Das ist doch absurd.«

»Eben.«

»Und all die großen Gedanken von der Befreiung des Menschen ...«

»... werden hinter Stacheldraht eingepfercht. Aber wenn du mich so dringend zum kollektiven Aufstand überreden willst, der mir ein Gräuel ist, denn ich müsste mir ja eine Mütze auf den Kopf stülpen, wenn aber, dann halte ich es mit Bakunin, der auf die Frage, was er denn nach seiner Revolution tun werde, antwortete, er würde wahrscheinlich alles daran setzen, die neue Ordnung umzustürzen.«

»Bakunin war ein Schwachkopf.«

»Was das betrifft, sind wir tatsächlich Gleiche unter Gleichen.«

»Und trotzdem sympathisierst du mit uns«, sagte Klara mit schwerer Zunge.

»Ich sympathisiere mit dir.«

»Und mit Otto und seinen Syndikalisten.«

»In Maßen vielleicht. Weil sie weiterdenken als die anderen Gartenzwerge. Und weil sie das Wort Freiheit buchstabieren können, ohne rot zu werden.«

»Vor Scham oder Wut.«

»Genau.«

»Und Marinus van der Lubbe?« Klara wurde wieder wach. Der heiße Grog stieg ihr zu Kopf, neutralisierte Angst, Trauer und Scham über die eigene Unfähigkeit und die der Be-

wegung und machte wieder Platz für den Geist der Empörung, der sie ihr ganzes Leben lang angetrieben hatte.
»Es gibt im Vorgarten der Weltgeschichte auch noch andere Wesen als Zwerge«, sagte Rinke. »Zum Beispiel Maulwürfe, die das kleine Haus vom Zwerg zum Einsturz bringen…«
»So einer soll der Holländer sein?« Klaras Augen funkelten.
»Ich weiß nicht. Frag ihn doch selbst, wenn er wieder rauskommt aus dem Knast.«
»Bis dahin ... wer weiß. Aber sag mal, auch Maulwürfe leben doch nicht allein ... anscheinend hatte er mit verschiedenen Gruppen zu tun ... auch mit solchen, in denen dein Freund Otto aktiv ist.«
»Die laufen doch nicht mit Kohlenanzündern durch die Gegend.«
»Und was ist mit den Leuten von der Arbeiterunion?«, fragte Klara.
»Ach, so weit bist du schon gekommen.«
»Du kennst die also?«
Rinke machte eine vage Handbewegung.
»Der Holländer soll Kontakt zu denen gehabt haben.«
»Mag sein.«
»Jetzt hör schon auf mit diesen Andeutungen! Ich will wissen, was der hier getrieben hat und mit wem. Keiner weiß, wie er in den Reichstag gekommen ist. Vielleicht hat er genau das Gegenteil von dem erreicht, was er wollte, vielleicht aber auch nicht. Jedenfalls ist über viele Menschen die Hölle hereingebrochen, weil er, warum auch immer, gehandelt hat. Vielleicht ist er einfach nur zielgerichtet eingesetzt worden, Spitzel und Provokateure scheint es in Berlin ja massenweise zu geben.«
»Er kam aus Holland und war noch nicht lange hier.«
»Und was hatte er da mit der Arbeiterunion zu tun? Ist das etwa eine Tarnorganisation der Konterrevolution?« Klaras Augen funkelten kampflustig.
Rinke seufzte. »Bestimmt nicht. Jetzt beruhige dich mal. Die AAU hat gute Kontakte zu ihrer Schwesterorganisation in Holland. Dort sitzen ein paar wichtige Theoretiker, deren Schriften auch auf Deutsch veröffentlicht werden. Es gibt da

ein reges Hin und Her. Anscheinend ist van der Lubbe als Kurier tätig gewesen. Aber jetzt nagle mich nicht darauf fest. Ich kenne einige von denen, aber ich habe nichts mit ihrer Organisation zu tun.«

Klara stöhnte erleichtert auf. »Dann kannst du mich jetzt ja wohl endlich mit den Leuten zusammenbringen.«

»Ja doch. Sie sind halt vorsichtig geworden. Es hat eine Weile gedauert, bis sie einverstanden waren. Guck mich nicht so böse an. Ich hab mir den Mund fusselig geredet. Und dass du im Auftrag der Komintern unterwegs bist, hab ich ausgespart. Damit musst du morgen nicht hausieren gehen.«

»Danke.«

Später, als Klara im Bett lag und las, wobei sie gelegentlich spürte, wie ihr Herz unvermittelt heftig zu schlagen begann, um sich dann ebenso grundlos wieder zu beruhigen, kam Rinke herein und warf ein dünnes Buch auf ihre Bettdecke.

»Hier, das habe ich in Ottos Bücherregal gefunden. Die Bibel der Arbeiterunion.«

Klara griff danach und las den Titel: *Grundlagen kommunistischer Produktion und Verteilung.*

Eben noch hatte Stendhals gleichermaßen romantischer wie analytischer Blick auf die reaktionäre Gesellschaft der französischen Restauration sie in ihren Bann gezogen. Nun konkurrierte ein theoretisches Werk, das mit den Worten begann »Russland hat versucht, das ökonomische Leben nach kommunistischen Prinzipien aufzurichten und hat darin vollkommen gefehlt ...«, mit den Beschreibungen der faszinierenden Mathilde, deren eiskalte Intellektualität einen brodelnden Vulkan untergründiger Emotionalität verbarg. Stendhals Julien Sorel hatte es sich trotz seines schwarzen Priestergewands zur Pflicht gemacht, die glühende Lava freizulegen. Klara schlug seufzend die Heilige Schrift der Rätekommunisten auf.

★

»Ludwig schickt mich«, sagte Klara, »der Freund von Otto.« Der Mann, der neben dem Ofen des Maronenbraters gegen einen Laternenpfahl gelehnt auf sie gewartet hatte, nickte. Er trug einen grauen Mantel, eine schwarze Mütze und schwere Stiefel. Längliches Gesicht, flache Nase, schmale Lippen, Selbstgedrehte im Mundwinkel.

Er führte sie in eine überfüllte laute Eckkneipe und stellte ihr viele Fragen, auch über Hamburg und warum sie dort weggegangen war. »Ich habe versucht, einen Nazi-Mörder zu stellen«, sagte Klara. »Ihr müsst von den individuellen Aktionen wegkommen«, erklärte er mit wichtiger Miene, was Klara als Beleidigung empfand. Dann erst realisierte sie, dass Rinke sie dem Mann gegenüber als anarchistische oder rätekommunistische Aktivistin ausgegeben hatte. Das ärgerte sie, weil es nicht abgesprochen war und Rinke ihr nur die Hälfte von dem erzählt hatte, was sie zu beachten hatte.

»Aber nicht schlecht, wie ihr es geschafft habt, dich bei der *Times* reinzuschmuggeln. Wir haben Kontakte zu einem Genossen in der Redaktion vom *Manchester Guardian*, bei dem wir uns allerdings fragen, ob er die Informationen, die er uns kostenlos schickt, nicht auch noch dem sowjetischen Handelsattaché für teures Geld verkauft.«

Erst fragt er zu viel, dachte Klara, dann redet er zu viel. Sie mochte ihn nicht, vielleicht weil er irgendwie staubig wirkte und wichtig tat. Jedenfalls verzichtete sie darauf, ihm eine Manoli anzubieten. Mit Tabak und Papier kam er ziemlich gut zurecht, drehte mit einer Hand und rauchte noch mehr als sie. Er heiße Alfred, behauptete er.

Nachdem er ihr alle möglichen Informationen aus der Nase gezogen hatte – sogar über ihre Zeit in Dänemark wollte er Genaueres wissen – und sie ihm mal die Wahrheit, mal Erfundenes aufgetischt hatte, glaubte er offenbar, sie sei die Geliebte von Ludwig Rinke. Sie widersprach nicht, bestätigte aber auch nichts, da der Mann es offenbar gewohnt war, sich selbst die Antworten zu geben, die er haben wollte. Nun ging er also davon aus, dass sie im Auftrag einer internationalen revolutionären Bewegung ein positives Bild des Reichstagsbrandstifters in die große englische Zeitung schmuggeln sollte, um der Propaganda der stalinistischen Komintern gegen den Attentäter den Wind aus den Segeln zu nehmen. Lass ihn das nur glauben, auch wenn ich eigentlich den gegenteiligen Auftrag habe, dachte Klara und stolperte über das Wort »eigentlich«. Ja, »eigentlich« bin ich Komintern-Agentin, aber wer bin ich wirklich ...?

Schließlich war er mit seinem nutzlosen Gerede und ihren vagen Antworten zufrieden und führte sie aus der Kneipe, durch einige Straßen in einen kleinen Buchladen, in dessen karg bestücktem Schaufenster Bücher zum Thema Astrologie und *Die Schule des Okkultismus* sowie Titel zu Hellseherei, Hypnose und ein dickes Werk über *Die Hohlwelt-Lehre* lagen. Ein Plakat mit dem Konterfei des Nazi-Magiers Hanussen vervollständigte das Bild.

»Was für ein Schrott«, murmelte Alfred, als er das Schiebegitter der Ladentür aufschloss. Mit einem entschuldigenden Blick fügte er hinzu: »Wir haben umdekoriert, aus Sicherheitsgründen.«

Die Tür war verspiegelt, man konnte nicht hineinsehen. Wenn du einbrechen willst, dachte Klara, kannst du dir dabei zuschauen.

Im Laden wurden andere Lektüren angeboten: Bekannte theoretische Werke der sozialistischen Bewegung, antifaschistische und antimilitaristische Kampfschriften, Manifeste, Broschüren, Biografien von intellektuellen Führern und revolutionären Arbeitern, Zeitschriften und Zeitungen in verschiedenen Sprachen, theoretische und propagandistische Publikationen der Allgemeinen Arbeiter-Union und der Kommunistischen Arbeiterpartei Deutschlands wie auch von den Anarcho-Syndikalisten der Freien Arbeiter Union.

Im Hinterzimmer war eine Art Schreibstube mit Druckerpresse eingerichtet, korrigierte Abzüge von Artikeln lagen herum, zwei Stapel mit Rudolf Rockers *Prinzipienerklärung des Syndikalismus*, die Klara nach eindringlicher Aufforderung durch Otto oder wie er hieß am Frühstückstisch studiert hatte, fertige Flugblätter mit Aufrufen zum »Generalsturm gegen Hitler« und Karikaturen, die die Führer der Nazi-Bande lächerlich machten, alles in offenen Pappkartons.

»Wir werden umziehen«, sagte Alfred. »Der Kampf wird aus dem Untergrund weitergeführt.«
Es war kalt. Neben dem Ofen stapelte sich das ungenutzte Brennholz. Klara schaute sich weiter um, entdeckte mehr Kisten und Koffer, die noch gepackt werden sollten. Wie schnell das geht, dachte sie, gestern noch stritten sie als Linksabweichler gegen die Vorherrschaft von KPD und SPD in der Arbeiterbewegung, warben für eine freie Selbstorganisation der Werktätigen und eine gesellschaftliche Organisation, in der die Macht nicht von oben nach unten dekretiert, sondern von unten nach oben delegiert wird ... und was nicht alles für wundervolle Alternativen zu Kapitalismus und (wie sie es nannten) autoritärem Staatssozialismus... und nun folgten sie den großen Parteien in die Illegalität, nachdem sich herausgestellt hatte, dass weder die politischen Massenorganisationen, noch diese eifrigen Sektierer, noch ein individuell gegen die Barbarei revoltierender Holländer dem deutschen Volk auf seinem Marsch ins Verderben Einhalt gebieten konnten. Oder kommt das noch ... werden wir bald schon erhobenen Hauptes den braunen Horden entgegentreten, sie zurückdrängen, in die Flucht schlagen? ... »Alle Macht den Arbeiterräten!« stand auf einem Plakat, das sich halb von der Wand gelöst hatte – ist es nicht eigenartig, dass diese Parole, die uns alle vereinen sollte, uns im Gegenteil spaltet? Und ist es nicht merkwürdig, dass sogar ein so eigensinnig und egoistisch handelnder Mensch wie Ludwig Rinke Freunde in diesem Milieu hat, in dem alle aufopferungsvoll für eine freie und gerechte Zukunft kämpfen, was er angeblich ablehnt?
Alfred deutete auf einen Drehstuhl, Klara setzte sich, er selbst lehnte sich gegen den Arbeitstisch.
»War van der Lubbe hier?«, fragte sie.
Alfred zog an seiner dünnen Zigarette und nickte. »Sicher, das war sein Ziel. Er hatte den Auftrag ... übernommen...«
»Welchen Auftrag?«
»Er war Kurier zwischen den holländischen Genossen von der Gruppe Internationale Kommunisten – GIC kürzen die sich in Holland ab – und uns hier. Jedenfalls behauptete er

das … wir hatten eigentlich einen anderen erwartet. Einen Freund von van der Lubbe, aber der hatte anscheinend ihn geschickt.«
»Warum?«
»Austausch von Schriften, die übersetzt und publiziert werden sollten. Aber van der Lubbe brachte gar nichts mit.«
»Was denn für Schriften?«
»Artikel für die nächste Ausgabe unseres Theorie-Organs *Der Proletarier*. Die hatten wir erwartet, die erste Nummer war ja gerade fertig geworden. Wir waren etwas irritiert, denn van der Lubbe redete weniger von der GIC als von den anderen, der Spartacus-Gruppe, die kennen wir auch, aber die stehen uns nicht so nah.«
»Spartacus-Gruppe?«
»Die sind sehr radikal, da haben wir gewisse Probleme.«
Man kann also noch radikaler sein als Rätekommunisten und Anarchosyndikalisten, wunderte sich Klara und fragte: »Wieso?«
»Die holländischen Spartakisten predigen die direkte Aktion als einzig wahres Mittel des Klassenkampfes. Im Grunde lehnen sie jede fest gefügte Organisationsform ab und suchen ihr Heil in der spontanen Rebellion gegen jede Form von Herrschaft und Unterdrückung, egal von wo sie kommt, aber das würde ja auch eine Diktatur oder eine Vorherrschaft des Proletariats ausschließen und wäre damit zum Scheitern verurteilt, denn die Machtfrage muss man stellen, jedenfalls bis sie entschieden ist.«
»Warum lehnen sie Organisationen ab?«
Alfred grinste schief: »Lenin würde hier den Begriff ›kleinbürgerlicher Individualismus‹ ins Spiel bringen oder ›linksradikale Kinderkrankheit‹ …«
Damit hat er doch euch gemeint, dachte Klara.
»… ich sehe das ein bisschen anders. Hat vielleicht was mit der Sehnsucht nach revolutionärer Reinheit zu tun … ein quasi-religiöses Element, das den Proletarier zum übermenschlichen Helden stilisiert, der eine heilige Handlung vollzieht, indem er alles, was Unterdrückung bedeutet, zer-

schmettert ... und es ablehnt, die Methoden zu verwenden, die der Gegner benutzt.«

»So eine Art unbefleckte Empfängnis des kommunistischen Paradieses, das gleichzeitig das jüngste Gericht darstellt...«

»Und die Aktion als heiligste Tat der Revolte ... so ungefähr vielleicht.«

Da stehen wir nun, dachte Klara, und musste an ihren einstigen Weggefährten Kurt denken und dessen ketzerische Kabarett-Sottisen: »Über uns wölbt sich die Kirche des historischen Determinismus, und wenn du es nicht dialektisch denkst, dann landest du schnurstracks in den Armen von Hegel, der dich an den Papst weiterreicht ... ach, du mein lieber Karl Marx, wo flattert denn jetzt der Herr Engels ... im Beichtstuhl der Geschichte ist noch Platz!« oder so ähnlich, aber was hat das bitte mit dem Holländer zu tun?

»... aber nur«, hörte Klara ihren Gesprächspartner weiterreden, »wenn der Rebell von der Masse der kämpfenden Arbeiter getragen wird...«

»... seinen Segen bekommt, welche andere Rechtfertigung könnte er haben?«, warf Klara ein.

»In diesem Sinne wäre Marinus gescheitert, denn die Arbeiter sind ihm nicht in den Aufstand gefolgt«, sagte Alfred.

»Hatte er deshalb Unrecht? Immerhin hat er etwas gewagt.«

Alfred schüttelte entschieden den Kopf. »Er hat das Gegenteil erreicht, die Bewegung geschwächt. Nehmen wir einmal an, es war eine Rebellion, dann hat er versagt.«

»Nehmen wir einmal an?«

»Was hat er denn hier in Berlin noch gemacht, außer uns mit seinen radikalen Reden auf die Nerven zu gehen? Wir wissen es nicht. Es heißt, er habe Kontakte zu SA-Leuten gehabt.«

»Hat er das?«

»Keine Ahnung, Spitzel sind überall. SA-Männer erst recht. Allerdings hat er durchaus seltsame Gedanken vertreten. Es gäbe sozialrevolutionäre Tendenzen in der SA, meinte er, und die müsse man nutzen, wenn der Aufstand kommt, weil dann die Nazi-Organisation von innen zerstört würde.«

»Immerhin hat er sich viele Gedanken gemacht.«

»Ja, aber am Ende lief es immer wieder auf das Gleiche hinaus: Die ganze Gesellschaft muss kaputt geschlagen werden. Das war seiner Weisheit letzter Schluss. Es gibt Leute, die kommen von einfachen Gedanken zu komplizierten Ergebnissen, also vom Hundertsten ins Tausendste, wie man so sagt. Bei van der Lubbe war es genau umgekehrt, der hatte sehr komplizierte Gedankengänge, der war belesen, der kannte theoretische Schriften, aber am Ende lief es immer darauf hinaus: kaputt schlagen.«
»Oder anzünden.«
»Das auch. Aber hier haben wir natürlich noch ein technisches Problem.« Alfred ging zum Ofen und griff nach einem Holzscheit. »Sieh mal, das ist sogar Eiche. Jetzt zieh deinen Mantel aus, steck ihn in Brand und versuch, diesen Holzstapel hier damit anzuzünden.«
»Quatsch«, sagte Klara.
»Wieso Quatsch?«
»Weil ich mir doch nicht den eigenen Mantel abbrennen will.«
»Er hat das gemacht. Den Mantel angezündet und versucht, das aus Eichenholz gefertigte Mobiliar im Plenarsaal mit dem brennenden Stoff anzuzünden.« Alfred nahm die glimmende Zigarette aus dem Mund und hielt sie an den Holzscheit. »So hat er es der Polizei erzählt, und die hat es an die Presse weitergegeben. Erst Kohlenanzünder, und als die verbraucht waren, brennende Kleider.« Er warf das Holzstück auf den Stapel zurück. »Das kannst du vergessen. Das ist ein Märchen.«
»Und das heißt?«
»Er war nicht allein. Überall in Berlin laufen Spitzel und Provokateure herum, wenn die sich van der Lubbe ausgeguckt haben … Ich weiß, dass einige Leute aus unserem Umkreis, die mit ihm zu tun hatten, jetzt verschwunden sind oder uns meiden, was weiß ich, wie es sich genau verhält.«
Klara schaute ihn ratlos an.
»Das alles hilft dir überhaupt nicht weiter«, stellte Alfred fest.
»Ich muss mehr über ihn herausfinden.«

Alfred schaute auf seine Armbanduhr. »Gehen wir erst mal.«
Klara folgte ihm in den Laden. Alfred blieb an der Tür stehen und lugte durch die verspiegelte Glasscheibe.
»Kennst du eine Frau mit einem altmodischen Hut mit Federn?« fragte er.
»Was?«
»Die steht da drüben und schaut her.«
»Nein.«
»Jetzt kommt sie über die Straße. Scheinbar will die hier rein. Entweder sie interessiert sich für Astrologie oder ... na, wer bei der Kälte Netzhandschuhe trägt...«
Klara drängte ihn beiseite und spähte hinaus. Die Frau, über deren Anwesenheit in Schlaffkes Gaststätte sie sich gewundert hatte, wartete, bis ein Elektrolaster vorbeigejault war, und kam über die Straße. Zielstrebig ging sie auf den Laden zu, schaute sich die Auslagen an, stieg die zwei Stufen zur Tür hinab und versuchte, hineinzusehen. Sie näherte sich Klara, die zurückwich.
»Man kann wirklich nicht durchsehen«, hörte sie die beruhigende Stimme von Alfred neben sich flüstern.
Klara glaubte, das Parfüm zu riechen, dass ihr in die Nase gestiegen war, als sie beide versuchten, der Razzia in der Kneipe zu entkommen. Das Gesicht der Frau kam näher. Sie war hübsch, ein noch jugendliches, naives Gesicht, wenn auch die altmodische Kleidung sie ein wenig flittchenhaft erscheinen ließ. Jetzt holte sie ihr Schminkdöschen aus der Manteltasche und tupfte sich das Puder auf die breiten Wangen. Sie stolperte, kurz war sie ganz nah, stieß mit der Nasenspitze gegen die Scheibe. Klara prallte zurück.
Alfred neben ihr unterdrückte ein Lachen. »Komm«, flüsterte er. »Wir gehen hinten raus.«

★

Eine halb leer geräumte Einzimmerwohnung unter dem Dach in Neukölln. Studentenbude, würde man denken, wenn nicht auf dem Pappschild an der Klingel in sehr schön geschwungenen Buchstaben ein Doktortitel gestanden hätte.
Ein weiterer Mann kam hinzu, eindeutig ein Arbeiter oder Handwerker mit blauer Arbeitshose und grober Jacke über einem dicken Sweater. Ölflecken auf den Kleidern und an den Händen. Dünn, aber kräftig, von einem Hauch von Askese umgeben. Er arbeitete für die Reichsbahn, wurde Walter genannt und hatte Verbindungen zur Internationalen Transportarbeiter-Föderation. Nicht dass Klara erwartet hätte, dass er zu predigen anfängt, aber gewundert hätte es sie auch nicht.
Alfred erhitzte Wasser mit einem Tauchsieder in einem Topf und streute irgendwelche Blätter hinein. Walter begann, sie auszufragen, freundlich, aber sehr genau. Es gelang ihr, einen halbwegs glaubwürdigen Eindruck zu machen, indem sie sich zum Mitglied einer obskuren »Society of Libertarians« machte, mit der Ludwig Rinke in London in Kontakt gestanden hatte und die, wie sie wusste, die Ideen des Benjamin Tucker vertrat.
Walter nickte zustimmend, und Alfred stellte Klara eine Tasse mit Kräutertee hin. Er schmeckte wie heißer Hustensaft.
Ein Bier wäre mir jetzt lieber, dachte Klara, oder ein Grog. Hochprozentig. Heiß. Das passt besser zu mir. Diese beiden Genossen hier sehen doch arg ausgemergelt aus. Sollte es etwa ein ungeschriebenes Gesetz geben: je radikaler desto entsagungsvoller? Askese soll ja gesund sein. *Mens sana in corpore sano*. Na gut, aber müsste es dann nicht heißen: Hagerer Geist in hagerem Körper? Und wäre das nicht das Gegenteil von dem, was ich mir von der Zukunft erhoffe? Freiheit, bedeutet das nicht Lust, Genuss, Lebensfreude, und … ja, auch dass man übertreibt?
Alfred erklärte seinem Genossen, es ginge darum, ein international angesehenes Presseorgan wie die *Times* zu nutzen, um die Wahrheit über Marinus van der Lubbe gegen die nazistische und stalinistische Propaganda zu verbreiten.

»Wenn er nicht in die Hände von Provokateuren geraten ist, verdient er unsere Unterstützung«, sagte Alfred.
»Das dürfte kaum möglich sein ... jedenfalls ist es undenkbar, wenn man ihn gekannt hat«, meinte Walter.
»Erzähl ihr, was du über ihn weißt«, Alfred deutete auf Klara. »Sie will sich ein Bild machen.«
Walter trank seinen Tee in einem Zug aus und behielt die Tasse in der Hand. »Ich war mehrmals in Holland bei den Genossen von der Gruppe Internationale Kommunisten. Rinus, wie ihn dort alle nennen, gehörte irgendwie dazu, irgendwie auch nicht. Aber er war mit Piet befreundet, einem der führenden Köpfe. Und mit Eduard von der Spartacus-Gruppe, die uns politisch nahestehen, wenn sie auch eher anarchistisch orientiert sind.«
»Darüber ließe sich streiten«, warf Alfred ein.
»Wie auch immer. Man konnte schon erkennen, dass manche von den fleißigen Theoretikern den Heißsporn Marinus bewunderten. Der brauchte keine Theorie, um aktiv zu werden. Dem lag es im Blut, das hat man ihm angesehen. Wenn er redete, war er immer dann sehr überzeugend, wenn er vor seinesgleichen sprach, also vor jungen Leuten, die arbeitslos waren. Überhaupt hatte er ein Gespür für die Jugend. Für sie hatte er ja, als er noch zur holländischen KP gehörte, das Lenin-Haus gegründet. Das war eine Basiszelle für ständiges Unruhestiften und Herausfordern der Behörden und der Ausbeuter. Das war den Kommunisten dann zu viel, und sie haben ihn kaltgestellt.«
»Na klar«, meinte Alfred. »Parteiausschluss.«
»Rinus ist das, was man einen geborenen Rebellen aus dem Volk nennt«, fuhr Walter fort. »Er stammt aus ärmlichen Verhältnissen und dementsprechend schwieriger Familie. Geboren wurde er in der Stadt Leiden in Südholland, und da blieb er auch mehr oder weniger. Der Vater war fahrender Händler, der ständig im Land herumzog, die Mutter hatte eine Marktbude, aber aus all dem ist nichts Rechtes geworden. Er hat noch zwei Brüder, was die machen, weiß ich nicht. Die Mutter starb, als er noch jung war, der Vater trank. So geriet er als Halbwaise in die Fänge der Kirche ...«

»Natürlich«, sagte Alfred verächtlich, »die schnappen sich zuallererst die Schwachen.«

»...aber dann rebellierte er und ging mit vierzehn Jahren zu den Kommunisten und wurde im Jugendbund aktiv. Es folgten viele spektakuläre Protestaktionen, die er organisierte. Er scheint ein Talent dafür zu haben, Gleichaltrige zu begeistern.«

»Und das Talent, sich mit der Parteiführung zu überwerfen«, fügte Alfred hinzu.

Walter lächelte schwach. »Das haben wir ja alle. Er wurde rausgeworfen aus dem Jugendverband, dann wieder zugelassen, dann wieder rausgeworfen.«

»Ein ziemlich schwieriger Charakter«, warf Klara ein.

»Nein, eben nicht. Er war zwar heftig und aufbrausend, aber er war auch tolerant. Beinahe schon bis zur Selbstverleugnung, jedenfalls hat Piet das so ausgedrückt. Bei einer Arbeitslosenveranstaltung zum Beispiel hat er gegen die johlende Menge der Anwesenden darauf bestanden, dass ein ausgewiesener Faschist seine Meinung sagen darf. Die Freiheit der Rede gelte für alle, auch für die politischen Gegner.«

»Grund genug, ihn aus der KP zu schmeißen. Wo kämen wir denn hin? Stellt euch vor, Stalin würde so etwas zulassen ...«, meinte Alfred boshaft.

»Er hat eine Maurerlehre gemacht. Die Muskeln dafür hat er. Seine Kollegen nannten ihn Dempsey, weil er so athletisch ist. Trotzdem ging was schief, als er Kalk in die Augen bekam. Er wurde halb blind, Invalide, und musste fortan sein Leben mit der Wohlfahrtshilfe fristen. Er wohnte bei Freunden und hat streng darauf geachtet, dass er nie jemandem etwas schuldig blieb. Jeden Pfennig, den er sich geliehen hat, hat er abgerechnet und von dem bisschen Unterstützung, die er bekam, zurückgezahlt. Es ist beinahe kurios, aber mehrere Leute in Holland sagten, dass er sehr freigebig sei. Da hat einer eigentlich nichts, aber er gibt dennoch, obwohl er nichts entbehren kann. Es war schon ein immer wiederkehrender Scherz, das hat Piet gern erzählt, dass Rinus etwas geschenkt bekam, sagen wir ein Kleidungsstück oder ein

Möbel, und wenn er dann losging, um es zu holen, musste man Angst haben, dass er es auf dem Rückweg an jemanden weiterschenkt, von dem er dachte, dass er noch ärmer dran war als er selbst. Und gab noch was obendrauf. Erst recht, wenn Kinder dabei waren. An denen hatte er einen Narren gefressen, da gab er den letzten Groschen weg und hungerte lieber, als dass er ein Kind traurig stehen ließ.«

»Hat das bisher jemand geschrieben in der vereinigten Hetzpresse?«, ereiferte sich Alfred. »Er wird denunziert als geistig zurückgebliebener Wirrkopf! Eine Schande!«

»Zurückgeblieben war er keineswegs«, fuhr Walter mit ruhiger Stimme fort. »Vielleicht fehlte ihm das Vokabular, vor allem auf Deutsch, aber er hatte nicht nur politische Schlagworte im Kopf, sondern auch philosophische Gedanken.«

»Aber er war auch ein Schwärmer mit unausgegorenen Ideen«, merkte Alfred kritisch an. »Was war das zum Beispiel mit der Kanalüberquerung?«

»Unausgegoren? Vielleicht. Aber was blieb ihm übrig, er brauchte Geld, er hatte Großes vor. Warum dann nicht, wenn man sowieso schon ein Athlet ist, in einen sportlichen Wettkampf gehen?«

»Was für eine Kanalüberquerung?«, fragte Klara.

»Er wollte den Ärmelkanal durchschwimmen«, erklärte Alfred. »Solche merkwürdigen Ideen hatte er auch.«

»Was ist daran so dumm?«, meinte Walter. »Wenn es andere gemacht haben, und für 5000 Gulden! Das war der Preis, den eine holländische Zeitung für eine Kanaldurchquerung ausgesetzt hat.«

»Nun ja«, sagte Alfred zweifelnd. »So ganz gerade waren seine Wege nicht. Warum er zum Beispiel auf Teufel komm raus in die Sowjetunion wollte, verstehe ich nicht. Die Partei schmeißt ihn raus, und er will trotzdem unbedingt dem Genossen Stalin seine Aufwartung machen.«

»Er wollte in die Sowjetunion?« Auch für Klara war dieser Gedanke nach allem, was sie über van der Lubbe gehört hatte, eher abwegig.

»Nicht wegen Stalin«, erklärte Walter. »Es ging ihm um das Volk, das den Sozialismus aufbaut. Er wollte sich vergewissern, ob die heldenhaften Geschichten vom aufopferungsvollen Kampf der Arbeiter um die Zukunft richtig waren. Oder ob die Gräuelgeschichten über die Unterdrückungsmaschine der Bolschewisten stimmten.«

»Ein bisschen naiv war das schon«, warf Alfred ein.

»Nein, nicht naiv, im Gegenteil!«, ereiferte sich Walter. »Sag mir, was naiv daran ist, die Ergebnisse der Revolution aus eigener Anschauung kennenzulernen! Sag mir, was naiv daran ist, zu Fuß durch halb Europa zu gehen, um das angeblich gelobte Land zu erreichen und sich ein Bild über die Fortschritte des sozialistischen Aufbaus zu machen. Versetz dich doch in seine Lage. Ist es nicht alles Propaganda, im Positiven wie im Negativen? Liegt es nicht nahe, selbst nachzuschauen?«

»Er ist zu Fuß dahin?«, wunderte sich Klara.

»Versucht hat er es. Zweimal sogar. Einmal allein, einmal mit einem Freund. Beim ersten Mal ist er durch Deutschland und Österreich bis Jugoslawien und Ungarn gekommen. Soweit ich weiß, haben ihm die Behörden und Bürokraten einen Strich durch die Rechnung gemacht, und er musste das Unternehmen abbrechen, aber immerhin ... Er hat übrigens Tagebuch geführt über seine Reise und sehr viele Briefe geschrieben. Offenbar war ihm wichtig, die Welt mit wachen Augen zu betrachten und seine Beobachtungen und Gedanken festzuhalten.«

»Zu Fuß und ohne Geld von Holland bis nach Ungarn?« Klara schüttelte den Kopf.

»Bis Budapest ist er gekommen. Von dort wollte er zur sowjetischen Grenze ... Das war beim ersten Mal. Beim zweiten Mal ging's über die Tschechoslowakei nach Polen, und dort wurde er gefasst, als er die Grenze nach Russland überschreiten wollte. Dann ist er zurück nach Holland gelaufen. Und zu Hause haben sie ihn gleich eingelocht, weil er in Abwesenheit wegen Sachbeschädigung verurteilt worden war. Er hatte die Scheibe des Wohlfahrtsamtes eingeworfen, weil er sich ungerecht behandelt fühlte. Das hat mir Piet erzählt.«

»Und nun Berlin? Warum Berlin?«

»Das lässt sich leicht beantworten«, schaltete Alfred sich wieder ein. »Alle glauben doch, dass Deutschland das nächste Land sein wird, in dem die sozialistische Revolution ausbricht. Weil es das am weitesten entwickelte Industrieland mit der am besten organisierten Arbeiterschaft ist. Also ... das war auch die Idee von Rinus. Es braucht nur einen Funken, um die alte Gesellschaft in die Luft zu jagen ... und da wären wir wieder beim Kaputtschlagen.«
»Es geht ihm doch nicht bloß ums Kaputtschlagen«, widersprach Walter.
»So hat er aber geredet.«
»Ach was. Er ist doch noch jung.«
»Wie ich schon sagte: naiv«, kritisierte Alfred.
»Was Rinus betrifft, werden wir uns wohl nie einig werden«, seufzte Walter.
»Ich bleibe dabei, dass er naiv war«, beharrte Alfred. »Und außerdem hat er sich von den falschen Leuten bequatschen lassen.«
Klara wurde hellhörig. »Er hat sich von den falschen Leuten bequatschen lassen?«
Walter warf Alfred einen missbilligenden Blick zu. Der zuckte mit den Schultern.
»Von wem hat er sich bequatschen lassen?«
Die beiden AAU-Aktivisten schwiegen. Klara holte ihre Zigarettenpackung heraus und hielt sie ihren Gesprächspartnern hin. Beide schüttelten den Kopf.
»Wie soll ich herausfinden, was hinter dem Ganzen steckt, wenn mir Informationen vorenthalten werden.« Klara stieß zornig den Rauch aus.
Alfred und Walter sahen sich an. Es war wie ein stummer Kampf, den eigentlich keiner von beiden gewinnen wollte.
Schließlich nickte Walter und sagte: »Fritz.«
Alfred stöhnte leise.
»Wer ist Fritz?«, fragte Klara.
»Es gibt im Umkreis der Arbeiterunion einige Leute, bei denen wir uns fragen, wie sie überhaupt in unsere Nähe kommen konnten«, sagte Alfred zögernd.
»Was sind das für Leute?«

»Undurchsichtige Existenzen, die wir am liebsten wieder loswürden.«
»Warum schließt ihr sie dann nicht aus?«
Alfred verzog das Gesicht: »Es gibt einige unter uns, die meinen, sie gehörten dazu ...«
»... andere glauben, es sei besser, sie im Auge zu behalten«, ergänzte Walter.
»Es gibt Diskussionen ...«
»... über ihren Nutzen ... oder ... was auch immer.«
Das sind dann wohl die Organisationsfragen, mit denen van der Lubbe nicht sympathisiert, dachte Klara. Aber sogar er ist anscheinend irgendwie in diesen Schlamassel reingeraten. Und wieder erscheint das doch eigenartig, dass diese asketischen Kämpfer und Anhänger einer reinen Lehre ihre eigene kleine Organisation nicht sauber halten können.
»Klingt ja sehr interessant«, sagte sie. »Also noch mal: Wer ist Fritz?«
Man sah Alfred an, wie er innerlich mit sich rang. »Gut«, entschied er schließlich, »Walter wird dich zu ihm bringen ... wenn er möchte.«
Walter machte eine vage Geste. »Na ja, vielleicht findet sie etwas, das uns nützt ...«
Auf welch krummen Pfaden wir uns doch bewegen, dachte Klara, als sie aufstand und sich den Mantel zuknöpfte.
Als sie die Wohnung verließen, kam ihnen im Treppenhaus Ludwig Rinke entgegen. Nervös fragte er nach Otto. Keiner hatte ihn in den letzten Tagen gesehen. Rinke fluchte vor sich hin, schien sich aber ernsthaft Sorgen zu machen.
Sie verabschiedeten sich und gingen zu zweit davon. Ohne den Genossen A, so deutete Rinke an, könne er seine geplante Aktion vergessen. »Es sei denn, du überdenkst deine Haltung bezüglich der individuellen Wiederaneignung.«
Klara schüttelte den Kopf.
»Sag mal«, fragte sie, »kennst du eine Frau mit so einem altmodischen Hut mit Federn dran und Netzhandschuhen?«
Rinke blieb stehen und schaute sich um. »Genau das«, sagte er, »wollte ich dich eigentlich fragen. Aber jetzt ist sie weg.«

»Komm jetzt«, drängte Walter und zog Klara am Ärmel. »Wir haben noch was vor.«
»Netzhandschuhe im Winter«, rief Rinke hinter ihnen her. »Das ist doch idiotisch!«

★

Die leuchtenden Uhren im Anhalter Bahnhof zeigten viertel vor sechs. In der Halle dämpfte rußiger Dunst das Licht der Lampen unter der Kuppel der Bahnsteighalle. Elektrowagen mit Kofferstapeln oder Postsäcken hoppelten über die Bahnsteige, schlängelten sich mit ihren Anhängern zwischen herumstehenden Reisenden hindurch. Auf Gleis 3 wartete der Nachtzug nach Wien. Abfahrt um halb acht Uhr abends. »Bitte nicht einsteigen.« Es wurde noch eingerichtet. Die Betten der bordeauxroten Waggons wurden gemacht, hinter den Fenstern sah man geschäftige Schemen. Vor dem Speisewagen stand ein Anhänger mit Gastronomie-Utensilien. Decken, Servietten, Teller, Tassen, Gläser, Kisten und Kästen wurden eingeladen. Der Mitropa-Adler an der Wagenseite überwachte die Arbeit und breitete seine Schwingen über einem Rad aus, in das ein Übereifriger ein Hakenkreuz eingeritzt hatte.
»Das muss übermalt werden«, murmelte sie vor sich hin.
»Bitte?«
Walter hielt sie am Arm fest.
»Ach nichts.«
»Warte.«
Sie blieb einige Schritte zurück. Hinter ihr hupte ein Postwagen. Sie trat beiseite. Walter sprach mit einem Mann in fleckiger Kellner-Uniform, der vom Schleppen der Kartons ins Schwitzen geraten war, dünne Haare klebten ihm an der Stirn. Unwirsch blaffte er etwas Undeutliches und zuckte mit den Schultern, deutete mit dem Kopf in den Waggon, drehte sich um und stieg schwankend mit einem Stapel Kartons auf den Armen in den Speisewagen.

Walter winkte ihr knapp zu. »Bleib, wo du bist.« Dann folgte er dem Kellner.
Ein Mann mit Kofferträger und qualmender Zigarre musterte sie anzüglich.
»Marlene?«
Sie reagierte nicht.
»Ich hab noch einen Platz frei im Abteil.«
»Ich bin nicht die Dietrich. Und sogar die würde dir deine Zigarre im Maul umdrehen, Fettwanst«, zischte sie und ging an ihm vorbei.
Der Kofferträger murmelte: »Na, hören Sie mal.«
Die Dialektik von Herr und Knecht, dachte Klara, wirklich umwerfend.
Am anderen Ende des Speisewagens schaute Walter aus der Tür. Sie ging zu ihm, stieg ein, folgte ihm ins Zugrestaurant. Dort erwartete sie ein schlaksiger junger Mann in Mitropa-Kluft, auch diese verknittert und mit leichten Schmutzspuren, man sieht es auf gestärkten weißen Jacken eben besonders gut.
»Hättest du nicht warten können, bis ich Feierabend habe?«, beklagte er sich und fuhr sich mit der linken Hand durch die langen blonden Haare. In der rechten hielt er Messer und Gabeln.
»Wo hätte ich dich denn dann gefunden?«
»Draußen auf dem Bahnsteig.«
Walter ließ sich nicht beirren. »Das ist Friedrich.«
»Klara.« Sie nickte ihm freundlich zu, was ihm auch nicht zu passen schien.
»Fritz, die Genossin hier hätte dir einige Fragen zu stellen.«
Der schlaksige Kerl schaute hastig um sich. »Red nicht so.«
»Es ist doch niemand da.«
Der blonde Kellner wurde erst weiß, dann rot im Gesicht.
»Geht raus.« Mit zitternden Händen begann er, das Besteck auf die weiß gedeckten Tische zu legen. Die meisten Tische hatte er schon vorbereitet. Wenn eine Messerklinge nicht blitzblank war, wischte er sie mit einem Tuch sauber, dass ihm aus der Hosentasche hing.
Sie sahen ihm zu. Klara war unwohl in dieser Situation. Was

bezweckte Walter eigentlich? Wäre es nicht wirklich besser, woanders zu warten? Zuerst befanden sich zwei Tische zwischen ihnen und dem Kellner, dann einer, dann stand er vor ihnen.

»Draußen auf dem Bahnsteig«, murmelte er, fast schon verzweifelt.

Eine Gabel fehlte. Fritz drehte sich um und wollte zur Anrichte am anderen Ende des Wagens gehen, da erschien ein großer breiter Schatten im Durchgang. Grauer, zweireihiger, langer Mantel, Käppi mit glänzendem Schirm, breiter schwarzer Gürtel, weißmetallener Ringkragen mit Dienstnummer. Darüber ein glattes kantiges Gesicht. Der Mann verschränkte die Arme und schaute sich prüfend um. Fritz ging unwillkürlich ein paar Schritte rückwärts und stieß gegen Klara. Er roch nach einer strengen Seife oder Bohnerwachs, und Schweiß.

Dem Mann in Uniform folgte ein zweiter, der genau gleich gekleidet war. Der Erste griff nach einer korrekt liegenden Serviette und warf sie nachlässig auf einen anderen Tisch. »Übereifrig.« Er schob das gesamte Besteck eines Tisches zusammen. Metallisches Klirren. »Alles abräumen! Alles raus! Erst wird hier inspiziert.« Er fasste einen Zipfel der Decke und warf ihn über das Besteck, sodass die Tischplatte zum Vorschein kam.

Der Zweite schaute hinter sich, vermisste offenbar jemanden und ging zur Waggontür. »Los, rein!« Der Chefkellner betrat den Raum.

»Sie warten hier und bringen dann alles wieder in Ordnung. Alle anderen raus!«

Das ließ Fritz sich nicht zweimal sagen. Wie ein eingepferchtes Tier drängte er die anderen zum Ausgang und schob sich zwischen ihnen hindurch, um so schnell wie möglich auf den Bahnsteig zu gelangen.

Dort standen einige andere Mitropa-Angestellte und schauten sich ratlos an. Offenbar wurden auch andere Waggons durchsucht.

Klara ließ sich von einem von ihnen Feuer geben. »Was ist denn los?«

Ein Mann in Kochuniform grinste ratlos. »Hohes Nazi-Tier im Anmarsch. Mit Anhang. Ein ganzer Schlafwagen und der Speisewagen sind für die belegt. Erst hieß es, Polizei kommt kontrollieren, dann kreuzen die SA-Feldjäger auf. Was die nur wollen. Wir haben eine Eisbombe auf der Karte, aber sonst nichts Explosives bis auf flambierte Pfannkuchen.«
Klara spürte Walters Hand am Ellbogen.
Sie nahmen Fritz in die Mitte und gingen den Bahnsteig entlang zur Empfangshalle. Der Kellner zitterte am ganzen Körper.
»Die können mich doch«, wiederholte er mehrmals. »Ich lass das sausen.«
»Beruhige dich erst mal«, versuchte Walter ihn zu besänftigen.
»Ich such mir was Besseres. Das hab ich doch gar nicht mehr nötig.«
»Willst du in der Uniform türmen? Außerdem ist dir kalt.«
Fritz blieb stehen und schaute verunsichert an sich herunter. »Was wollt ihr überhaupt von mir.«
»Sie will dir ein paar Fragen über den Holländer stellen.«
»Holländer?«
»Rinus.«
Fritz sah seine Begleiter entgeistert an: »Seid ihr verrückt geworden? Hier?«
»Vielleicht woanders«, schlug Klara vor. »Wir wussten ja nicht, dass es so brenzlig ist.«
»Ludwig hat sie zu uns geschickt«, erklärte Walter.
»Ja und?«
»Es ist wichtig«, sagte Klara. »Sehr wichtig.«
»Ich kann doch nicht … da muss ich erst …«
»Nachfragen?«
»Ja.«
»Dann tu das«, sagte Walter geduldig. »Trefft euch da, wo ihr immer seid. Ich sag ihr, wo das ist.«
»Ich kann das nicht entscheiden …« Fritz bewegte sich Zentimeter für Zentimeter von ihnen weg und schaute sich um, als suchte er nach einem Fluchtweg.

Walter hielt ihn am Revers fest. »Die Komintern sucht nach Leuten, die mit van der Lubbe Verbindung hatten.«
Klara zuckte innerlich zusammen, ließ sich aber nichts anmerken.
»Die brauchen jemanden, dem sie die Brandsache anhängen können«, fuhr Walter fort. »Sie wollen nicht ihre eigenen Leute als Prügelknaben für die Nazis liefern ... damit seid ihr im Spiel! Also?«
Fritz' Gesicht verzog sich zu einer eigenartigen Grimasse, einer Mischung aus Angst, Verschlagenheit und kläglicher Ironie. »Ja, morgen Abend, meinetwegen.« Er riss sich los und lief davon, leicht hinkend, wie Klara feststellte, als wäre ein Bein ein bisschen zu kurz geraten.
»Nun haben wir einen Kurier weniger«, murmelte Walter.
Solche Leute setzt ihr ein?, wollte Klara sagen, ließ es dann aber bleiben.
»Hör zu«, sagte Walter. »Du wolltest das so. Aber ich garantiere für nichts, und zuraten kann ich dir schon gar nicht.«
»Danke.« Klara hielt ihm die Zigarettenschachtel hin.
»Ich rauche nicht.«

★

Über der Laubenkolonie im Nordwesten der Stadt flatterte noch immer die rote Fahne. »We'll keep the red flag flying here«, hatten die Genossen in London gesungen, zur Melodie von »O Tannenbaum«, wie Klara amüsiert festgestellt hatte. Später war ihr das Lied recht schwermütig vorgekommen, aber das hatte vielleicht nur an ihrer eigenen Gemütsverfassung gelegen. Hier in der Kolonie Felseneck zeugte die Flagge mit Hammer und Sichel vom Widerstandsgeist der Bewohner dieser bescheidenen, selbst gezimmerten Hütten, die sich recht unordentlich über ein eingezäuntes Terrain verteilten. Jetzt im Winter wirkten die Gärten unter den kahlen Ästen hoher Bäume karg und unwirtlich. Auf dem hart

gefrorenen Boden und den flachen Dächern lag von Holz- und Kohleruß verschmutzter Schnee. Die Abenddämmerung brach herein.
Die Kommandozentrale des RFB lag in einer Hütte, die von außen nicht zu sehen war, da die umliegenden Lauben sie verdeckten und geschickt gezogene Zäune den Zugang erschwerten. Klara musste durch ein kleines Labyrinth laufen, nachdem zwei Jungs vom KJVD sie mit großspuriger Geste angehalten und kontrolliert hatten. »In Ordnung, Genossin, du wirst schon erwartet.« Der Weg wurde erschwert durch ausgehobene Gruben, die nur teilweise mit Brettern überdeckt waren.
Der Widerstand formiert sich im Kleingartenverein, dachte Klara bitter, wieso nicht in den Fabriken?
Klara klopfte an eine Tür ohne Klinke, von der die Farbe abblätterte. Ein stämmiger Mann von ungefähr fünfzig Jahren öffnete und winkte sie wortlos herein. Er trug grobes Arbeitszeug, offenbar in mehreren Schichten übereinander. In der Hütte war es kalt, Ritzen in der Bretterwand hatte man notdürftig mit Pappe verklebt. Der Holzfußboden war rissig, Klara registrierte eine Klappe, die in den Untergrund führte. Ein Bett, ein Schrank, ein kalter Kanonenofen, aber keine persönlichen Gegenstände.
Zwei jüngere Männer standen vor einem Arbeitstisch und sortierten Werkzeug in eine Kiste. Der RFB-Mann schickte sie fort. »Ihr wisst, um was es geht.« Sie packten die Kiste, einen großen Hammer, eine Axt und ein Brecheisen und verließen die Hütte.
»Ich hab wenig Zeit, Genossin. Wir haben alle Hände voll zu tun. Sind so eine Art Schleuse. Exponierte Genossen müssen raus, heißt die Devise. Damit kamen sie ein bisschen spät, hätte man früher klarmachen können, dass wir hier ein Reisebüro aufmachen sollen. Fahrdienste organisieren ist eins, aber die Fahrzeuge beschaffen … ehrlich gesagt ist das was Neues … Autos knacken. Aber die Jungs sind ja erfinderisch. Ich hab nur gelernt, Polizeiwachen oder Kasernen zu überfallen, um Waffen zu organisieren. Auto fahren kann ich gar nicht.« Er lachte. »Wir dachten, die Revolution kriegen wir

auch mit dem Fahrrad hin, solange der, der hinten auf dem Gepäckträger sitzt, eine Pistole hat. Na ja, wir haben unsere Ausrüstung verbessert … und jetzt also Kraftwagen, und da fragst du dich natürlich, wie kriegst du eine Garage gebaut oder mehrere, darüber machen die in der Leitung sich keine Gedanken, die denken, prima Idee, in der Laubenkolonie ist Platz, unübersichtliches Terrain. Und als ich frage, wie sie sich das konkret vorstellen, hieß es, legt doch einfach Laub über die Autos – jetzt im Winter! Aber Not macht erfinderisch, wir haben ein Bootshaus vom Seeufer weggetragen, zwölf Mann hoch, da ging das, und es passt sogar ein Kleinlaster rein oder Lieferwagen, den müssen wir allerdings erst noch besorgen.«

»Hm.« Dafür, dass er keine Zeit hatte, redete er eindeutig zu viel.

Eine Weile schwadronierte er weiter, darüber, dass man schon viel eher und viel besser hätte organisieren müssen und nicht immer nur die Zentrale im Blick haben, und erst seit der Besetzung des Karl-Liebknecht-Hauses sei man drauf gekommen, dass man in die Breite organisieren muss und aus dem Hinterhalt zuschlagen, so wie früher, und nicht dieses Gerede, man würde Terrorakte ablehnen, so ein Quatsch, angreifen müsse man, ständig und überall, so wie früher, und das gehe jetzt wieder los … »Aber gewusst wie, denn solche trotteligen Unternehmungen wie das Anzünden des Reichstags sind ja wohl die falschen Methoden, denn die Macht verbirgt sich ganz woanders, in den Kasernen und Fabriken und Banken, und da müssen wir jetzt reinhauen … Und ehrlich gesagt, wenn der Befehl nicht bald kommt, dann ziehen wir selbst los, die anderen werden schon folgen … und glaub mal nicht, dass die vom Reichsbanner drüben am andern Seeufer bloß Pfeil und Bogen vergraben haben.« Er hielt inne und blickte sie erwartungsvoll an.

»Darf ich hier rauchen?«, fragte Klara.

»Du sitzt auf einem Pulverfass«, lachte er. »Aber bitte, nur zu.«

Es war manchmal einfach nötig, einen Schleier aus Rauch zwischen sich und den Gesprächspartner zu bringen.

»Und was dich betrifft und dein Kassiber. Das geht noch heute ab Richtung England, mit der ersten Gruppe …«
Wie soll aber der Widerstand funktionieren, fragte sich Klara, wenn sie die führenden Persönlichkeiten der Bewegung nach draußen schaffen? Sicher, sie sind gefährdet, viele haben sie schon geholt, nur … ist das nicht unlogisch?
»Was den Reichstagsbrand betrifft … darum geht's doch, Genossin, das ist ja dein Auftrag … Informationen für die Propaganda im Ausland … schön und gut, aber ist das so wichtig, jetzt, in dieser Situation? … Nichts für ungut, ich will dir nicht das Wasser abgraben, und Auftrag ist Auftrag, aber wenn du mit denen von der Führung zusammenkommst, dann mach denen mal klar, dass wir mit den Hufen scharren … Und bei der Reichstagssache ist doch alles klar wie Kloßbrühe, wenn du mal genau hinguckst … Der Holländer, von dem manche jetzt behaupten, man hätte ihn hypnotisiert, so ein Scharlatan wie der Hanussen hätte ihn abgerichtet und in den Reichstag beordert, wo er dann mit Streichhölzern um sich schmeißt … alles Unsinn! Der war ganz anders von den Nazis abhängig. Der hat sich von den Röhmlingen anwerben lassen, der hat sich als Lustknabe in der SA-Hierarchie hochgedient, so sieht es aus, der war mit denen schon länger verbandelt, das ist ja nicht das erste Mal, dass er in Deutschland ist, in München haben sie ihn sich gefügig gemacht und dann nach Berlin geschickt und ihm einen Parteiausweis von uns in die Hosentasche gesteckt, damit der ganze Zauber auch in die richtige Richtung explodiert. Aber das pfeifen die Spatzen sowieso inzwischen von den Dächern, und bestimmt hast du das auch in deinem Bericht drin.«
»Ich hab alles reingeschrieben, was ich herausgefunden habe«, sagte Klara verbissen. Sie versuchte, ihre Verwirrung zu überspielen, und zündete sich eine weitere Zigarette an den Resten der ersten an. Marinus van der Lubbe, den seine Freunde als aufrichtigen Rebellen beschrieben hatten, ein Strichjunge?
Der RFB-Mann lachte. »Dann schreib noch das dazu, was ich herausgefunden habe!«

Es rumpelte an der Tür. Klara fuhr erschrocken herum. Mit wenigen Schritten war der Genosse an der Tür und riss sie auf. Drei Männer standen davor, verhaltenes Flüstern, dann das Kommando: »Ihr beiden kommt rein! Du gehst und sagst den anderen Bescheid!«

Die Tür knallte zu. Sie zogen die Bodenluke auf, die beiden Neuankömmlinge stiegen in den Keller.

Der Rotfrontkämpfer starrte sie an, verwirrt, orientierungslos, als würde er durch sie hindurchsehen. Er war blass geworden. Die beiden anderen rumorten im Keller.

»Was ist?«, fragte sie.

»Scheiße ist«, murmelte er. »Erstens kommt es anders, zweitens als man denkt.«

In der Bodenluke tauchte eine Kiste auf, wurde hochgestemmt. Der Rotfrontkämpfer ging in die Hocke und zog sie hoch. Dann stand er auf, die schwere Kiste auf den Armen, und wusste nicht, wohin. Klara sprang auf und schob einige Werkzeuge auf dem Tisch beiseite. Der Genosse wuchtete die Kiste darauf und stöhnte.

Klara baute sich vor ihm auf. »Ich versteh überhaupt nichts.«

»Ganz einfach. Die SA rückt an.«

Dann muss ich weg, dachte Klara. »Und mein Bericht?«

»Nimm ihn wieder mit. Hau ab, und beeil dich!«

»Aber der muss dringend auf den Weg…«

»Komm morgen wieder … dann …« Er zuckte mit den Schultern.

Eine weitere Kiste wurde durch die Luke geschoben. Er sprang hin, um sie in Empfang zu nehmen.

Klara sah zu, wie er mit einem Stemmeisen die vernagelten Deckel löste. Alte Lappen, Holzwolle, Zeitungspapier, dazwischen Armeerevolver und Messer … in der zweiten Kiste Karabiner und Munition.

»Die waren schon mal hier. Damals hat es einen Toten gegeben … auf unserer Seite … Heute sind wir besser vorbereitet.«

Mit angespanntem Gesichtsausdruck griff er nach einem Gewehr, drehte sich jäh um, starrte zur Tür und murmelte: »Wo zum Teufel bleiben denn die anderen?«

Die beiden Männer im Keller stiegen jetzt wieder hoch und brachten eine dritte Kiste mit.
Draußen waren Stimmen zu hören. Jemand schlug mit der Faust gegen die Tür.
Der Rotfrontkämpfer riss die Tür auf und fünf Männer trampelten herein. Der Leiter schnappte sich einen von ihnen und schubste ihn zu Klara hin: »Bring sie raus. Sie ist Kurier.«
»Ich kann auch bleiben und helfen«, sagte Klara.
»Nee, wenn die ne Frau sehen, kriegen die erst recht Schaum vorm Mund.« Und leise fügte er hinzu, während er sie zur Tür schob: »Das kann auch ne Höllenfahrt werden, Mädchen, sieh dich vor ... Wir haben Sachen gehört von denen, das glaubst du nicht und willst du nicht glauben ...«
Draußen war es dunkel geworden. Der Mann, der sie wegbringen sollte, deutete nach rechts und hakte sich bei ihr unter. Im Laufschritt durchquerten sie die Laubenkolonie und gelangten an eine Tür im Bretterzaun, der an dieser Stelle offenbar kürzlich erst behelfsmäßig verstärkt und erhöht worden war. Ihr Begleiter öffnete ein Vorhängeschloss und hob einen Eisenbalken zur Seite. Dann zog er die Tür auf, hielt sie aber am Arm fest.
»Du bist doch ein Mädchen, oder?«, fragte er schüchtern.
»Ja.«
»Dann gib mir 'n Kuss zum Abschied. Es wird vielleicht mein letzter sein.«
Klara tat ihm den Gefallen. Ausnahmsweise sogar gern.
Dann lief sie los. Hinter ihr krachte die Holztür zu.
Auf halbem Weg zur U-Bahn-Station kamen sie ihr entgegen. SA-Hilfspolizei. Mit Gewehren bewaffnet. Viererreihen. Im Gleichschritt. Klara nahm die Mütze ab, damit man sie als Frau erkannte und passieren ließ. Hinter der SA kam die Sipo mit Mannschaftswagen, und am Schluss vier Panzerwagen mit Maschinengewehren.
Du kannst nichts tun, du kannst nichts tun, führe deinen Auftrag zu Ende, sie wussten, was auf sie zukommt, der Kampf geht weiter ...

Auf der harten kalten Bank im U-Bahn-Waggon, zitternd und atemlos, kam ihr das englische Lied wieder in den Sinn:

*The people's flag is deepest red,*
*It shrouded oft our martyred dead,*
*And ere their limbs grew stiff and cold,*
*Their hearts' blood dyed its ev'ry fold.*

*Then raise the scarlet standard high.*
*Within its shade we'll live and die,*
*Though cowards flinch and traitors sneer,*
*We'll keep the red flag flying here.*

Und ganz kurz weinte sie.

★

Die Trauer verwandelte sich in kalte Wut, als sie nach Mitternacht in Rinkes Unterschlupf ankam. In Arbeitshosen und verschwitztem Hemd, einen Schweißbrenner in der Hand, tigerte er umher und baute eigenartige Werkzeuge zusammen, von denen nur er wissen konnte, wofür sie gut waren. Vielleicht hätte Otto, oder wie er hieß, etwas davon verstanden, aber der schien mal wieder nicht da zu sein. Rinke verzog das Gesicht, als er ihr die Tür öffnete, ging schnurstracks zum Tisch und faltete einen Plan zusammen, der offenbar den Grundriss eines Gebäudekomplexes zeigte. Er steckte ihn in seine Hosentasche und werkelte weiter an irgendwelchen Eisenteilen herum. Dass er sich ihr gegenüber misstrauisch zeigte, war neu. Klara hatte kaum Gelegenheit, das Wort an ihn zu richten, so abweisend war er.
Schließlich stellte sie sich neben seine Werkbank und verschränkte die Arme, Zigarette im Mund: »Soll ich ausziehen?«
»Das wäre das Beste«, brummte er, ohne aufzusehen.
»Warum?«
Er warf ihr vor, seine Pläne zu gefährden, weil sie sich nicht

beherrschen könne und irgendwelchen privaten Vergnügungen hingebe.
»Mach das meinetwegen«, rief er, »aber dann verschwinde! Hier wird ernsthaft gearbeitet. Ich weiß nicht, wie deine Leute das finden, wenn du dich treiben lässt ...«
»Was soll das heißen?«
»Das Flittchen, das sich ständig hier herumtreibt. Hol sie doch rein, dann haben wir beide was davon!«
»Du meinst die Frau mit den Netzhandschuhen?«
»Ach ja? Meine ich die?«
»Mit der habe ich nichts zu tun.«
»Nein? Wer hat sie mir gegenüber denn erwähnt? Und wieso geistert sie in unserer Straße herum und sucht sogar den Hof ab? Hier vor der Tür hat sie gestanden!«
»Hast du sie gefragt, was sie will?«
»Hab ich die Zeit dafür? Ich arbeite für zwei, seit Otto verschwunden ist. Auf einmal steht sie da und stammelt unverständliches Zeug.«
»Hör auf! Ich kenne sie nicht! Ich weiß nicht, was sie hier wollte! Vielleicht hat sie ja was mit Otto zu tun. Er ist verschwunden, eine Frau im Spiel ...«
»Otto? Niemals! Keine Frauen!«
»Ach ...«
»Das ist Gesetz, wenn ein großes Ding ansteht.«
»Die Herren Anarchisten haben neuerdings Gesetze?«
»Halt den Rand. Mich lenkst du nicht ab. Die Frau ist dein Problem. Also sorgst du dafür, dass sie verschwindet.«
»Vielleicht ist sie eine Spionin, oder die Stapo hat sie vorgeschickt, die Kripo, was weiß ich!«
Rinke lachte höhnisch. »Spionin? So wie du eine bist? Geistert herum, wirbelt Staub auf ...«
»Immer noch besser, als sich bloß individuell zu bereichern.«
»... für nichts und wieder nichts. Weißt du überhaupt, was du tust, warum du es tust und für wen? Für die Internationale der Lesbierinnen?«
»Nimm das zurück!«
»Ach komm.« Er wandte sich wieder seiner Arbeit zu.

»Nimm das zurück, du egoistisches Schwein«, schrie sie ihn an.
»Du weckst die Nachbarn.« Er zog sich die Schweißmaske übers Gesicht und griff nach dem Brenner.
»Du selbstgefälliges Arschloch! Da draußen werden die Arbeiter niedergemetzelt, und du denkst an nichts anderes als deinen kleinlichen persönlichen Vorteil. Die fahren Panzerwagen auf und schicken ganze Bataillone von Meuchelmördern, und du …«
Rinke beugte sich über seine Eisenteile.
»Du lässt geschehen, dass wir alle verrecken, es ist dir egal, du Scheißkerl!« Sie warf sich gegen ihn, versuchte, ihm die Maske vom Gesicht zu reißen, und kam dabei der bläulich spritzenden Gasflamme bedrohlich nahe.
Mit einer heftigen Armbewegung stieß Rinke sie von sich. Sie taumelte durch den Raum, stürzte und prallte mit dem Hinterkopf gegen einen Schrank. Benommen lag sie da und sah, wie er innehielt, fluchte, seine Werkzeuge fallen ließ und auf sie zustürzte.
Ohne genau zu wissen, was sie tat, hob sie die Fäuste und schlug auf ihn ein. Er lachte verlegen, sie schrie ihm unzusammenhängende Beschimpfungen entgegen, sprang auf, griff nach einer Eisenstange auf der Werkbank und schleuderte sie ihm entgegen.
Er musste sich ducken, sonst hätte sie ihn mitten im Gesicht getroffen. Sie rannte hinaus.
»Klara!«
Für dich gibt's keine Klara mehr, dachte sie, als sie die Straße entlangeilte, während der Wind ihr die feuchten Schneeflocken ins Gesicht trieb.

★

Auf der Bühne stand eine Operationsliege. Eine Krankenschwester führte einen Mann in Patientenkittel zu ihr hin. Er protestierte, es gehe ihm ausgezeichnet, er sehe keinen

Anlass zu einer Behandlung. Die Schwester beruhigte ihn, es sei nur ein Routineeingriff. Nach einigem Hin und Her fügte der Mann sich in sein Schicksal und legte sich auf die Liege. Es dauerte eine Weile, bis die Schwester ihm klargemacht hatte, dass er für diese Operation auf dem Bauch liegen müsse. Der Arzt, der eher wie ein Schlachtermeister aussah, kam mit einem großen Küchenmesser zwischen den Zähnen. Ein Assistent rollte einen Wagen mit chirurgischem Besteck heran. Der Arzt machte sich an dem Patienten zu schaffen. Nach einer Weile warf er einen großen länglichen Gegenstand auf den Wagen. Der Patient sprang fröhlich auf, machte Kniebeugen mit nur einer erhobenen Hand und rannte zufrieden davon. »Der Nächste, bitte!«, rief der Arzt. Die Krankenschwester schob einen weiteren Kandidaten ins Rampenlicht, hinter dem sich inzwischen eine ganze Reihe von Männern und Frauen in Patientenkitteln zusammengefunden hatte. Diesmal ging die Operation schneller, beim nächsten noch schneller. Nachdem sich eine ganze Reihe länglicher Objekte auf dem Operationswagen gestapelt hatten, hielt der Arzt inne und musterte das Publikum. Dann nahm er einen der länglichen Gegenstände, es war eine Wirbelsäule, und versuchte, sie den Anwesenden zu verkaufen. Alle lachten, niemand griff zu. Ein SA-Mann trampelte lautstark heran, verlangte die Herausgabe der Wirbelsäule und gab mit schnarrender Stimme bekannt: »Der deutsche Mensch hat kein Rückgrat, braucht kein Rückgrat und will auch kein Rückgrat haben!« Der Arzt schulterte die Wirbelsäule wie ein Gewehr und salutierte mit der freien Hand: »Jawohl, mein Oberuntersturmbannstaffelgruppenführer!«

Auf der Bühne hatten währenddessen die Krankenschwester, der Assistent und ein Patient die übrig gebliebenen Wirbelsäulen verbogen, sodass sie wie Saxofone aussahen. Die Jazzcombo auf der Nebenbühne zählte ein, und sie spielten mit. Nach acht Takten stoppte die Musik und der Arzt fragte den SA-Mann, ob er wisse, wofür die Wirbelsäule denn da sei. Der SA-Mann zuckte mit den Schultern, woraufhin der Arzt erklärte: »Das Rückgrat verbindet Arsch und Kopf. Nimmt man

es weg, rollen die Köpfe und der Arsch bleibt übrig.« Die Musik spielte weiter.
Na ja, dachte Klara, kleinbürgerliches Kabarett, verallgemeinernd und richtungslos, aber immerhin … wenn auch vor allem Zerstreuung für all jene, die sich noch ein Stirnrunzeln leisten wollen, und im Grunde nichts weiter als das sprichwörtliche Pfeifen im Wald, verschämtes Lachen im Angesicht der Katastrophe, die man selbst mit heraufbeschworen hat.
Sie saß allein an einem kleinen Tisch und hatte sich jede Gesellschaft verbeten, der Stuhl ihr gegenüber blieb leer. Die Schampusflasche im Eiskübel war noch halb voll. Auf jeden Fall würde sie sie leer trinken, und zwar ganz allein. Der Aschenbecher füllte sich mit Kippen, das Programm lief weiter. Klara dachte an die einäugige Katze in Kopenhagen, das »Malstrøm« und den Fall Valdemar. Edogawa Rampo! Der metaphysische Schrecken, die bizarre Schönheit des Verderbens, der Höllenschlund in glänzenden Vokabeln und leuchtenden Buchstaben beschrieben. Wohingegen der ganz reale Schrecken bar jeder Schönheit ist, banal, ganz einfach tödlich, und mit glänzenden Vokabeln werdet ihr nicht dagegen ankommen, ihr Wortklauber. Wenn die Panzerwagen rollen und Kanonen auf euch gerichtet werden, genügt es nicht, wie Spatzen oder Finken zu piepsen und sich in Künstlerkatakomben aufzuplustern.
Klara lachte vor sich hin. Wo ist mein »Torpedo«? Hack einen Leitartikel in die Schreibmaschinentasten! Kipp einen Kübel Jauche über die bürgerliche Verlogenheit, aber du hast ja nur einen Kübel mit Eiswasser, also kipp dir noch einen hinter die Binde, Tochter des revolutionären Proletariats, bind dir eine rote Schleife ins Haar, zieh dir Netzstrümpfe an, geh wieder zum Theater … oder Netzhandschuhe und Federn am Hut … ha, die Kleinbürger mit ihren schnieken Krawatten und hohen Absätzen … Untertan, Untergang … Aber das ist sie wirklich, schon wieder, möchte man beinahe sagen … Mit Netzhandschuhen und Federn am Hut steht sie da, verfroren am Eingang neben dem dicken Vorhang, der die Kälte raushalten soll.

Klara winkte, prostete ihr zu, bedeutete ihr herzukommen, zeigte auf den freien Stuhl ihr gegenüber. Und sie kam tatsächlich, diese komische Erscheinung aus einem anderen Jahrzehnt. Sieht aus wie auf einem Foto, wo man draufguckt und denkt, Gott wie haben wir uns damals dämlich angezogen. Aber die Beine übereinanderschlagen, das kann sie, und die Netzhandschuhe abstreifen wie eine, die das geübt hat, um ein bisschen Eindruck zu schinden. Nicht gerade würdevoll, aber immerhin mit einem Rest von Haltung. Und da blitzte es Klara erst durch den Kopf, dass sie es hier mit einem Mädchen aus einfachsten Verhältnissen zu tun hatte, mit einer, für die das Sich-Durchschlagen bitterer Alltag ist und die sich gelegentlich aus Notwendigkeit gezwungen sieht, mehr abzustreifen als nur diese dummen, nutzlosen und ehrlich gesagt kein bisschen eleganten Handschuhe.
Klara winkte dem Kellner und ließ ihn ein zweites Glas bringen. Die Frau schaute sie abweisend an, wollte das Glas nicht anrühren, signalisierte: Es herrscht Feindschaft zwischen uns.
Sie spricht sehr ungelenkes Deutsch, mit einem eigenartig dunklen Akzent. Gut möglich, dass sie jünger ist als ich, obwohl es den Anschein hat, als hätte sie mehr Jahre ertragen müssen, als wären diese Schicht Puder und das ganze Geschminke um die Augen und den Mund nötig, um ihr junges Leben einzuhauchen, dabei hat es den gegenteiligen Effekt, und nur hier in dieser schummrigen Katakombe könnte man sich täuschen lassen ... wäre man ein Mann mit dicker Brieftasche auf der Suche nach was Lebendigem. Da könnte sie sicherlich was zeigen, wenn sie wollte, sieh mal an, wie sie die Stola von den Schultern gleiten lässt und ihr Dekolleté entblößt. Aber das tut sie nicht bewusst, nicht jetzt, einer Feindin gegenüber.
Durch den Lärm der Musik, der Unterhaltungen, der Kellner-Rufe, der klingenden Gläser hindurch versuchte Klara ein Gespräch anzuknüpfen, aber es wollte einfach nicht gelingen. Also musste man alle Floskeln beiseite lassen, sie verstand sie sowieso nicht, und direkt fragen:
»Wie heißt du?«

»Das sage ich nicht.«
»Wo kommst du her?«
»Das sage ich nicht.«
»Warum verfolgst du mich?«
»Ich nicht – du!«
Als wäre es eine Inszenierung, als hätte dieses Kabarett ein Sonderprogramm nur für mich laufen, seit Tagen schon, aber wo ist die Pointe?
»Was hast du in dem kleinen Laden gewollt?«
»Wie bitte?«
»Der Laden mit den astrologischen Büchern.«
»Ich weiß nicht, was das ist.«
»In der Straße, wo ich wohne, was hast du da gemacht?«
»Ich weiß nicht, wo du wohnst.«
Karussell, wir fahren Karussell, ich sitze auf einem weißen Pferd, sie auf einem schwarzen genau gegenüber – wer ist hinter wem her? Wir werden uns niemals kriegen, es sei denn, wir steigen ab. Aber dazu müsste das Karussell erst einmal anhalten. Doch die Verhältnisse, sie sind nicht so. Wie sich also verhalten, wenn sich alles im Kreis dreht und man immer weitergaloppiert, ohne vom Fleck zu kommen? Ein Ziel gibt es sowieso nicht, der Mann an der Kasse hat nichts versprochen außer einem Drehwurm und schriller Musik.
»Was willst du von mir?«
»Nichts. Du sollst nichts tun.«
Klara griff nach ihren Zigaretten. Noch einen Schluck Sekt. Die Andere schaute sehnsüchtig den aufsteigenden Rauchschwaden zu. Klara schob ihr die Manoli-Schachtel hin. Sie griff dankbar danach. Klara gab ihr Feuer. Die Andere blies ihr den Rauch ins Gesicht, genau so, wie sie es sonst immer machte.
»Du denkst also, ich verfolge dich«, fragte Klara.
Die Frau nickte.
»Aber das tue ich nicht.«
»Doch. Du musst aufhören.«
»Warum?«
»Es ist nicht gut.«

Klara fühlte sich hilflos. Sie trank ihr Glas leer. Die Andere griff jetzt nach ihrem Sekt, nippte nur daran, merkte, dass sie es eigentlich nicht tun wollte und stellte das Glas hastig wieder hin.

»Wieso ist es nicht gut?«

»Es schadet ihm nur. Du musst ihn lassen. Alle müssen ihn lassen. Allein kann er besser ...«

Um Himmels Willen, ich bin das Objekt einer Eifersüchtelei in einer Geschichte, die mir unbekannt ist ... ein Irrtum, ganz sicher, völlig idiotisch.

»Das muss eine Verwechslung sein.«

Die Andere dachte nach, dann nickte sie zustimmend: »Ja, eine Verwechslung, das ist am besten so.«

»Gut«, sagte Klara und drückte ihre Zigarette aus. »Dann ist das ja erledigt. Du kannst zurück zu ihm gehen. Ich weiß nicht, wer er ist. Ich weiß nicht mal seinen Namen.«

Die Andere beugte sich vor, hastig flüsternd: »Nicht den Namen sagen ... zu viele wollen wissen ...« Sie schaute sich verschwörerisch um.

Klaras Blick blieb an ihrem Dekolleté hängen, und sie verlor sich für den Bruchteil einer Sekunde in völlig unangebrachte Assoziationen. Wahrscheinlich ist sie eine Verrückte, riss sie sich wieder zusammen, und wer wollte es ihr übel nehmen, in diesen Zeiten verrückt zu werden.

Die Unbekannte erstarrte, als ihr Blick zur Tür ging, wo gerade zwei Männer eintraten.

Andererseits ... könnte sie etwas mit dem eigenartigen Verschwinden vom Genossen A zu tun haben. Nicht mal Ludwig kann sich das erklären ... aber wieso redet sie so eigenartig darum herum?

Jetzt hatte sie wieder diesen bösen Blick aufgesetzt, diesen hasserfüllten, abfälligen Gesichtsausdruck, den Klara schon einmal – war es nicht in der Kneipe in Neukölln gewesen? – an ihr beobachtet hatte. Diesmal galt ihre Abneigung aber den beiden Männern dort.

Verwirrungstaktik, entschied Klara, sie gaukelt eine Irre vor, um mich zu kapern ... Man weiß ja, wie man sich mir nähern muss, fügte sie innerlich mit bitterer Selbstironie hinzu. Ein

Spitzel, nur das erklärt ihre Anwesenheit an so vielen verschiedenen Orten.
Die Andere legte sich hastig die Stola über die Schulter, sprang auf, warf sich den Mantel über den Arm und eilte davon ... Richtung Toiletten. Klara schaute ihr erstaunt hinterher.
Weitaus weniger erstaunt war sie, als sie in dem einen der eben Eingetretenen jenen Fritz erkannte, den Speisewagenkellner, mit dem der Genosse von der Arbeiterunion sie bekannt gemacht hatte. Mit ihm war sie hier verabredet.

★

Fritz trug unter dem Mantel den einfachen Anzug, den er auch beim Treffen mit seinen Genossen angehabt hatte. Damit fiel er nicht weiter auf. Sein Begleiter hingegen schien nicht so recht zu ihm zu passen. Er war eleganter gekleidet als die meisten Gäste des Kabaretts, trug weiße Handschuhe zum rabenschwarzen Mantel, einen weißen Schal und einen Homburg. Mantel, Schal, Handschuhe und Hut reichte er mit lässiger Selbstverständlichkeit dem Garderobenmädchen, während Fritz sich mühsam aus seinem schweren Stoff schälte.
Klara schaute zu, wie sie sich zwischen den Tischen hindurchbewegten, ihre Blicke umherschweifen ließen und die Ecke, in der sie saß, dabei aussparten. Fritz ging leicht hinkend voran. Als sie schon recht nahe bei ihr angekommen waren, schien Fritz sie erst zu bemerken und setzte eine übertrieben erstaunte Miene auf, dann lächelte er schief, stieß seinem Begleiter den Ellbogen in die Seite, um ihn in gespielter freudiger Überraschung auf sie aufmerksam zu machen.
Klara schaute sich um. Wo war die verrückte Ausländerin? Hatte sie etwa wegen diesen beiden die Flucht ergriffen? Hätte ich ihr hinterher gehen sollen? Nun ist sie weg. Klara machte einen halbherzigen Versuch aufzustehen. Vielleicht

konnte sie sie auf der Toilette noch aufhalten ... Aber da standen die Männer auch schon vor ihr, und Fritz begann mit einer wortreichen, umständlichen Vorstellung, die lächerlich wirkte, da er versuchte, alle Worte zu vermeiden, die einen politischen Zusammenhang zwischen ihnen deutlich gemacht hätten.
»Das ist Willi Berghaus«, stellte er schließlich seinen Begleiter vor.
»Von Berghaus«, verbesserte dieser. »Jedenfalls bis zur zweiten Adelsvernichtung ... man will ja schließlich nichts unnütz aufgeben ... Ich grüße Sie.« Er hielt ihr die Hand hin und deutete eine Verbeugung an.
Klara verzog das Gesicht und rauchte weiter, ohne auf seine Höflichkeiten einzugehen.
»Du kannst ihn duzen, Klara«, sagte Fritz eifrig, bremste sich dann aber und schaute sich verstohlen um. »Er gehört zu unserer Organisation.« Das letzte Wort sprach er sehr leise aus.
»Ist das ein humoristisches Zwischenspiel?«, fragte Klara. Sie warf einen Blick durch das Lokal auf der Suche nach der Ausländerin. Nichts. Die hat den Hinterausgang genommen. Das spricht für ihre Professionalität. Vielleicht habe ich sie unterschätzt?
Berghaus bemerkte eine dunkle Kordel, die über die Lehne des Stuhls gegenüber von Klara hing, und zog sie hoch. Ein Stück schwarzes Fell hing daran, so sah es zunächst aus, dann erkannte sie, dass es ein Muff war. Wenn man den benutzte, hatte man sogar mit Netzhandschuhen bei diesem Wetter warme Hände.
»Gehört der Ihnen?«, fragte Berghaus, hielt den Muff hoch und ignorierte Fritz' Angebot, die Genossin doch ruhig zu duzen.
Klara streckte die Hand aus. »Ja, danke.« Der würde ihn gern behalten, dachte sie und fügte, jetzt neugierig geworden, hinzu: »Setzen Sie sich doch.«
Ich bin nicht mehr betrunken, stellte Klara fest. Da kommen diese beiden schrägen Figuren rein, und ich kann wieder gerade denken. Zufrieden vor sich hin lächelnd, drückte sie ihre Zigarette aus.

Berghaus drehte mit gespielter Nachdenklichkeit an der Sektflasche im Kübel und deutete auf die beiden Gläser. »Sie sind nicht allein?«
Die nächste Manoli flammte kurz auf. »Doch, ich hatte nur ein Animiermädchen zur Gesellschaft.«
Berghaus und Fritz schauten sich um.
»Sie ist auf und davon, als sie Sie gesehen hat.«
»Wie schade«, sagte Berghaus. »Ein Mädchen für Henßler wäre genau das Richtige heute Abend gewesen ... und eine Dame für mich.«
Klara deutete mit der Zigarette zum Nebentisch: »Die Damen, die Sie suchen, sitzen dort.«
»Woher wollen Sie wissen, dass ich keine suche, die Hosen trägt?«
»Sie werden keine finden.«
Berghaus lachte. Fritz Henßler blickte ratlos drein.
»Adelige Revolutionäre«, wandte Klara sich an ihn. »Was seid ihr denn für ein komischer Verein?«
»Adelige gibt's bei euch doch auch.«
»Nicht, dass ich wüsste.«
»Namen sind Schall und Rauch«, sagte Berghaus, hielt den vorbeihuschenden Kellner auf, bestellte eine Flasche Moselwein »und drei Gläser«, und drehte sich zu Klara um: »Sie geben uns doch die Ehre?«
»Ich gebe keine Ehre, ich trinke ein Glas Wein. Ehre ist was für Leute, die sich freiwillig erschießen lassen.«
»Wo sie recht hat, hat sie recht«, gab Berghaus nach kurzem Nachdenken zu.
Der Wein kam, man stieß an und endlich kam Fritz, der mit Nachnamen also Henßler hieß, zur Sache: »Die Gestapo hat uns im Visier, wegen Rinus.«
»Das ist euer Problem.«
»Die ganze Organisation wird in die Brandsache reingezogen, wenn wir nichts tun.«
»Wie weit steckt ihr denn mit drin?«
»Gar nicht.«
»Was habt ihr dann zu befürchten?«
»Dass uns das passiert, was den anderen passiert.«

»Warum soll's euch besser gehen?«
»Aber hör mal, das ist doch ...«
So ein Trottel, dachte Klara. Worauf er auch hinaus will, er hat keine Ahnung, wie er es anpacken soll.
Henßler griff hastig nach seinem Glas und trank einen großen Schluck.
»Wir dachten, du sympathisierst mit uns«, stieß er scharf hervor. Es klang, als würde er es persönlich meinen, ein klein wenig tadelnd.
»Nein.«
Berghaus beugte sich vor. »Sie stehen auf verlorenem Posten, Frau Schindler. Wir wissen jetzt, in welchem Auftrag sie handeln. Ihre Partei hat Sie auf ein Himmelfahrtskommando geschickt. So wie es aussieht, geht es nur darum, davon abzulenken, dass andere ihre Finger im Spiel hatten und haben.«
»Andere?«
»Während Sie als Lebendköder herumlaufen und die Aufmerksamkeit der Stapo binden, basteln andere an einer Verschwörungstheorie, die die Nazis für den Brand verantwortlich machen soll. Wie man hört, hat die Komintern im Ausland schon publizistische Sturmtruppen zusammengezogen, die den Brand nach allen Regeln der Propagandakunst ausschlachten.«
»Wie man hört?«, fragte Klara. »Wie hört man denn?« Gleichzeitig überlegte sie: Publizistische Sturmtruppen? Was für ein Vokabular benutzt er denn, dieser adelige Revoluzzer?
»In Holland«, schaltete sich Henßler ein, dem jetzt offenbar wieder eingefallen war, was er eigentlich anbringen wollte. »In Holland haben deine Leute Erkundigungen eingezogen. Die GIC hat zu spät bemerkt, dass das ein abgekartetes Spiel war. Reihenweise wurden Freunde und Bekannte von van der Lubbe ausgefragt. Die Informationen gingen aber nicht nach Berlin, sondern direkt nach Paris.«
»Und?«
»In Paris sitzt Münzenberg und sammelt Munition, um gegen die Nazis zu schießen. Der Reichstagsbrand ist der große Aufhänger. Die Nazis sollen als Verbrecherbande dargestellt

werden, die den Reichstag angezündet hat, um einen Vorwand zu finden, die Kommunisten auszuschalten, in dem sie die Tat ihnen anhängen. In Wahrheit aber sei van der Lubbe kein Kommunist gewesen, sondern ein Nazi.«
»Das ist weder neu noch originell.«
»Der Witz aber ist«, sagte Berghaus, »dass es stimmt.«
»Was stimmt?«, fragte Klara, die von dem Geschehen auf der Bühne abgelenkt wurde, wo jetzt langbeinige Tänzerinnen in knappen Kostümen erschienen.
»Dass er ein Nazi war. Er hat sich der SA angeschlossen ... dazu muss man natürlich wissen ... einen sozialrevolutionären Flügel ... einen Aufstand ... wenn alle revolutionären Kräfte ... auch solche in der SA ... unzufrieden mit der verbürgerlichten Tendenz der NS-Führung ...«
Klara nickte mechanisch vor sich hin. Sie fühlte sich gut. Es gab nichts Schöneres als eine Verschwörung zum Wohle des deutschen Volkes ... was war schon der Reichstagsbrand ... ein Lagerfeuer verglichen mit dem Brand von Rom, dem Untergang von Pompeji ... eine Lappalie ... es kann doch niemand ernsthaft glauben, dass es schöner ist, tausend Männern beim Hitlergruß zuzuschauen, als zwanzig Tänzerinnen, die ihre Beine schwungvoll in die Höhe werfen im Takt eines ...
Die Mädchen auf der Bühne tanzten jetzt schräg nach oben, die Wand hinauf, dann über die Decke, verdoppelten ihre Zahl und vervielfachten sich wie durch ein Kaleidoskop betrachtet, und als wäre es ein Kinofilm, sauste Klara wie eine Kamera in voller Fahrt nun auf die Hübscheste von allen zu, die ihr einen Muff entgegenhielt, in den die Kamera hineinsauste wie in einen Tunnel, ein schwarzes Loch, eine leere Unendlichkeit, in der jemand laut rief: »Es werde Licht!«
Und tatsächlich blitzte vor Klaras apathischen Augen das Feuerzeug von Berghaus auf und beleuchtete, während er sich nonchalant eine Finas der Gebrüder Kyriazi anzündete, einen dicken Ring, den er am Finger trug. Der schwarze Schmuckstein hing merkwürdig zur Seite. Klara ruckte nach vorn, stierte den Goldklunker an, das Ding war aufgeklappt, ein Giftdepot ... Wie es sich für einen Adeligen gehört ...

hinterhältiger Anschlag ... und das Opfer bin ich. Eine Fingerkuppe näherte sich dem Deckel und klappte ihn zu. Vergiftet ... das ist witzig ... man fürchtet, von einer barbarischen Horde mit Knüppeln erschlagen zu werden ... aber es kommt ein Von und streut ein Betäubungsmittel in den Moselwein ... nun wird es immer dunkler.
Berghaus zog den Ring vom Finger und steckte ihn in die Tasche. Henßler fing Klaras Kopf auf, der beinahe auf den Tisch geprallt wäre. Ein paar Geldscheine segelten auf die weiße Decke, Klara wurde in den Mantel gezwängt, ihre Hände in den Muff gesteckt ... was für eine ausgezeichnete Fessel für die Dame von Welt ... und von zwei Armen umfangen, schob, besser trug man sie zum Ausgang.
Ein Wagen kam gefahren, hielt an. Klara wurde hineingedrückt.
Erst als sie schmerzhaft spürte, wie ihre Lippe verbrannte, spuckte sie die brennende Kippe aus. Sie wollte etwas sagen, eine scherzhafte Bemerkung machen, zum Beispiel darüber, dass da draußen weiße Fledermäuse flatterten. Aber da fing die schwarze Katze in ihren Händen an zu schnurren. Sie legte den Kopf darauf und schlief ein.

★

»Ein bisschen Gegengift«, sagte der dicke Mann mit dem Schnurrbart und den Schweinsäuglein. »Keine Angst, gnädige Frau, ich bin Arzt.«
Der Stich war nicht der Rede wert, aber dann schienen sich Klaras Nerven zu straffen, peitschte ein Wecksignal durch sämtliche Muskeln, gab ihr innerlich einen heftigen Stoß, und schon saß sie kerzengerade da, hellwach, aufmerksam, ihr Herz arbeitete im Brustkorb mit der Vehemenz und Beharrlichkeit einer Dampframme.
»Sehen Sie, es gibt immer eine Medizin.« Der angebliche Arzt warf die Spritze in seine Ledertasche, klappte sie zu und stand auf.

Henßler trat neben das Sofa, auf dem Klara eben noch gelegen hatte, und reichte ihr ein Glas Wasser. Ihr Mund war trocken, ihre Zunge rau und schwer.
»Es tut mir leid, er war einfach übereifrig.«
»Was?«
»Berghaus. Er hat einen Hang zur Kolportage. Dies wäre nicht nötig gewesen. Und ich sagte ihm noch, es genügen Worte.«
Klara trank in kleinen Schlucken, bekam kurz Angst, es könnte wieder ein Gift im Glas sein, trank dennoch weiter, weil ein ungeheurer Durst sie quälte. Hinter dem angeblichen Arzt fiel die Tür zu.
»Worte, wozu?«, fragte sie.
»Um Sie, dich, zu überzeugen, Genossin.«
Das Glas war leer. Henßler schenkte ihr aus einer Kristallkaraffe nach. Klara schaute sich um. Sie saß auf einem Biedermeiersofa in einem bürgerlichen Wohnzimmer mit einem aus Hirschgeweih gefertigten Lüster unter der Decke. Blümchentapete, eine Anrichte, ein Schrank mit Glastüren, darin Geschirr und Gläser.
Ich bin in der Hölle und leider mit Henßler, diesem hinkenden kleinen Teufel. Wäre er in diesem Kabarett ein paar Minuten früher aufgetaucht, säße diese seltsame Frau mit den Netzhandschuhen jetzt wahrscheinlich neben mir, das zumindest hätte es interessanter gemacht.
Henßler bemerkte ihr Stirnrunzeln. »Schau mich nicht so gelangweilt und abfällig an, du wirst gleich gut unterhalten«, sagte er verärgert.
»Können wir bitte beim Sie bleiben, Herr Henßler. Leute, die mir Gewalt antun, rechne ich nicht zu meinen Freunden.«
»Bitte, ist mir auch recht.«
»Wo sind wir hier?«
Henßler suchte nach Worten, fand keine und kam dann auf die Formulierung: »Ein vorübergehendes Quartier.«
»Berghaus und Auen werden dir ... euch ... Ihnen ein Angebot machen.«
»Wenn es um Geschäfte geht ... damit hab ich nichts am Hut. Wenn es um Politik geht, lehne ich jeden Umgang mit

Menschen ab, die mir Zwang antun ... Wenn es um etwas Anzügliches geht, seid ihr ganz und gar nicht meine Welt ... Sie, Herr Henßler, nicht und ihr Giftbaron auch nicht ... und Auen, das klingt auch schon wieder nach einem, der mit der Hand an der goldenen Hosennaht geboren wurde.«
Henßler lachte auf. »Sie werden sich wundern, Frau Schindler.«
Dann war sie einen Moment unaufmerksam, oder es gab einen kurzen Aussetzer, als würde ihr Bewusstsein aus- und wieder angeknipst, und da saß er recht nah neben ihr und fragte: »Was wäre denn Ihre Welt, Frau Schindler?« Er roch nach Whisky.
»Ein Glasauge. Man nimmt es heraus, und da ist eine leere Höhle mitten im Kopf ...« Klara hob die Hand und tat so, als wollte sie ihm ins Gesicht fassen. Henßler schreckte zurück.
Es klopfte, die Tür ging auf, Henßler sprang auf. Berghaus trat ein und grinste amüsiert. »Na, na, Henßler! Vom Gedanken zur Tat, was? Aber wir haben keine Zeit für romantische Anwandlungen. Dazu ist Zeit, wenn Zeit ist. Im Übrigen habe ich deutliche Informationen, dass das hier verlorene Liebesmüh wäre. Da müssten Sie schon einiges an sich verändern, Henßler, um ihr zu gefallen.«
Henßler wurde knallrot im Gesicht und wandte sich ab. Berghaus trat vor das Sofa.
Klara sprang auf. »Sie schon erst recht«, zischte sie ihn an. In ihrem Kopf pochte das Echo der Dampframme.
»Nehmen Sie es nicht persönlich. Ich biete Ihnen meine Entschuldigung an für die unzarte Behandlung. Aber Sie stehen ja schon wieder gerade. Wie gesagt, nicht persönlich gemeint, es geht um Politik. Wenn Sie mir bitte folgen möchten.«
Sie wurde in eine Art Speisezimmer geführt mit schwerer Tafel und Stühlen, auf die man zwölf Ritter in Rüstungen hätte setzen können, ohne sie zu überladen. Da hockten aber nur zwei Männer in SA-Uniformen. Den Eichblättern nach zu urteilen, die an ihrer Uniform klebten, ein Standartenführer und ein Brigadeführer. Was für eine Ehre für ein einfaches Mädchen aus der Provinz.

Sie salutierten irgendwie, aber ein Hitlergruß war das nicht. »Wir haben einen kleinen Imbiss vorbereitet. Der fortgeschrittenen Stunde Rechnung tragend kalte Platten«, schnarrte Berghaus. »Fleisch, Aufschnitt, Fisch ... Bier, Wein, Schampus und Selterswasser zum Runterspülen, bitte zuzugreifen, es war ein anstrengender Tag für alle Anwesenden.«

Der ölige Geruch von gebeiztem Lachs, geräuchertem Stör und Bückling drang Klara unangenehm in die Nase. Sie trat an den Platz, der am weitesten vom Essen entfernt war. Berghaus schob ihr den Stuhl zurecht.

Die SA-Offiziere griffen zu, Henßler schenkte die Getränke ein, Berghaus nahm ein Stück Schwarzbrot und krümelte damit auf seinem Teller herum. Klara hielt sich ans Mineralwasser. Eine Weile wurden Floskeln ausgetauscht. Dann kam Berghaus nach einer gewundenen Einleitung auf das Thema zu sprechen.

Es gehe um internationale Politik ... große Ideen ... Bündelung aller revolutionären Kräfte ... Strategien für eine Fortentwicklung der nationalen Umwälzung in eine soziale ... die Einigung aller antikapitalistischen Kräfte, die Überbrückung künstlicher Gegensätze ... und das klare Ziel der Zerschlagung der Herrschaftsclique, die sich als Handlanger der korrupten bürgerlichen Wirtschaftseliten den Staat angeeignet hätten ... Das Volk müsse endlich zu seinem Recht kommen und seinen natürlichen Organisationsformen entsprechend Staat und Wirtschaft in Einheit lenken ... jenseits aller parteilichen Kräfte, die nichts weiter seien als dekadente Auswüchse eines kranken Systems, das vielleicht in einem griechischen Stadtstaat funktionieren könnte, nicht aber einer modernen völkischen Gesellschaft ... Nun müssten die Arbeiter die Vorherrschaft in allen wirtschaftlichen Bereichen übernehmen, die freien Bauern sich die Hand reichen wie damals, als sie gegen die Leibeigenschaft aufstanden ... Das einige Volk solle alle Funktionäre, Bürokraten, Beamten und sonstigen Schmarotzer einer rostigen und zerfallenden Staatsmaschine absetzen und seinen natürlichen Trieben folgen, um eine Gemeinschaft der freien deutschen Menschen zu formen ...

»Wir kennen keine Parteien mehr, nur noch das Volk, das, fest organisiert, die Verwaltung der Heimat in die eigenen Hände nimmt«, beschloss Berghaus seine Ausführungen.
Die SA-Offiziere waren die ganze Zeit damit beschäftigt gewesen, Fleisch und Fisch in sich hineinzustopfen und mit prallen Backen zustimmend zu nicken.
»Bündelung aller revolutionären Kräfte«, nahm Henßler den Faden auf. »Nationalkommunisten, Rätesozialisten, sozialrevolutionäre SA in einer Front! Das ist das Ziel. Die marxistischen Gewerkschaften haben uns schon ein Angebot unterbreitet. Wirtschaftsorganisation von unten. Sozialdemokratische Arbeiter werden überlaufen, wenn sie erst sehen, wohin die Reise geht. Doch wir brauchen die Unterstützung aus Moskau, der Komintern ... die Bolschew- ... die KPD soll sich einreihen ... Stalin verfolgt einen nationalen Kurs, warum nicht Thälmann ... und eine deutsche Räterepublik ist das, was Röhm sich sehr gut vorstellen kann ... in wirtschaftlichem Gleichklang mit dem russischen Volk ...«
Die SA-Männer gluckten »Bravo« und hoben die Gläser, in denen allerdings dekadenter französischer Champagner schwappte.
Ich habe mich nicht getäuscht, dachte Klara, das ist die Hölle ... es sei denn, man hat mich in ein Irrenhaus verschleppt, ein Sanatorium für rülpsende SA-Offiziere, geifernde Revolutionsspinner und adelige Volksverführer ... besoffen sind die schon, bevor sie die Flaschen hier leer getrunken haben.
»Nieder mit Hitler, Goebbels und Göring! Es lebe die nationale und soziale deutsche Volksrevolution!«
Die SA-Offiziere sprangen auf und taten es dem adeligen Berghaus und seinem Adlatus Henßler gleich, hoben die Fäuste zum proletarischen Gruß und stießen dabei die Hacken zusammen.
Klara blieb sitzen. Es war kaum noch zu ertragen, diesen herumkaspernden Nationalrevolutionären zuzuschauen. Sie starrte auf den Tisch. Auf einem Stück des geräucherten Störs thronte ein Klacks Kaviar, ein Stück getrüffelte Pastete lag auf der »Aufschnittplatte«, daneben rosige Roastbeefschei-

ben und in einer feinen Porzellanschüssel ein Waldorf-Salat. Zum Kotzen.
Sie fand ihre Zigaretten. Der eine SA-Kasper bemühte sich vergeblich, sein Feuerzeug in Gang zu bringen. Klara stand auf, nahm einen Kerzenständer von der Anrichte und gab sich Feuer. Sie fühlte sich wieder sicher. Die einzige Gefahr, die von diesen Männern ausging, war, dass sie einen dazu brachten, ebenfalls den Verstand zu verlieren.
Eine Hand in der Hosentasche, in der anderen die Zigarette, baute Klara sich vor Berghaus und Henßler auf: »Wenn ich Sie richtig verstehe, machen Sie der Komintern das Angebot zur Kooperation.«
»Das Angebot gilt für alle sozialrevolutionären Kräfte von der SA bis zur Arbeiterunion. Abschaffung des Parlamentarismus, der Parteien, Enteignung der Großindustrie und Aufbau einer Staatsorganisation auf Basis einer ständischen Räterepublik.«
»Man könnte Mussolini noch mit ins Boot holen«, sagte Klara scherzhaft.
»Das versteht sich von selbst«, erklärte einer der SA-Offiziere. »Das hat Röhm ohnehin vor.«
Und die einzigen, die übrig bleiben als Opposition gegen die totale Volksorganisation, sind so Leute wie Ludwig Rinke und … ich?
»Es müsste ein Papier geben, ein Angebot, einen Plan oder der Vorschlag dazu …«, sagte sie und dachte dabei: Alles tue ich, jeden Schwachsinn lass ich mir aufbürden, wenn ich nur hier rauskomme.
Berghaus schüttelte den Kopf: »Kein Papier, alles nur mündlich. Und in genau vierzehn Tagen ein Treffen hochrangiger Emissäre in Kopenhagen.«
»Freies Geleit für Thälmann, wir sorgen dafür«, sagte der Brigadeführer. »Wir holen ihn aus der Schutzhaft in Moabit.«
»Das kriegen wir hin«, stimmte der Standartenführer zu.
»Und zu Ihrem Schutz, liebe Volksgenossin«, sagte Berghaus süffisant, »haben wir Henßler abkommandiert. Er wird Sie begleiten.«
Klara schluckte die giftige Bemerkung herunter, die ihr auf

der Zunge lag, ihr war ein anderer Gedanke gekommen: »Was ist mit dem Brand im Reichstag? Stecken Sie auch dahinter?«

Schweigen. Die Herren sahen sich an.

»Gute Idee, falscher Zeitpunkt«, sagte Berghaus.

»Jemand ist uns zuvorgekommen«, sagte der Brigadeführer.

»Der Holländer«, stellte Klara fest.

»Allein hätte er das wohl kaum geschafft«, meinte Henßler.

»Wer war noch beteiligt?«

Berghaus machte eine vage Handbewegung.

»Ich will wissen, was genau da gewesen ist«, erklärte Klara. »Das ist mein Auftrag. Wenn ich ohne Ergebnis zurückkomme, nimmt mich keiner ernst. Und dann können Sie Ihr Angebot vergessen.«

Berghaus schaute Henßler auffordernd an.

»Ich weiß nichts Genaues, aber ich wüsste, wen man fragen könnte, der vielleicht beteiligt war oder vermittelt hat.«

»Van der Lubbe? An wen?«

Henßler warf den SA-Offizieren einen unsicheren Blick zu. Der Brigadeführer schüttelte den Kopf: »Mit diesem Lump haben wir nichts zu tun.«

Berghaus wandte sich an Klara: »Wie lange brauchen Sie bis Kopenhagen?«

»Zwei Tage.«

»Dann gebe ich Ihnen noch zwei, um herauszufinden, was Sie herausfinden sollen. Mit Henßlers Hilfe dürfte Ihnen das kaum schwerfallen.«

Henßler grinste schief. Dir werde ich keinen Ring mit Betäubungsgift angedeihen lassen, dachte Klara grimmig, ein Schlagring wäre angebrachter.

Die SA-Offiziere machten sich wieder über das Büffet her.

»Sie haben gar nichts gegessen, Frau Schindler«, stellte Berghaus fest. »Sollen wir Ihnen etwas einpacken lassen?«

★

Der Motor des Opels, den Henßler chauffierte, klapperte ähnlich unregelmäßig wie Klaras Herz. Gelegentlich hatte sie das Gefühl, dass ihr die Luft wegblieb. Sie versuchte, gleichmäßig und tief ein- und auszuatmen, und schob das Fenster der Beifahrertür auf, um frische Luft zu bekommen. Langsam wurde es besser.

Henßler gab ruckartig Gas und kam mit der Gangschaltung nicht gut zurecht. Na ja, dachte Klara, einer, der hinkt, fährt eben so.

Die Villa, in die man sie gebracht hatte, lag an einem See, das hatte sie bemerkt, als sie im Morgengrauen durch den Vorgarten zur Auffahrt vor der Garage gegangen waren. Irgendwann ein Schild: Potsdam.

»Ist das der Wannsee?«

»Hier gibt's viele Seen.«

»Wie heißt der?«

»Das ist die Havel.«

Dann aber doch ein Schild: Wannsee. Ein anderes: Schlachtensee. Sie hätte sich mal nach dem Schild der Straße umschauen sollen. Jetzt war es zu spät. Aber ehrlich gesagt, in dieses Haus wollte sie sowieso nicht mehr zurück. Das leichte Zittern, das sie an sich bemerkte, kam wahrscheinlich nicht vom Aufputschmittel, sondern von der Angst. Sie war entführt worden, fremder Gewalt ausgeliefert gewesen.

»Stopp mal eben!«

Zwei Minuten stand sie würgend am Straßenrand. Wie gut, dass sie nichts gegessen hatte. Danach ging es ein bisschen besser.

Sie schob ihre kalten Hände in den Muff der Frau mit den Netzhandschuhen. Das erste Mal. So ein Ding würde sie normalerweise nicht benutzen. Ihre Fingerspitzen stießen gegen etwas Hartes. Ein Stück Karton, zusammengeknüllt, eine Visitenkarte. Klara faltete sie auseinander und schaute verstohlen darauf, sodass Henßler nichts davon merkte: Dr. Herbert Albrecht, Volkswirt, Mitglied des Reichstags, eine Berliner Adresse war angegeben. Was hatte die rätselhafte Ausländerin mit einem Abgeordneten zu tun? War sie doch

nur ein Flittchen? Und wenn schon, was hat das zu sagen? Wir müssen alle irgendwie durchkommen.
Im dichter werdenden Großstadtverkehr ging es durch Zehlendorf nach Charlottenburg. Henßler schien es zu genießen, mit dem Auto unterwegs zu sein. Er summte vor sich hin und bemühte sich, am Straßenrand stehenden Lieferwagen, den Straßenbahnen und Fahrradfahrern elegant auszuweichen. Hin und wieder warf er ihr einen freundlich gemeinten Blick zu. Mir musst du nichts beweisen, dachte Klara, ich kann dich nicht ausstehen.
Zwischendurch hielten sie an, um an einem Kiosk Zigaretten zu kaufen. Sie erreichten den Wedding. Hier hingen noch rote Fahnen mit Hammer und Sichel.
Henßler hielt an.
»Was tun wir hier?«, fragte Klara.
»Wir treffen den Mann, der van der Lubbe in den Reichstag geführt hat.«
»Ich denke, er ist durchs Fenster geklettert.«
»Und hat das ganze Ding allein angesteckt? Ha!«
Klara deutete auf die roten Fahnen. »Also Kommunisten?«
»Sie werden sich wundern.« Henßler schob die Fahrertür auf.
Klara folgte ihm in den Innenhof. Hier waren nur noch Hakenkreuzfahnen zu sehen. Wenn er mich reinlegen will … und warum trage ich eigentlich keine Waffe bei mir?
Endlos viele Treppen hoch bis unters Dach, Klara brach auf halbem Weg der Schweiß aus. Kindergeschrei im Haus. Kohldunst und Kartoffelgeruch hingen in der Luft. Schmutzige Treppenstufen, hier war schon Monate nicht mehr gefegt oder gewischt worden. Eine Wohnungstür gegenüber dem Trockenboden. Hier roch die Luft besser, sogar nach frischer Wäsche. Die friert doch ein hier oben, dachte Klara und spürte einen eisigen Windhauch auf ihrer feuchten Stirn.
Henßler klopfte, nichts tat sich. An der Tür kein Namensschild.
»Er sollte hier sein.« Zweites Klopfen.
Eine halbe Treppe tiefer ging die Klospülung. Henßler beugte sich übers Geländer. Die Tür wurde aufgezogen, eine grauhaarige Frau schlurfte nach unten.

Drittes Klopfen. Henßler wurde ungeduldig. Er zog einen Schlüsselbund aus der Tasche, daran hing auch ein Dietrich.

Damit war die Tür problemlos zu öffnen. Der Mann lag mit dem Gesicht nach unten auf dem Fußboden in der Küche, die gleichzeitig als Werkstatt zu dienen schien. Oder einmal gedient hatte. Es lagen Schuhmacher-Utensilien auf einer Kommode, Werkzeug in einer halb offenen Schublade, aber alles sah aus, als wäre es schon länger nicht mehr benutzt worden. Ansonsten ein paar Töpfe auf dem Herd und Geschirr auf einem Regal, teilweise schmutzig. Zwei Biergläser auf dem Tisch, neben dem der Tote lag, eins davon fast leer, das andere zu einem Drittel gefüllt. Der Gedanke lag nahe, dass Mörder und Opfer hier gemeinsam getrunken hatten.

Seitlich im Hals des Toten steckte ein Küchenmesser, die große Blutpfütze deutete darauf hin, dass die Halsschlagader durchtrennt worden war. Auf dem Tisch und an der Wand waren Blutspritzer zu sehen. Unter einem abgenutzten Militärmantel mit Messingknöpfen schauten kniehohe Stiefel mit durchgelaufenen Sohlen hervor.

»Franz?!« Henßler kniete sich neben die Leiche und drehte sie um.

»Ist er das?«, fragte Klara. Unwillkürlich wandte sie sich zur Tür um. War da noch jemand?

»Nein, das ist nicht Waschitzki«, murmelte Henßler und starrte gebannt auf das von zahlreichen Schnittwunden verunstaltete Gesicht.

Klaras Blick fiel auf den Herd. Wieso lag da ein Amboss, der gehörte doch drüben in die Handwerkskiste neben der Kommode.

Sie tat es nicht bewusst. Als das schwere Eisenteil auf Henßlers Hinterkopf fiel, kam es ihr vor, als wäre es ohne ihr Zutun dort hingekommen. Henßler fiel auf die Leiche und blieb regungslos liegen.

Sie drehte sich um und verließ die Wohnung. Treppe, Hof, Straße, Kreuzung, Tram-Haltestelle, verständnislos dreinblickende Menschen, völlig apathisch wie Puppen, die man in ein Modell gestellt hat. Das Modell heißt Berlin, es soll eine Hauptstadt darstellen, wir spielen ein Stück, das heißt Hitlerputsch, aber sei still, lass dir nichts anmerken, deine Rolle ist, Publikum zu sein, so zu tun, als seist du nur Zuschauer, auch wenn du auf der Bühne stehst. »An das handelnde Subjekt der Weltgeschichte: Nicht lachen! Die Lage ist ernst! Es gibt nichts zu tun!« Der Kabarettist Kurt Ritter hatte es 1930 für die Schauspielerin Klara Schindler geschrieben, die sich weigerte aufzutreten.

In der Straßenbahn bemerkte Klara, dass der Muff noch immer mit der Kordel an ihrem Handgelenk hing. Aber wo war die Karte des Abgeordneten Dr. Albrecht? Sie fand sie in ihrer Manteltasche.

Ohne dass sie es als ihr Ziel empfand, landete sie am Alexanderplatz und betrat das Postamt. Ein Brief lag dort für sie. Nur wenige Worte, hastig hingekritzelt: »Ergebnisse! Schnell! Zeugen! Beweise! Direkt nach Kopenhagen. Eilt!« Offenbar hatte niemand mehr die Zeit, sich klar auszudrücken. Was heißt »direkt nach Kopenhagen«, dass ich persönlich kommen soll? Ausgerechnet jetzt, wo meine Beine so bleiern schwer geworden sind? Und Ergebnisse … ja, natürlich … keine.

Sie setzte sich auf einen Stuhl vor einem Schreibpult. Nur kurz ausruhen, nur kurz den Kopf auf die Arme legen, nur kurz schlafen.

Sie wurde wachgerüttelt. Eine Uniform. Polizei.

»Bitte, Fräulein, wenn Sie sich ausruhen möchten, nutzen Sie die Wärmehalle. Dies ist kein Aufenthaltsraum. Bitte gehen Sie!«

Ja doch, warum nicht, es geht ganz leicht, man setzt einen Fuß vor den anderen und kommt voran … Jedenfalls bis zur nächsten Parkbank, die einladend herumsteht, leicht überpudert mit feinem Schnee, den der Wind über den Alex pustet.

Kaum sitzt sie da, ist der Wachtmeister wieder zur Stelle.

»Ich muss Sie mitnehmen, wenn Sie nicht vernünftig sind.«

Klara stand auf. »Ich bin sehr vernünftig«, murmelte sie.

»Vergessen Sie das hier nicht!«

Ach ja, der Muff.

»Wo hast du denn den her?«, fragte Genosse A, auch Otto genannt, überrascht und beinahe empört, als er die Tür aufriss und die halb erfrorene Klara vor sich stehen sah.
Er deutete auf das schwarze Fellding in ihrer Hand.
Erst mal schlafen. Sie gab keine Antwort. Man könnte auch sagen, sie brach zusammen. Schaffte es gerade noch bis zum Bett, fiel darauf, wurde zugedeckt und glitt in einen unruhigen, fiebrigen Schlaf mit Schweißausbrüchen und irrwitzigen Traumgaukeleien.
Am nächsten Tag kam sie allmählich wieder zu sich, noch fiebrig, mit Gliederschmerzen, aber immerhin halbwegs wachem Kopf.
Ein Gespräch, das sie mithörte: »Wissen wir, wo sie gewesen ist, wen sie getroffen hat? Nein. Es ist viel zu riskant, sie hierzubehalten.«
»Wenn ihr jemand gefolgt wäre, wären wir längst aufgeflogen.«
»Es ist nur eine Frage der Zeit.«
»Wenn dem so wäre, müssten wir gehen.«
»Unmöglich.«
»Na, bitte.«
»Wir können sie hier nicht gebrauchen.«
»Solidarität, Ludwig!«
»Mumpitz! Wir haben eine große Sache laufen. Sie stört, sie bringt alles in Gefahr.«
»Wir könnten ihr helfen.«
»Und uns auf das niederträchtige Niveau der gemeinen Politik begeben? Niemals! Sie ist Agentin der Komintern, vergiss das nicht!«
»Wir haben einen gemeinsamen Feind, die Nazis ...«
»Die Nazis sind dumm. Im Vergleich zu Stalin ist Hitler ein Waisenknabe.«
Klara stand auf. Eigenartigerweise trug sie jetzt ein Nacht-

hemd. Sie konnte sich nicht erinnern, es angezogen zu haben. Woher kam es überhaupt?
Sie trat zum Tisch, an dem die beiden Männer saßen. Der drahtige Otto mit seiner Hakennase wieder in sportlicher Arbeitskleidung, der dagegen massig wirkende Rinke im Blaumann. Vor ihnen standen Bierflaschen. Ein Krug mit Wasser, Klara goss sich ein Glas voll und trank es in einem Zug aus.
»Wenn ich euch lästig bin, hau ich ab.«
Die Männer sahen sie schweigend an.
»Ich pack meine Klamotten.«
»Warte bis morgen früh«, sagte Rinke. »Es ist mitten in der Nacht.«
»Außerdem haben wir noch etwas zu besprechen«, sagte Otto mit verkniffenem Gesicht.
Rinke schien erstaunt. »Was denn noch?«
Otto stand auf, ging zu dem alten Sofa, das in einer Ecke stand, hob etwas auf und warf es Klara zu. Der Muff. Sie fing ihn auf.
»Wo hast du den her?«
»Hast du mich das nicht schon mal gefragt?«
»Du hast nicht geantwortet.«
»Ich hab das Ding in einem Kabarett gefunden. Jemand hat es vergessen.«
»Du lügst.«
»Was soll das denn heißen? Solche Dinger gibt es überall zu kaufen.«
»Den nicht, der ist selbst genäht, das sieht man.«
»Na gut, dann ist er eben selbst genäht. Was soll's.«
»Dieses Futter hier, mit dem eigenartigen Muster, das gibt's nur einmal.«
»Und?«
»Réka hat diesen Muff genäht.« Otto griff nach seiner Bierflasche und nahm einen Schluck. Er war nicht empört, stellte Klara erstaunt fest, vielmehr schien er verlegen zu sein.
»Wer ist Réka?«, fragte Rinke.
»Die Frau mit den Netzhandschuhen«, stellte Klara fest.
»Das darf doch nicht wahr sein«, murmelte Rinke.

Otto befestigte umständlich den Bügelverschluss auf seiner Flasche. »Sie kommt aus Ungarn.«
»Réka aus Ungarn«, sagte Klara und griff nach dem Mantel, der über der Lehne des Stuhls lag, der vor ihr stand. Sie zog ihn an und setzte sich.
Rinke stöhnte. »Eine gottverdammte Frauengeschichte. Es war doch klar, dass das nicht geht. Das war immer klar gewesen! Was soll das jetzt?«
»Ich kann nichts dafür«, sagte Otto.
»Was Frauen betrifft, kann man immer was dafür. Seit wann hast du es so eilig, dass du nicht warten kannst bis danach? Und lässt sie die ganze Zeit hier herumgeistern! Wir können die ganze Sache abblasen, so sieht es jetzt aus!«
»Ich kann nichts dafür«, wiederholte Otto. »Sie ist eines Tages bei der Arbeiterunion aufgetaucht, weil sie van der Lubbe gesucht hat.«
»Van der Lubbe?«, rief Rinke aus. »Was hat der denn damit zu tun?«
Otto schob die Bierflasche auf der Tischplatte hin und her. »Sie ist seine Freundin.«
»Nicht deine?«, fragte Rinke.
»Wie kommst du denn darauf?«
»Und wieso ist sie hinter dir her? Die hat mich hier praktisch belagert«, empörte sich Rinke.
»Das hab ich nicht bemerkt«, sagte Otto.
»Du warst ja auch die ganze Zeit weg.«
»Ich hab sie gesucht ... um ihr zu helfen. Sie war doch so verzweifelt.«
»Und sie streicht hier herum? Das ist ja idiotisch.«
»Und ich dachte, sie sei hinter mir her«, sagte Klara.
»Ihr seid beide Idioten!«, rief Rinke und ließ sich so heftig gegen die Stuhllehne fallen, dass das Holz bedenklich knirschte.
»Können wir bitte sachlich bleiben«, sagte Klara.
»Sachlich? Wenn es um eine Frauengeschichte geht?«
»Was hättest du denn gemacht?«, fragte Otto. »Sie hat ihre ganzen Ersparnisse zusammengekratzt und ist mit dem Zug von Budapest gekommen, um ihn zu treffen. Aber er war

ständig unterwegs, verschwieg ihr, was er vorhatte, wen er traf. Ihr einziger Anlaufpunkt waren die Genossen von der Arbeiterunion. Da hab ich sie getroffen.«

»Klingt alles mehr als fadenscheinig«, brummte Rinke.

»Van der Lubbe war mal in Ungarn«, stellte Klara fest.

»Ja, dort hat er sie kennengelernt«, fügte Otto hinzu.

Rinke rümpfte die Nase. »Schwachsinn! Jemand hat sie auf ihn angesetzt, so sieht es aus.«

»Nein«, widersprach Otto. »Sie hatte Briefe von ihm bei sich. Damit konnte sie sich sozusagen bei den Genossen ausweisen. Und sie sind ja auch zusammen gekommen ...«

»Aber van der Lubbe hat seine Mission über die Frauengeschichte gestellt«, sagte Rinke. »Das solltest du auch tun, du Idiot.«

»Halt doch den Mund«, murmelte Otto vor sich hin.

»Und warum hat sie mich verfolgt?«, fragte Klara.

»Zwei Möglichkeiten gibt es«, sagte Rinke. »Entweder hat jemand sie auf dich angesetzt oder sie ist geistig genauso minderbemittelt wie ihr. Wahrscheinlich trifft beides zu. Eins steht jedenfalls fest: Sie weiß, wo wir sind, und wenn sie ein Lockvogel ist oder ein Spitzel oder eine Verrückte, dann bringt sie uns in Gefahr, dann sind wir längst in Gefahr. Und deshalb werden wir jetzt sofort unsere Sachen packen und ein Ausweichquartier aufsuchen ... auch wenn wir dadurch im Zeitplan zurückfallen. Bevor sich die Kripo oder Stapo oder Sipo einen Spaß daraus macht, uns hier zusammenzuschießen.«

»Wir sind doch nicht in Chicago«, sagte Otto.

»Eben, es ist viel schlimmer.«

»Sie sucht vielleicht Verbündete, sicherlich will sie van der Lubbe helfen«, überlegte Klara laut.

»Soll sie sich an die AAU wenden oder an die Syndikalisten, was weiß ich. Wir segeln auf einem anderen Schiff.«

Klara wandte sich an Otto. »Und du, was sagst du dazu?«

Otto hob die Schultern und schwieg.

»Wir packen zusammen und ziehen ab!«, kommandierte Rinke. »Ich hab einen Wagen organisiert. Wir sind mobil.«

»Ich bleibe hier«, entschied Klara.

»Was soll das denn heißen?« fuhr Rinke sie an.
Sie stand auf und strich sich über das Nachthemd. »Mir ist kalt. Ich geh wieder ins Bett.«
Die Männer rumorten bis zum Morgengrauen und trugen schließlich einige Kisten und Kartons hinaus. Als sie ihr ein knappes »Wiedersehen, mach's gut« zuriefen, war sie fast eingeschlafen. Der Muff der ungarischen Freundin des holländischen Brandstifters lag unter ihrem Kopfkissen.

★

»Post für Herrn Otto! Wo sind die Herren denn?« Der Postbote hielt ihr einen Brief hin und warf einen neugierigen Blick über ihre Schulter in die Werkstatt. Das Wort »Herren« sprach er mit deutlich hörbarem ironischen Unterton aus. Klara hatte sich den Mantel über das Nachthemd geworfen und war vom Tisch aufgesprungen, wo sie vor einer großen Kanne mit heißem Kaffee gesessen, geraucht und vor sich hin gebrütet hatte.
»An Herrn Otto« stand in schiefer, ungelenker Frauenschrift auf dem Umschlag, die Adresse sehr ausführlich inklusive »2. Hinterhof, Souterrain, Werkstatt, Treppe hinunter«. Säuberlich abgeschrieben von einer Notiz, die offenbar als Wegbeschreibung gedacht gewesen war. Eine Frau, die, darauf wies die Neigung der Buchstaben hin, Linkshänderin sein musste.
»Ich kann's ihm ja geben«, sagte Klara und nahm den Brief entgegen.
Der Postbote musterte sie neugierig. »Tut mir leid, dass ich Sie aus dem Bett geholt habe. Ist wohl spät geworden gestern Abend.« Er zwinkerte ihr zu.
»Im Gegenteil.«
»Die Herren haben mir versprochen, einen Briefschlitz in die Tür zu machen«, fuhr der Postbeamte fort, noch immer neugierig glotzend. »Dann müsste ich nicht mehr klingeln. Wo sie sich doch immer gestört fühlen.«

»Danke«, sagte Klara und schloss die Tür.
Sie riss den Umschlag auf und setzte sich an den Tisch. Ein zweifach zusammengefaltetes Blatt, einseitig beschrieben, die gleiche Schrift wie auf dem Umschlag.
»Verehrter Herr Otto«, stand da geschrieben, »ich habe Angst. Der Mann, mit dem R. nach Hennigsdorf im Asyl war, W., hat mich erschreckt. Ich bin vor ihm weggelaufen. Was soll ich jetzt machen? Vielleicht will er mir Schaden zufügen. Ich habe auch kein Geld mehr und muss wieder arbeiten. Also können Sie mich treffen in dem Nachtlokal ›Zum Kuckuck‹. Mein Zimmer habe ich nicht mehr, weil er mich sonst findet. – Réka.«
R. wie Rinus. Und W.? Klara zog sich an. Sie faltete den Brief, schob ihn in Stendhals Roman und steckte das Buch in ihre Manteltasche.

In einem Postamt stöberte sie die Telefonbucheintragungen der Rubrik *Gaststätten* durch und fand die Adresse des »Kuckuck«. In einer U-Bahn-Station ließ sie sich von einem Schaffner erklären, wo Hennigsdorf lag und wie man dort hinkam.
Ein Ort nordwestlich vor den Toren Berlins, sie musste eine Bahn nehmen. Der Weg von der Station zum Asyl war nicht schwer zu finden, ein Straßenkehrer erklärte ihr, es befände sich in der Polizeistation, und zeigte ihr den Weg. Hennigsdorf war eine kleine Stadt mit Backsteinhäusern, gar nicht so ländlich, wie sie gedacht hatte. Sie sah Schilder, die auf einen Betrieb der AEG hinwiesen, ein Stahlwerk schien es auch zu geben. Nicht Bauern sah man auf den Straßen, sondern Arbeiter und Angestellte. Schichtwechsel und Mittagspause trafen zusammen.
Der wachhabende Beamte hatte sein Mittagessen auf dem Schreibpult ausgebreitet, Brot, Wurst und Eier lagen auf dem Einwickelpapier, eine Flasche Brause stand daneben. Ein Kachelofen verbreitete stickige Hitze. Der Polizist blickte unwillig zu ihr auf, als sie sich gegen den Besuchertresen lehnte. Sie hielt ihren Presseausweis hoch. Schnaufend stand er auf und trat zu ihr.

Sei nett zu ihm, nahm Klara sich vor, sogar er wird als Arbeiter im Weinberg der Revolution gebraucht, auch wenn er bestimmt zu den Zuspätgekommenen gehört.
»Ich hätte gerne ein paar Auskünfte«, sagte sie freundlich.
Er studierte stirnrunzelnd den Ausweis. »Bitte?«
»Hier in der Station gibt es doch ein Obdachlosenasyl.«
»Ja, und?«
»Da übernachten sicherlich Leute, es gibt ja viele, die kein Dach über dem Kopf haben.«
»Hier in der Stadt kaum. Wir haben nur vier Betten. Mehr brauchen wir auch nicht. Sind höchstens mal ein oder zwei da.«
»Darf ich mir das mal ansehen?«
»Die Unterkunft? Warum? Interessiert sich England dafür? Das ist doch eine englische Zeitung – *Times*?« Er sprach es falsch aus.
»Ja.«
»Eigenartig. Das ist ein kleines Städtchen hier.« Er schaute sie schief an. »Internationales Interesse gibt es sonst nie.«
»Der Brandstifter vom Reichstag soll hier übernachtet haben.«
Der Beamte schien verblüfft. »Wer?«
»Der Holländer, Marinus van der Lubbe.«
»Ach?« Er dachte nach oder tat jedenfalls so. »Davon ist mir nichts bekannt.«
»Vielleicht schauen Sie mal in Ihrem Meldebuch nach.«
»Warum sollte ich das tun?«
»Diese Sache geht um in Pressekreisen. Bald wollen alle herausfinden, ob es stimmt. Und dann kommen die in Scharen her. Wenn ich's morgen in der Zeitung bringe, spricht es sich auf diese Weise rum, und alle schreiben ab und sind froh, dass sie sich nicht extra herbemühen müssen.«
Der Beamte warf seinem Mittagessen einen sehnsüchtigen Blick zu.
»Das wird vielleicht eine große Sache, wenn der Holländer erst mal vor Gericht kommt. Dann stehen die Reporter hier Schlange.«
»Und wenn Sie's bringen, schreiben die es ab?«

»So läuft es immer.«
Der Polizist seufzte, drehte sich um und suchte auf einem zweiten Pult nach einer Kladde. Er trug sie zum Tresen und schlug sie auf. »Wann denn?«
»Das weiß ich nicht.«
»Na!« Er starrte sie finster an.
»Irgendwann vor dem 27. Februar. Er war ein paar Tage in Berlin und vielleicht hier, da kommen höchstens zwei Wochen in Frage, schätze ich.«
»Zwei Wochen!« Das schien ihm viel zu sein. Er leckte sich den Zeigefinger und blätterte. Dabei atmete er wie jemand, der eine anstrengende Arbeit durchführt.
Am 26. Februar fand sich der Name M. van der Lubbe im Verzeichnis der Übernachtungsgäste.
»Eine Nacht war er hier«, brummte der Beamte. »Zwanzig nach sechs am Abend.« Er drückte seinen Finger auf die entsprechende Stelle. Der Finger rutschte über das Papier und obwohl er nicht mehr feucht war, gelang es ihm nach drei Versuchen, die Seite umzublättern. »Am nächsten Morgen um 7 Uhr 45 ist er gegangen.«
»Aha.« Klara machte sich Notizen. »Sehr gut.«
Der Beamte sah sie ungläubig an. »Und was haben Sie jetzt davon?«
»Da war doch noch ein Eintrag«, sagte Klara. »Ein zweiter Gast?«
Den zweiten Namen hatte er offenbar nicht bemerkt. »Noch einer?« Er befeuchtete den Finger und blätterte zurück. »Ja, noch einer«, stellte er fest. Er schaute auf. »Waren das zwei, im Reichstag, meine ich?«
»Mindestens. Einer allein mit Kohlenanzündern ... wie soll das gehen?«
»Und die waren vorher hier?«
»Es könnte zumindest sein, dass der zweite ein Komplize war, das liegt doch nahe.«
»Hm.« Er legte die Hand über die Eintragung, unschlüssig, ob er sie ihr zeigen sollte.
»Ein Name mit W vielleicht?«, schürte Klara seine Neugier.
Jetzt war er erstaunt. »Woher wissen Sie das?«

»Wenn Sie das weitergeben an die Kripo ... wer weiß, vielleicht nützt Ihnen das was.«
»Hm.«
»Ein Holländer und noch ein anderer. Der Holländer ist erwiesenermaßen ein Kommunist ... vielleicht eine internationale Verschwörung ...«
Der Beamte nahm die Hand vom Blatt und las vor: »Franz Waschitzki, geboren am 11.5.75 in Hoppenbruch, Beruf: Arbeiter.«
»Waschitzki!«, entfuhr es Klara. W wie Waschitzki. Das Bild vom Amboss in ihrer Hand, Henßlers Hinterkopf, die Blutlache auf dem Küchenboden im Wedding und dazu der Satz: Nein, das ist nicht Waschitzki.
»Kein Ausländer«, stellte der Beamte fest. »So international war das nicht.«
»Da waren möglicherweise noch mehr beteiligt.«
»Hier sind keine weiteren Namen verzeichnet.«
»Haben die in einem Zimmer übernachtet?«
»Ja, warum sollen wir uns die Mühe machen, zwei zu belegen? Und wenn nachts noch einer kommt, dann weckt er die anderen nicht ... man ist ja Mensch, auch wenn's manchmal eine Zumutung ist ...«
Der Brief der Linkshänderin mit der schrägen Schrift: »Der Mann, mit dem R. nach Hennigsdorf im Asyl war, W., hat mich erschreckt.« W. wie Waschitzki.
»Kann ich mir das Zimmer mal ansehen?«
»Nein!« Der Beamte klappte die Kladde zu. »Die Zimmer sind belegt. Alles Männer. Da wollen Sie nicht rein, da sollen Sie nicht rein.« Er schaute über ihre Schulter. Ein kalter Luftzug, Schritte hinter ihr. Ein bärtiger Mann in Uniform trat in den Raum. Die Kladde verschwand.
»Die Mittagspause ist zu Ende und mein Essen ...« Er schaute missgelaunt zu seinem Pult. Dann an Klara gewandt: »Weitere Auskünfte können wir nicht erteilen, gehen Sie jetzt bitte.«
Rékas Brief mit den ungelenk geschriebenen Zeilen: »Ich bin vor ihm weggelaufen. Was soll ich jetzt machen? Vielleicht will er mir Schaden zufügen.« W. wie Waschitzki.

Klara verabschiedete sich von dem Beamten, der »Wiedersehen« knurrte wie ein Wachhund, der sich endlich seinem Knochen zuwenden möchte.

★

Das Nachtlokal »Zum Kuckuck« lag an jenem Ende der Friedrichstraße, wo das Glitzernde und Mondäne vom weniger glanzvollen Vergnügen abgelöst wurde. Hier trieben sich Liebhaber aller Unterhaltungssparten herum, deren Geldbeutel nicht sehr prall gefüllt waren, und tingelten von einem Kellerlokal ins Nächste. Kneipennamen wie »Strammer Max« und »Hackepeter« wiesen eindeutig darauf hin, dass hier schlichtere Genüsse angeboten wurden.
Im »Kuckuck« war es eng, verraucht, die Tische schmierig, die Stühle wackelten, die Bilder an den Wänden hatten eine braune Patina angesetzt und eine Heizung war nicht nötig, dafür sorgte die Körperwärme der Gäste und der Mädchen, die hier darauf warteten, mit einem noch nicht ganz pleite gegangenen Freier ein Zimmer im Obergeschoss oder in der Nachbarschaft anzusteuern.
Auf der Bühne spielte ein »Damenorchester«, das eher ein bescheidenes Quintett war, mit Klarinette, Saxofon und Rhythmusgruppe, wobei die dralle Kontrabassistin das Saiteninstrument gern gegen eine Tuba tauschte. Sie spielten Swing-Jazz mit leicht ungarisch-wienerischem Schrammeleinschlag, stets im gleichen Tempo, und die Gäste schoben dazu virtuos oder im Freistil über die kleine Tanzfläche.
Man konnte hier auch zu Abend essen, wenn es einen nicht störte, ab und zu einen Ellbogen im Nacken zu spüren oder einen Jackenzipfel aus dem »Lungenhaschee mit Setzei« zu heben.
Klara hatte einen Stuhl in einer Ecke ergattert, zu dem kein Tisch gehörte. Ihr Bier musste sie in eine Einbuchtung der Mauer an der Ecke zum Hinterzimmer stellen. Von hier aus hatte sie einen guten Überblick über das Geschehen in den

beiden Räumen und auf der Bühne. Und so hatte sie die Ungarin auch sehr schnell entdeckt.
Réka saß an einem Tisch mit zwei anderen Mädchen und vier jungen Männern, die versuchten, einen draufgängerischen Eindruck zu machen. Der rechts von ihr legte gelegentlich einen Arm um ihre Schulter, der links von ihr war nahe zu ihr hingerutscht und warf ihr ab und zu einen sehnsüchtigen Blick zu. Die Ungarin schien nicht glücklich über ihre Rolle als Animierdame, sie lächelte krampfhaft, lachte falsch und versuchte immer wieder ein Stück von dem einen oder dem anderen abzurücken, was nicht gelang. Sie hatten sie in der Zange.
Wie hübsch sie ist, und wie eine entwurzelte Proletarierin sieht sie gar nicht aus. Schwarzes Haar, das knapp über ihre Ohren und an den Nacken reichte, volle Lippen, vielleicht ein wenig zu gerade, eine Nase von vollendeter Schönheit ohne Haken, lebendige Augen, sorgfältig gezupfte üppige Brauen, blasser, mit dezentem Rouge animierter Teint, die Haare schräg aus einer hohen Stirn gekämmt, die ihr das Aussehen einer Frau gab, die viel zu intelligent war, um sich hier begrabschen zu lassen. Aber habe ich sie nicht ganz anders gesehen, in Neukölln, wo sie einen eher störrischen und missgelaunten Eindruck machte? Aber da trug sie auch andere Sachen, nicht so ein dünnes, am Rücken und vorn weit ausgeschnittenes Kleid, die nackte Haut der sanft geschwungenen Schultern notdürftig mit einer Stola bedeckt, an der die Studenten gelegentlich herumzupften. Nur die Netzhandschuhe, die waren auch jetzt dabei und reichten ihr bis über den Ellbogen. Ob sie sich freut, wenn ich ihr den Muff zurückgebe?
Das »Damenorchester« auf der Bühne machte eine Pause, und ein Kabarettist betrat die Bühne, um schlechte Witze, dumme Anspielungen und alberne Bemerkungen zu machen. Kaum jemand hörte zu. Eine Frau gesellte sich dazu, und es wurden beziehungsreiche bis anzügliche Scherze gegeben und »häusliche Szenen« gespielt, die sich ins Schlüpfrige entwickelten, als eine zweite Frau dazukam.
Ich sollte die Sache erledigen, dachte Klara, aber sie fühlte

sich eigenartig passiv, beinahe desinteressiert. Das Geschehen um sie herum war von einer unerträglichen Seichtheit angesichts der politischen Situation am Vorabend des Kampfes der Zivilisation gegen die Barbarei. Und hier? Dumpfe Eitelkeit, billiger Schein, schäbige Lüsternheit oder auch schäbige Eitelkeit, billige Lüsternheit und dumpfer Schein oder eitle Lüsternheit und so weiter. Wir sitzen im Keller des Turms von Babel, und ist es nicht eigenartig, wie viele Gedanken man sich angesichts des drohenden Untergangs aller Freiheit machen kann um schlanke Schultern und diese dämlichen Netzhandschuhe? Herrgott noch mal, man ist ja selbst in der eigenen Scheinheiligkeit gefangen und korrumpiert von albernen Sehnsüchten!

Da fiel Rékas Blick auf Klara. Sofort verdüsterte sich ihr Blick, und ein Ausdruck von Abscheu und Widerwillen trat an Stelle der gespielten Fröhlichkeit. Fast schon waren es böse Blitze, die durch den Gastraum direkt auf Klara geschleudert wurden.

Die bringt mich noch aus der Fassung, das ist wirklich erstaunlich, dachte Klara und hielt den Muff an der Kordel in die Höhe. Es war beinahe Hass, was ihr da jetzt aus Rékas Gesicht entgegenschlug. Klara stand auf, leicht zittrig in den Knien, und ging zum Tisch der Ungarin, Zigarette im Mundwinkel, der Muff baumelte an der einen Hand, die andere hatte sie in der Hosentasche. Die jungen Männer am Tisch zu beeindrucken, war nicht schwer, denen fiel erst mal nichts ein, sie dachten wahrscheinlich an die Dietrich und überlegten, wie sie die Rolle von Gary Cooper spielen könnten. Réka stand nicht auf, schaute störrisch in Klaras Augen, griff nicht nach dem Muff.

Klara nahm die Zigarette aus dem Mund. »Wir müssen reden«, sagte sie. »Komm mit.«

Das funktionierte. Vielleicht deshalb, weil Klara in diesem Moment einen wesentlich herrischeren Eindruck machte als die jungen Männer am Tisch.

Ein Zweiertisch wurde gerade frei. Klara schob Réka den Stuhl zurecht, hielt ihr den Muff hin. Die Ungarin nahm ihn endlich. Sie setzten sich.

Nicht Klara ergriff als Erste das Wort, sondern die Andere.
»Was willst du von Rinus?«
Ah, so läuft also der Hase. Klara zündete sich eine Manoli an und hielt ihr die Schachtel hin. Réka, die eine Zigarettenspitze in der Hand gehalten hatte, nahm an, steckte die Zigarette auf, und nun konnten sie sich gegenseitig den Rauch ins Gesicht blasen. Was für ein Sport!
»Von ihm persönlich will ich tatsächlich nichts.«
Klara musste an Stendhals Mathilde denken. Die hier ist kein bisschen weniger störrisch, und sie weiß um ihren Wert. Wird sie ihren Geliebten im Gefängnisturm besuchen? Denkt sie daran, die Richter zu bestechen, um ihn freizubekommen ... würde sie sein Haupt küssen, nachdem er guillotiniert wurde? Ach, bitte keine Übertreibung, niemand wird wegen einer Brandstiftung zum Tode verurteilt.
»Was willst du sonst von ihm?«
»Nur wissen, was er getan hat und warum.«
»Das glaube ich nicht. Kein Wort.«
Klara zog ihren Presseausweis hervor und reichte ihn ihr.
»Aus England?«, stellte Réka stirnrunzelnd fest. »Warum England?«
»Die ganze Welt schaut auf Berlin und was hier geschieht. Kleine Ereignisse in dieser Stadt können die ganze Welt erbeben lassen. Deshalb.«
Réka schüttelte den Kopf. »Rinus ist kein Verbrecher. Es war eine politische Tat und...« Sie zögerte kurz. »...politische Taten sind immer erlaubt, wenn man sie für die Klasse macht, nicht für sich.«
»Hat er das so gesagt?«
Réka schwieg.
»Wenn er es so gesagt hat, was ich glauben kann, dann hat er im Prinzip recht ... allerdings sollte man auch die Wirkung der Taten vorher bedenken.«
Rékas Augen funkelten. »Er hat alles bedacht.«
»Auch dass er erwischt wird?«
»Das wollte er sogar. Damit er allen sagen kann, warum.«
»Wie schön«, kommentierte Klara abfällig. »Die Gelegenheit hat er jetzt. Na und?«

»Die Arbeiter werden ihn befreien, wenn sie erst einmal aufstehen gegen die ... Unterdrückung.«
Ein Kellner mit löchriger Schürze trat an den Tisch und stellte eine Flasche Sekt hin. Die jungen Männer an Rékas vorherigem Tisch winkten halb anmaßend, halb schüchtern. Die Frauen ignorierten sie.
»Lassen Sie mal, die machen wir selber auf, wenn wir wollen«, sagte Klara zum Kellner.
»Du bist also seine Geliebte«, stellte Klara fest. »Woher kennt ihr euch?«
»Aus Budapest ...« Réka hielt inne, offenbar unschlüssig, ob sie weitererzählen sollte.
»Wie ein Mädchen aus dem Proletariat siehst du nicht aus.«
Réka stemmte die Fäuste in die Hüften, was ihr auch im Sitzen sehr gut gelang, und rief empört: »Ist eine Frau keine mehr aus dem Volk, wenn sie gezwungen ist, sich bezahlen zu lassen? Wenn ein Dienstmädchen bei der Herrschaft arbeitet ... gehört sie dann nicht mehr zum Volk? Und wenn eine andere sich nicht mehr zu helfen weiß und sich selbst verkaufen muss, ist sie dann was Schlechteres als eine Arbeiterin ... in dieser Welt, wo alles seinen Preis hat ... und Arbeit ist es auch ... macht es denn Spaß, nur weil ich dabei lächeln muss?« Ein Schwall ungarischer Worte folgte, der eher so klang, als würde ein keifendes Waschweib über sie herfallen, aber Klara verstand ja zum Glück kein Wort.
»Du hast recht«, stimmte sie zu. »Und vielleicht hast du sogar recht, was deinen Rinus betrifft ... man hört auch Gutes ...«
»Hat ein Mann nicht viel Gutes, wenn eine Frau viele Hundert Kilometer zu ihm reist, eine arme Frau, die das letzte Geld dafür geben muss?«
»Und dann ist ihm die Politik wichtiger«, stichelte Klara.
»Nein! Es ist doch eins! Die Politik ist doch unsere Welt, und wir sind die Welt, und also auch die Politik und der Einzelne ist die ganze Welt, das muss man nur begreifen ...«
»Hat er das gesagt?«
»Ja, natürlich hat er das gesagt.« Réka warf den Kopf zurück und schaute Klara ungnädig an. »Was glaubst du denn? Dass

so eine wie ich nicht mit einem Mann über wichtige Dinge sprechen kann? Und dass ein Arbeiter wie er nicht auch ein Philosoph sein kann? Wenn manchmal die Worte fehlen, dann heißt das doch nicht, man hat keine Gedanken!«

»Ich gebe dir recht … sogar mehr als das …« Klara war beeindruckt und dachte: Das muss eine erst mal schaffen, mit so schlichten Worten.

»Wenn er hier fertig ist«, Réka deutete vage nach draußen, »dann bin auch ich hier fertig, und dann machen wir hier mit, wenn das Volk aufsteht, oder wir gehen nach Holland und machen dort weiter. So haben wir es besprochen.«

»Du willst Revolutionärin werden?«

»Wenn man erst mal verstanden hat, dann muss man auch handeln. Man muss nicht in die Kirche gehen, um etwas zu glauben, weil in der Kirche nichts ist, nur Möbel und Worte. Glück im Jenseits ist gelogen, Glück im Leben bedeutet, das Richtige tun für alle, und da liegt das Paradies, nämlich im Tun, auch wenn es im Kleinen schiefgeht, ist es im Großen das Gute.«

»Das hat auch er gesagt«, stellte Klara fest.

»Ja und?«, entgegnete Réka schnippisch. »Er hat auch gesagt, dass es egal ist, wer die Gedanken hat, wichtig ist, dass sie weitergegeben werden, und sowieso denkt nicht der Einzelmensch, sondern der Mensch, der Alle ist. So ist das nämlich, man soll sich bloß nicht zu viel einbilden.«

»Warum bist du dann nicht schon längst zu den Revolutionären gegangen, wenn du handeln willst?«

»Bin ich doch. Die meisten haben nicht richtig zugehört und mich fortgeschickt. Nur ein paar … aber es ist schwierig, viele verschwinden von einem Tag auf den anderen.«

Einer von denen, die den Sekt geschickt hatten, trat an den Tisch: »Trinken wir die Flasche zusammen?«

Klara sprang auf und herrschte ihn an: »Hast du nicht kapiert? Die Kleine hab ich mir jetzt geschnappt! Zieh Leine!«

Das genügte. Er ging zurück zu seinen Kumpanen.

Réka hatte jetzt wieder den abweisenden bösen Blick, den Klara schon kannte. »Ich kann selbst für mich sprechen. Ich weiß genau, was ein Mädchen sagen muss, um solche Männer loszuwerden.«

»So, was denn?«, fragte Klara eingeschnappt.

»Das sage ich dir nicht«, sagte Réka schnippisch. »Du bist ja kein Mädchen.«

»Nein?«

»Jedenfalls nicht ganz, oder?«

Klara zuckte mit den Schultern.

Réka lächelte. »Ich glaube jetzt nicht mehr, dass ich auf dich neidisch sein muss ... ich meine eifersüchtig.«

»Wie hast du van der Lubbe denn kennengelernt? Hat er in Budapest ein Nachtlokal besucht?«

»Nein, ganz bestimmt nicht. Er hat doch nie Geld. Und wenn, dann gibt er es immer weg. Aber nicht an Mädchen. Vielleicht Kinder oder Arme oder alte Leute, er hat immer Mitleid mit den Armen, dabei ist er wahrscheinlich ärmer als alle. Aber wer nichts braucht, dem fehlt auch nichts ... Als wir uns trafen, waren wir gleich. Ich hatte mein Zimmer verloren, weil es Streit gegeben hatte. Und er hat im Asyl kein Bett gehabt. Und da saßen wir auf einmal auf einer Bank. Er hat mich angesprochen, wie man das überhaupt nicht macht ... also Dame oder nicht ... es gibt ja Regeln, aber er ...« Sie lachte. »Wenn alle Menschen gleich sind, dann ist das wirklich einfach ... also auch Mann und Frau ... man ist eben da, und es geht von allein, auch wenn einer Schuhe trägt, wo die Sohlen abgehen, und die andere Netzhandschuhe.« Sie hielt die Arme hoch. »Es war auch das erste Mal, dass ich mit einem Mann richtig gesprochen habe ... ja, er war wohl der Einzige. Wir haben uns wiedergetroffen. Aber dann kam etwas dazwischen ...«

»Einer, bei dem ein Mädchen sagen kann, was es will, es wird ihn doch nicht los«, stellte Klara fest.

»Ja, es gab großen Streit, und Rinus allein konnte nichts tun, obwohl er so stark war, aber der andere kam mit mehreren ... Rinus musste gehen. Ich wollte ihm folgen, aber das ging nicht gleich. Erst später konnte ich Budapest verlassen, aber da fand ich ihn nicht. Irgendwann schrieb er, sie hätten ihn gegen seinen Willen nach Holland zurückgeschickt.«

»Er hat geschrieben?«
»Viele Briefe. Ich auch. Und dann haben wir uns nach Berlin verabredet. Er wollte die große Sache machen, und dann wollten wir zusammen kämpfen. Jetzt warte ich, dass er wiederkommt ... Ich will versuchen, ihn im Gefängnis zu besuchen, aber das ist schwierig, weil ich keine guten Papiere habe.«
Dennoch schien Réka zuversichtlich, dass alles gut werden würde. Klara sagte nicht, dass sie ihre Hoffnungen für töricht hielt. Sie musste an das Ende des Helden in *Rot und Schwarz* denken: Von der Freiheit, die Julien Sorel im Kerker fand, wird van der Lubbe im Gewahrsam der Faschisten bestimmt nichts spüren. Auch Rékas aufopferungsvolle Hingabe würde auf eine schwere Probe gestellt werden.
Die Damenkapelle begann wieder zu spielen und schien sich nicht entscheiden zu können, ob sie eine Dur- oder Molltonart bevorzugte.
Und nun? Klara war ratlos. Das alles ist doch nicht das, was die Partei über diesen Holländer herausbekommen will. Das alles ist doch ... eine menschliche Komödie ... und ich bin darin eine undeutliche Nebenfigur.
Sie drückte die Zigarette aus und sagte forsch: »Lass uns tanzen!«
Réka lachte. »Mit einer Frau?«
Klara schaute zur Tanzfläche. »Die Männer hier können doch alle nichts. Und nun guck dir die da drüben an.« Sie deutete kurz auf die Männer, bei denen sie gesessen hatte. Sie hatten jetzt billige Flittchen auf dem Schoß.
»Macht ihr das so?«, fragte Réka schüchtern. »Schlecht über die Männer reden und dann ...«
Klara schüttelte den Kopf. »Nein. Nicht reden, lieber tun. Und sagtest du nicht, dass es schöner ist, wenn man keine Unterschiede mehr macht?«
Die Ungarin dachte nach. Dann nickte sie: »Ich versuch es mal.« Und lachte nervös.

★

Nach einigem Stolpern wurden die Bewegungen geschmeidiger. Die eckigen Rhythmen des Damenorchesters rundeten sich, die Melodien klangen glatter, dilettantisch blieb die Darbietung dennoch. Nur keine Aufregung, das ist alles bloß Spaß. Aber darf man lachen in dieser historischen Situation, Genossin? Darf ich allen Ernstes daran denken, eine Frau zu verführen, deren Geliebter im Gefängnis sitzt, nachdem er die revolutionären Arbeiter mit einem Fanal zum Aufstand rufen wollte? Das hat der Holländer nicht verdient, oder? Solidarität sieht anders aus. Aber wer kümmert sich denn sonst um sie? Und wenn er wieder rauskommt, gebe ich sie ihm zurück.
Nun trat eine Sängerin an den Bühnenrand, ein Pianist kam dazu, und sie sang »Das Lied von der Treue« und »Wenn ich mir was wünschen dürfte« mit etwas zu schriller Stimme. Die Tanzenden kamen aus dem Tritt, viele gingen zu ihren Tischen zurück. Natürlich war das ein abgekartetes Spiel, sie hatten jetzt Durst, sie sollten trinken, bestellen, bezahlen. Klara spürte die warme Hand der Ungarin in der eigenen, als sie sich den Weg zum Tisch zurück bahnten.
Da blieb Réka abrupt stehen. Klara prallte gegen sie und legte die Arme um ihre Hüften. Die Ungarin ließ es geschehen, stand aber starr da und schaute gebannt zur Tür. Dort war gerade ein Bekannter eingetreten. Genosse A, auch Otto genannt. Ach ja, sie erwartete ihn. Für Klara war es ein Moment bitterer Enttäuschung. Gerade noch hatte sie das Gefühl gehabt, dem Intrigengespinst, in dem sie verheddert war, entkommen zu sein. Réka machte sich los und wandte sich um. »Komm!« Statt zu ihm hin, ging sie in die andere Richtung.
Klara folgte ihr in den dunkelsten Winkel am Ende der Bar, genau dahin, wo man jemanden führte, den man verführen wollte, nur war es jetzt schon wieder Flucht.
Réka hatte wieder diesen abfälligen, wütenden Blick, der Klara bei ihrer ersten Begegnung so irritiert hatte.
»Warum gehst du weg, du kennst ihn doch?«, fragte sie.
»Wen denn?«, fragte Réka böse zurück.
»Den, der da an der Tür stand.«

»Wieso?«
»Weil ich ihn auch kenne.«
»Weiß ich doch.«
»Er hat mich gefragt, woher ich den Muff habe, als ich damit ankam.«
Der Muff hing jetzt über dem Stuhl an ihrem Tisch.
»Ja, ja.«
»Hast du ihn nicht hierher bestellt?«
»Warum weißt du das?«
»Du hast ihm einen Brief geschrieben. Er kam mit der Post, ich habe ihn aufgemacht, weil er mit Ludwig ausgezogen ist. Ludwig ist der große Mann.«
»Er ist ausgezogen? Dann hat er den Brief nicht bekommen?«
»Nein.«
»Trotzdem ist er hier«, stellte Réka beunruhigt fest.
»Du willst nicht, dass er dich hier sieht?«
»Er soll mich in Ruhe lassen.«
»Aber du hast ihn doch hergebeten.«
»Jetzt will ich ihn nicht mehr sprechen.«
»Was habt ihr denn miteinander zu tun?«
»Er würde gern für Rinus an meiner Seite stehen. So ist das. Das gefällt mir nicht. Aber wenn man niemanden hat, muss man auch so einen als Freund nehmen.«
»Na ja, wenn man so hübsch ist wie du …«, sagte Klara und dachte gleichzeitig: Aber Otto …?
»Er klebt an mir …«, formulierte Réka ungelenk. »Und das heißt, er ist untreu für Rinus … also kein Freund mehr. Nennt man das nicht Verrat?«
Klara realisierte mit Verzögerung, was sie ihr da mitgeteilt hatte. »Otto und Rinus sind befreundet?«
»Nicht mehr, wenn ich etwas zu sagen habe.«
»Hat er sich an dich rangeschmissen?«, fragte Klara, die sich das kaum vorstellen konnte.
»Er verfolgt mich. Und wenn ich sage, tu was für Rinus, dann sagt er nichts dazu.«
Der, von dem sie sprachen, bahnte sich zielstrebig seinen Weg durch das Lokal. Verkniffenes Gesicht, noch immer die Mütze auf dem Kopf. Er schien es eilig zu haben, stürzte auf

sie zu, zuckte erstaunt zurück, als er Klara bemerkte, und packte Réka grob am Arm.
»Du musst mit mir kommen!«
Sie versuchte, sich loszureißen, aber er hielt sie eisern fest.
»Lass mich, ich bleibe hier bei ihr!«
Otto starrte Klara verständnislos an.
»Es ist gefährlich hier!«, schrie er Réka an.
Réka gelang es, sich freizumachen. »Sie hilft mir.« Sie stellte sich neben Klara.
»Seid ihr verrückt geworden?« Wieder streckte Otto die Hand nach ihr aus. »Waschitzki ist hinter dir her!«
»Das weiß ich doch!«
»Dann komm mit!«
»Wohin?«
Otto zögerte, sah Klara an, schien nicht zu wissen, wie er sich verhalten sollte, und sagte dann verlegen: »Zu mir ... uns ...«
»Warum kann ich mich nicht bei ihr verstecken?« Réka deutete auf Klara.
»Sie hat doch gar keine Wohnung, verdammt«, stieß Otto hervor.
»Lass meinen Arm los!«, verlangte Réka.
»Du musst mitkommen!«, beharrte Otto.
Réka blickte jetzt völlig verunsichert drein.
Der hat Angst um sie, er will ihr nichts Böses, dachte Klara und nickte der Ungarin zu: »Wir gehen mit ihm.«
Réka murmelte etwas Zorniges in ihrer Sprache und wandte sich störrisch ab.
»Vergiss deinen Muff nicht, der liegt noch auf dem Tisch«, sagte Klara.
Réka ging und Otto wandte sich mit finsterem Blick an Klara: »Was soll der Unsinn, ›wir gehen mit‹?«
»Ich hab auch keine Bleibe.«
»Das interessiert mich nicht. Wir haben entschieden, dass uns das nichts angeht.«
»Du und Ludwig?«
»Ja.«
»Und was ist mit Réka?«
»Ich hab Rinus versprochen, auf sie aufzupassen.«

Klara wollte weiterfragen: Was hast du mit dem Holländer...? Da gellte ein Schrei durch das Lokal, gefolgt von lauten Ausrufen, entsetzten Schreien, aufspringenden Männern und Frauen.

★

Die Eingangstür stand offen und darin, wie eine Erscheinung aus der Hölle, ein junger Mann ohne Jacke und Mantel, das zerrissene Hemd grellrot besudelt, das Gesicht blutverschmiert. Von der Straße her hörte man die Geräusche einer Schlägerei, an der zahlreiche Personen beteiligt waren.
Mit weit aufgerissenen Augen und geöffnetem Mund blickte er keuchend um sich und stolperte zwischen den Tischen hindurch und an der Theke entlang bis in den hinteren, dunkleren Bereich des Lokals direkt auf Klara zu.
Stiefelgetrappel. Ein Mann in braunem Mantel stolzierte forsch herein, in der Hand hielt er etwas, das eher ein Spazierstock als ein Knüppel zum Prügeln war, tatsächlich blitzte ein silberner Knauf zwischen seinen Lederhandschuhen auf.
Kurz bevor der Flüchtende Klara erreicht hatte, wandte er sich ab und steuerte eine Tür an, durch die er entkommen wollte. Sie war abgeschlossen. Er rüttelte wütend daran, warf sich mit dem ganzen Gewicht seines athletischen Körpers dagegen, aber die Tür hielt stand. Er drehte sich um. Suchte das Halbdunkel ab. Wo war der Hinterausgang?
Klara zeigte zur gegenüberliegenden Seite des Lokals. Dort stand eine Tür halb offen, die zur Küche, den Toiletten und vielleicht nach draußen führte. Dann fuhr sie herum.
Hinter dem Anführer trampelten SA-Männer herein und andere Nazis in Zivil, alle mit Knüppeln, abgeschnallten Koppeln, Eisenrohren oder Ketten bewaffnet. Mit mordlüsternen Blicken schwärmten sie im Lokal aus.
Der Verletzte, hinter dem sie her waren, machte ein paar Schritte in die Richtung, in die Klara gedeutet hatte. Aber

da bauten sich schon seine Verfolger auf. Von allen Seiten näherten sie sich.
Der Gejagte wirbelte herum, griff nach dem Stuhl, der neben einem Tisch stand. Das dort sitzende Paar erhob sich hastig, um ihm aus dem Weg zu gehen. Der Mann hob den Stuhl und schleuderte ihn mit Wucht gegen die Tischkante, dass er splitterte. Ein Stuhlbein als Schlagstock in der rechten, die Sitzfläche als Schutzschild in der linken Hand, richtete er sich auf. Seine Muskeln spannten sich an. Er biss die Zähne zusammen.
Sein Blick traf den von Klara. Er war noch jung. Viel zu jung, viel zu stark und viel zu wütend, um einfach aufzugeben. Und was hatte er auch zu verlieren? Die Horde, die sich im Lokal breitgemacht hatte, würde ihn nicht lebend aus ihren Klauen lassen. Die Gäste saßen geduckt da oder standen in Nischen gedrängt, wollten nicht bemerkt werden, sagten kein Wort.
Klara schaute zu Otto, der mit Réka einige Schritte entfernt stand. Er hatte eine Hand in die Innentasche seiner Jacke geschoben. Wenn du eine Waffe hast, dann lass uns helfen, versuchte Klara ihm durch ihren Blick zu signalisieren.
Der Anführer stand jetzt mitten im Lokal, das seine Bande erobert hatte, brüllte »Alle mal herhören!« und fuhr in lautem, aber beherrschtem Kasernenton fort: »Keine Angst, Herrschaften! Sie haben nichts zu fürchten. Wir wollen nur diesen Kerl da.« Er deutete auf den Verfolgten, der beherrscht dastand wie ein Gladiator, der sein Schicksal erwartet.
Otto kam einige Schritte näher. Hinter Klara in einer Nische erhoben sich einige Männer, die vor einiger Zeit hereingekommen und offenbar ihren Stammplatz eingenommen hatten. Theaterleute vielleicht, Kulissenschieber, Beleuchter, Handwerker.
Der Wirt hinter der Theke, der nun merkte, dass seine Inneneinrichtung gefährdet war, rief: »Herr Leutnant! Eine Runde Freibier für Ihre Truppe!«
Der Anführer, der vielleicht ein Leutnant war, vielleicht auch nicht, hob die Hand und verlangte Ruhe.
Die Eingangstür schlug zu.

Einer der Theaterleute sagte zu dem Jungen, der noch immer in Abwehrstellung verharrte: »Komm, setz dich zu uns.«
Klara schaute den Jungen an, seine notdürftige Bewaffnung, deutete mit den Augen auf Otto, der noch immer die Hand in der Innentasche hatte, und schüttelte den Kopf. »Pack das weg und setz dich hin.«
Der Junge zögerte.
»Los doch!«
Er legte die Überreste des Stuhls vorsichtig auf den Tisch neben sich, an dem ein Mann und eine Frau in Abendgarderobe saßen, die das Geschehen mit bleichen Gesichtern verfolgten. Der Mann schob die Sektgläser beiseite, damit die Trümmer genug Platz fanden. Dann starrten beide ratlos die Holzstücke an.
»Setz dich!« Klara deutete auf den Tisch der Theaterleute.
Der Junge ging hin und schob sich auf die Bank, die Männer, die ihn eingeladen hatten, hockten sich neben ihn.
Der Anführer der Eindringlinge war nun bei Klara angekommen.
»Lassen Sie ihn doch, er ist ein Heißsporn«, sagte Klara, »und hat schon schwer einstecken müssen.«
»Trotzdem«, sagte der Leutnant. »Er muss mitkommen.«
»Darf ich ein gutes Wort für ihn einlegen?«
Der Leutnant, der trotz der barbarischen Horde, die er anführte, einen recht kultivierten Eindruck machte, sagte: »Es tut mir sehr leid, Fräulein, aber …«
»Wollen wir uns nicht setzen?« Klara deutete auf einen Tisch. »Wir könnten die Angelegenheit besprechen, während Ihre Männer sich an der Theke etwas zur Erfrischung holen. Der Wirt …« Klara warf ihm einen Blick zu, der Mann hinterm Tresen nickte.
Der Leutnant schaute nachdenklich den Silberknauf seines Spazierstocks an, dann Klara und fragte unvermittelt: »Habe ich Sie nicht mal auf der Bühne gesehen?«
Klara lächelte. »Das ist durchaus möglich. Erinnern Sie sich an das Stück?«
Der Leutnant musterte sie nachdenklich und schüttelte den Kopf. »Einerlei.«

Einige quälende Sekunden sah er unentschlossen den blutüberströmten Jungen an, der zwischen den Bühnenarbeitern saß und auf die Tischplatte starrte, dann rief er: »Männer! Wir machen eine kurze Pause. Geht was trinken.«
Die Männer strömten zum Tresen. Drei näher gerückte SA-Leute mussten noch einmal extra in scharfen Worten abkommandiert werden, trollten sich dann aber auch.
»Ein Glas Champagner für den Herrn Leutnant!«, rief Klara und fügte hinzu: »Sie korrigieren mich, falls ich Ihren Dienstgrad falsch eingeschätzt habe.«
Da der Anführer dies nicht kommentierte, ging sie davon aus, dass er womöglich überhaupt keinen militärischen Dienstgrad hatte. So jung, wie er war, hatte er den letzten Krieg sicher nicht mitgemacht.
Klara setzte sich und deutete auffordernd auf den zweiten Stuhl.
Der Leutnant legte seinen Stock auf den Tisch, nahm Platz und zog seine Handschuhe aus.
Der Wirt eilte mit zwei Champagnerkelchen herbei.
Der Leutnant bemühte sich, Klara in wohlgesetzten Worten darzulegen, dass es seine Pflicht sei, den jungen Mann festzunehmen, da er ein Schläger sei, außerdem Kommunist und Jude noch dazu.
Klara entgegnete zur Verteidigung des Jungen, in diesen Zeiten käme es leider allzu oft zu Schlägereien, und ihrer Ansicht nach sähe er eher wie ein Opfer als wie ein Täter aus. Und als der Leutnant sich nicht damit zufrieden geben wollte, begann sie mit einer weitschweifigen Ausführung und erklärte, der Junge sei ihr Gast, er habe hier, wo sie vorübergehend »ihre Zelte aufgeschlagen« hätten, um Asyl ersucht, und es sei ihre heilige Pflicht, es ihm zu gewähren. Das sei nun einmal gute alte germanische Tradition, das alte völkische Gastrecht lasse ihr keine andere Wahl, und selbst im Mittelalter hätte man sich in Deutschland noch daran gehalten, und es gebiete doch der Anstand, derartige althergebrachte Sitten zu achten und so weiter. Welches Theaterstück hier plötzlich in ihrem Kopf aufgeblitzt war und zur Wiederaufführung in der Realität kam, wusste sie selbst

nicht, aber sie spielte ihre Rolle so gut, als sei gestern erst Generalprobe gewesen.
Und der Anführer der Schlägerbande ging darauf ein, offenbar beeindruckt von ihr und ihrem Appell an seinen herrenmenschlichen Edelmut oder sein herrschaftliches Recht, Gnade walten zu lassen.
Schließlich tranken sie gemeinsam ihre Kelche aus, der Leutnant erhob sich, küsste ihr sogar die Hand und kommandierte die Horde hinaus auf die Straße, wo inzwischen offenbar wieder Ruhe eingekehrt war.
Die Theaterleute organisierten einen Mantel und brachten den Geretteten durch den Hinterausgang ins Freie.
Einer von ihnen klopfte Klara auf die Schulter: »Gut gespielt, Mädchen.«
Klara bedankte sich. »Aber für wen hat er mich denn eigentlich gehalten?«
Der Theatermann lachte. »Lotte Lenya, die kennt er aus der Zeitung, die er heimlich liest.«
Erst jetzt, als die Anspannung von ihr abfiel, schaute sie sich suchend um, aber weder Otto noch Réka waren irgendwo zu sehen. Sie hatten die Gelegenheit genutzt und waren getürmt. Gemeinsam?
Sie trank noch ein Glas mit den Theaterleuten, verabschiedete sich dann aber, als die Stimmung immer weiter in den Keller ging. Als sie ihren Mantel anziehen wollte, entdeckte sie den Muff in ihrer Hand. Wie kam er da hin? Gleichzeitig fiel ihr etwas ein: Diesen Namen, den Otto genannt hatte, Waschitzki, den hab ich jetzt schon zum dritten Mal gehört.

★

Unter Klaras Schuhen knirschte die dünne gefrorene Schneedecke. Sie lief über die Wiese durch den Park auf eine Art Kanonenrohr zu, das in den Himmel gerichtet war. In diesem Moment hätte sie nicht sagen können, ob es Vormittag oder Nachmittag war, allzu diffus wirkte der Tag unter der grauen

Wolkendecke, und diffus war auch ihre Existenz geworden. Dich treibt ein Auftrag an, dessen Sinn du nicht mehr verstehst.
Das Kanonenrohr ragte aus einer Art Festung. Wenn es doch nur eine Kanone wäre, gerichtet auf die Schlägerbanden der Hitlerei, und würde im Dauerfeuer die barbarischen Horden zurücktreiben oder wenigstens der Zivilisation eine Bresche schlagen, aber so ist es ja nicht. Hier geht's um das Ewige, Unantastbare, unendlich Ferne, womöglich der Zeit nicht Unterworfene, in jedem Fall dem menschlichen Griff und Geist auf immer entzogen. Die Kanone ist auf den Himmel gerichtet, die Sternwarte hat höhere Ziele, sie schießt nicht, sie fängt winzige Lichtpunkte im All ein und hilft uns dabei, unseren Standpunkt zu finden – nicht mal als Glühwürmchen taugt der Mensch im kosmischen Zusammenhang, aber heißt es nicht auch *per aspera ad astra*? Durch die Mühsal zu den Sternen, das ist immer unser Weg gewesen. Du suchst dir einen Stern und strebst danach, aber wenn alle Sterne so weit entfernt sind wie die da oben, wann kommen wir dann ans Ziel? Auf den Mond geschossen zu werden, wäre eine Alternative. Klara lachte vor sich hin, und fand sich selber blöde dabei.
Der kleine alte Mann, der sie in die Sternwarte einließ und über die Treppe nach oben, gewissermaßen auf die Zinnen der Astral-Festung führte, legte eine selbstverständliche Geschäftigkeit an den Tag, die beruhigend wirkte. Wenn überall und noch in den hintersten Ecken der Hauptstadt und des Reiches solche einfachen Menschen am Widerstand arbeiteten, dann war Deutschland nicht verloren.
Ein gigantisches Zahnrad, monströse Mechanismen, ein stählerner Leib, aus dem das Riesenteleskop ragte, das von hier aus betrachtet doch eher wie ein umgekippter Schornstein aussah. Ein Eisentreppchen, das auf eine Plattform führte, dorthin, wo jemand, der sich auskannte, im geeigneten Moment einen Blick in die Unendlichkeit des Universums wagen konnte. »1915 hat Albert Einstein hier den ersten Vortrag über seine Relativitätstheorie gehalten«, sagte der Genosse, dem die Wartung des Fernrohrs anvertraut war.

Er hatte die ganze Zeit geredet, aber Klara hatte nichts davon mitbekommen.
Nun standen sie vor dem fremdartigen Konstrukt, und Klara schaute den alten Mann fragend an: »Ehrlich gesagt, weiß ich gar nicht, was ich hier soll.«
Hinter der breiten Scheibe des Zahnrads trat ein jüngerer Mann hervor, Mantel aus gutem Stoff, breitkrempiger Hut und Schuhe, die akribisch geputzt waren, jedenfalls glänzten sie auffällig. »Genossin, du brauchst neue Papiere ... Anordnung der Auslandsleitung.«
Klara zuckte mit den Schultern.
Er trat auf sie zu, zog den Handschuh von der rechten Hand und hielt sie ihr hin. »Ich bin Leo.« Kalter, fester Griff.
Klara nickte. »Ich weiß.«
Ich kenne dich gut, Genosse, dachte sie. Du bist einer von den Schattenmännern der Partei. Vor dir muss man sich in Acht nehmen, wie auch vor denen, die vor deinesgleichen kuschen, wenn der Schatten auf sie fällt. Denn da ist was Dunkles in unserer Bewegung, schwebt im Hintergrund und hat eine Macht, die unberechenbar ist. Und diese Macht reicht bis in deine Fingerspitzen.
»Du kommst aus Hamburg«, stellte Leo fest.
»Über Umwege.«
»Du hättest damals besser zielen sollen«, sagte Leo. »Der Mann, den du ausschalten wolltest, tut sich jetzt mächtig hervor, foltert und mordet die Hamburger Genossen.«
So gesehen ist es unverzeihlich, beim Morden versagt zu haben, dachte Klara. Aber sie wusste, was er hören wollte. »Ich hätte die Sache besser planen und mit der Partei koordinieren sollen«, sagte sie, obwohl sie wusste, dass genau dies ja überhaupt nicht möglich gewesen war.
»Koordination ist das Wort der Stunde«, sagte Leo. »Aber zunächst geht es darum, die Auslandsleitung zufrieden zu stellen. Die wollen in der Brandsache Fakten haben, alles, umfassend und möglichst schnell.« Es klang, als würde er eine Anweisung zitieren.
Klara zog einen Briefumschlag aus der Manteltasche. »Hier.«
»Das ist alles?«

»Sieben Blätter A6 beidseitig beschriftet in kleiner Schrift.« Sie hatte zwei Tage gebraucht, um den Bericht mit allen Informationen auf dieses kleine Format zu bringen. Zwei Tage in einer kleinen Pension weitab vom Zentrum in freiwilliger Einzelhaft, die ihr nach dem Erlebten wie eine Erlösung vorgekommen war. »Das ist so viel wie zwanzig Schreibmaschinenseiten.«

»Warum hast du keine Schreibmaschine genommen?«

»Wäre zu laut gewesen. Außerdem hatte ich sowieso keine.«

»Gut.« Er nahm den Umschlag entgegen und schaute ihn an. »Der ist ja schon zugeklebt.« Klara hatte ihn nach Kopenhagen adressiert und entsprechend frankiert.

»Ich wollte ihn heute Morgen auf die Post geben.«

»Muss ihn wieder öffnen und lesen, wenn er jetzt über uns läuft.«

»Bitte, wenn das sicherer ist.«

»Per Kurier ist besser als per Reichspost«, entgegnete Leo von oben herab.

Was noch die Frage wäre, dachte Klara, verkniff sich aber eine entsprechende Bemerkung.

»Hast du die Verhaftung der drei Genossen auch erwähnt?«, fragte Leo.

»Welche drei Genossen?«

»Sie haben nach Torgler noch drei bulgarische Genossen festgesetzt, unter fadenscheinigen Begründungen, lächerlich eigentlich, wenn man ihnen nicht jede Lüge zutrauen würde ... Dimitroff, Popoff und Taneff. Eine internationale Verschwörung soll es jetzt sein! Sie werden einen Schauprozess inszenieren und keine Lüge wird ihnen zu schade sein, um uns die Brandstiftung anzuhängen. Deshalb sind alle Informationen, noch die banalsten, wichtig, um der Nazi-Propaganda den Wind aus den Segeln zu nehmen. Es muss alles wieder gedreht werden. Die Wahrheit muss im Dauerfeuer ins Bewusstsein der Öffentlichkeit geschossen werden. Das faschistische Komplott muss bis ins letzte Detail aufgedeckt werden, vor allem die Rolle dieses holländischen Brandlegers im Solde Görings.«

»Ich glaube nicht, dass van der Lubbe mit den Nazis zusammengearbeitet hat«, sagte Klara.
Leo starrte sie an, als wäre sie von allen guten Geistern verlassen. »Was denn sonst?«
»Keine Ahnung, aber ich werde es herausfinden.«
Leos Gesicht verdüsterte sich. »Wenn du die vorgegebene Linie verlässt, wirst du zur Verantwortung gezogen.«
»Ich dachte, es geht um die Wahrheit.«
»Natürlich nur, soweit sie uns nützt.«
»Es könnte auch sein, dass der Holländer als revolutionärer Proletarier mit einer Einzelaktion die Massen zum Widerstand aufrufen wollte.«
Leo lachte abfällig. »Protest, Protest«, rief er theatralisch mit gespieltem holländischen Akzent. »Aus Protest hat er den Reichstag angesteckt? Weißt du, warum er ›Protest, Protest!‹ gerufen hat, der halbnackte warme Bruder? Weil ein Polizist ihn ein bisschen hart angefasst hat. Dagegen hat er protestiert, gegen nichts sonst, verstanden!«
»Die Arbeiterparteien haben nichts getan, um Hitler zu stoppen, aber er …«
»Es gibt nur eine Arbeiterpartei, und wer nicht in ihrem Auftrag handelt, handelt nicht im Sinne des Proletariats. Und jetzt Schluss damit! Deine Aufgabe, Genossin, ist die Sammlung von aussagekräftigen Informationen, die eine Täterschaft von Göring und Goebbels beweisen. Wenn du dazu nicht mehr in der Lage bist, dann sag es gleich.«
»Ich bin dazu in der Lage, die Wahrheit zu ergründen«, entgegnete Klara.
»Gut.« Leo winkte den alten Mann zu sich, der während des Gesprächs Schritt für Schritt ins Abseits getreten war.
»Gib ihr die Papiere!«
Klara bekam einen braunen Briefumschlag.
»Und noch was, Genossin. Es geht um, dass eine Frau im Nadelstreifenanzug im Auftrag des EKKI in Berlin unterwegs ist. Die Stapo hat dich auf der Liste! Zieh dir was anderes an, wie wär's mal mit einem Kleid? Kauf dir eins, wenn du keins hast. Brauchst du noch Geld?«
»Geht langsam zu Ende.«

»Hier.« Noch ein brauner Umschlag. »Wir sehen uns in drei Tagen wieder, gleicher Ort, gleiche Zeit.«
Leo verabschiedete sich.
Klara starrte das Riesenteleskop an. »Wieso eigentlich hier?«, murmelte sie vor sich hin.
Der alte Mann lachte. »Wer hier hinkommt, glotzt in die Röhre«, sagte er. »Und kommt nicht darauf, mal unter dem Sockel nachzuschauen. Mit dem, was da liegt, können wir die ganze Parteiführung mit nagelneuen Identitäten ausstatten.«
»Dann wäre es doch besser, hier nicht so auffällig herumzugeistern.«
»Ach was, darauf kommen die nie.«
»Dein Wort in Lenins Ohr, Genosse.«
Klara trat an die Brüstung und schaute über den Park hinweg Richtung Spree. Ein kleiner Lastkahn tuckerte vorbei, rundherum breitete sich die unübersichtliche Stadtlandschaft aus. Und der Feind lauerte nicht mehr im Hinterhalt, er trat mit offenem Visier an.
»Ich brauche eine Waffe«, sagte sie zu dem alten Mann, der ungerührt, ja geradezu zuversichtlich, neben ihr auf den Park hinabsah.
Er musterte sie und nickte dann. »Warte.« Über eine Treppe unterhalb des Refraktors stieg er ins Untergeschoss. Nach einer Weile kam er wieder und schien nichts bei sich zu haben. Erst als er mit einer seltsamen Geste ihre Hand ergriff, spürte sie etwas Kaltes, Metallisches. Das Objekt war nicht größer als ihre Hand, messingfarben mit braunem Schlitten und schwarzem Griff.
»Eine Beretta, Kaliber 6.35 Millimeter, du hast acht Schuss.«
Und ich kann sie bequem im Muff unterbringen, dachte Klara. »Danke.«

★

Klara hatte eingekauft. Auf Befehl des Exekutivkomitees der Komintern und der Auslandsabteilung der KPD trug sie neue Kleider: ein schwarzes Tuchkostüm, gerade geschnitten, das Jackett mit breitem Revers, darunter eine weiße Bluse mit Halstuch, darüber einen Mantel mit Pelzkragen, an den Füßen Stiefeletten, auf denen sie balancieren musste. Dazu passte der Muff auch viel besser, der nun allerdings schwerer wog.

»Schick sehen Sie aus, Fräulein Schindler.«

»Elegant geradezu.«

»Ja, es geht auch mal so.«

»Ich wäre fast versucht, die Sache mit dem Amboss zu verzeihen«, sagte Henßler. »Aber nur fast.«

»Sie hätten ihn beinahe umgebracht, Fräulein Schindler«, sagte von Berghaus mit gespielt vorwurfsvollem Unterton.

Mit Bus, Tram und S-Bahn, am Schluss sogar in einer zufällig vorbeikommenden Droschke hatte Klara sich auf den Weg gemacht und die Villa am Rand von Potsdam wieder ausfindig gemacht. Die Haustür war nicht verschlossen gewesen, die Herren fühlten sich offenbar sicher trotz allem, was geschehen war. Henßler saß mit bandagiertem Kopf im Salon auf einem Sofa und las Zeitung. Er erschrak kurz, als er Klara vor sich sah, rettete sich dann aber in Ironie und verzog süffisant den Mund. Noch witterte er keine Gefahr, auch als sie ihn barsch aufforderte, sie zu Berghaus zu führen.

»Ich wollte sowieso zu ihm. Es ist Zeit für die Korrespondenz.«

Auf dem Weg ins obere Stockwerk erklärte er nicht ohne stolz: »Ich habe meine Stellung bei der Mitropa gekündigt und werde jetzt für ihn arbeiten.«

Von Berghaus hatte es sich in der Bibliothek in einem Ohrensessel bequem gemacht, deutsche und internationale Wirtschaftszeitungen lagen auf einem Tisch, daneben eine Kaffeetasse, eine Kanne und ein aufgeklapptes Zigarettenetui. Er trug einen Morgenmantel, der ein Muster hatte, das man eher einem Wandteppich zugeordnet hätte.

»Schöne Sozialrevolutionäre seid ihr«, sagte Klara, nachdem

Berghaus ihr vergeblich die Hand zur Begrüßung entgegengestreckt hatte, wobei er allerdings sitzen blieb.
»Wir spekulieren an der Börse gegen den Kapitalismus. Die russischen Kommunisten waren uns schon für manchen Tipp dankbar. Und das Sowjetdeutschland der Zukunft braucht sicherlich auch Devisen …«
»Auf mich machen Sie eher den Eindruck eines gefährlichen Gauklers.«
Berghaus zwinkerte Henßler zu: »Ihr kann man nichts vormachen, was?«
Henßler blickte verständnislos drein.
»Setzen Sie sich neben ihn!« Klara deutete auf das Ende des Sofas, das rechts von Berghaus stand.
Henßler blieb unschlüssig stehen.
Berghaus lachte: »Sie kommen herein und kommandieren. Was für eine Situation! Nehmen Sie doch Platz, legen Sie ab! Wir lassen etwas zum Trinken kommen. Haben Sie schon gefrühstückt?«
»Lassen Sie das.« Da Henßler Anstalten machte, sich ihr zu nähern, zog sie die Beretta aus dem Muff. Henßler erstarrte.
»Ah!«, rief Berghaus. »Sehr niedlich. Kann man damit Schaden anrichten?«
Klara lud demonstrativ durch.
Henßler schrak zusammen.
»Das Kaliber reicht für ein Loch im Kopf«, murmelte er verärgert und setzte sich hin.
Berghaus griff nach seiner Kaffeetasse. Seine Hand zitterte leicht. »Was verschafft uns also die Ehre Ihres spontanen Überfalls?«, fragte er, nachdem er die Tasse wieder hingestellt hatte.
»Wer ist Waschitzki, und wo kann ich ihn finden?«
»Puh«, sagte Berghaus und lehnte sich zurück. »Das würde ich auch gern wissen.« Er warf Henßler einen scheelen Blick zu und zuckte mit den Schultern.
Klara richtete ihre Pistole auf Henßler. »Waschitzki ist die Schlüsselfigur in der Verschwörung um van der Lubbe.«
»Wer hat Ihnen denn diesen Floh ins Ohr gesetzt«, sagte Berghaus und warf seinem Sekretär einen unzufriedenen Blick zu.

Henßler, der offenbar Erfahrung mit Waffen hatte, starrte unbehaglich auf die Pistole. Ein kleines Zucken von Klaras Zeigefinger genügte, um ihm eine Kugel in den Kopf zu jagen.

Das ist Macht, dachte Klara, so einfach und so billig. Es kommt darauf an, ruhig zu bleiben, das hast du jetzt gelernt.

»Er heißt nicht Waschitzki. Das ist nur ein Tarnname, eine falsche Identität. Er ist Verbindungsmann des Röhm-Flügels zu den linken Sozialrevolutionären jenseits der KPD.«

»Die haben die Arbeiterunion unterwandert?«

»Was ist daran schlimm?«, warf Berghaus ein.

»Es gibt bislang nur einige wenige personelle Überschneidungen«, sagte Henßler.

»Und die anderen Organisationen«, fragte Klara. »Die FAUD zum Beispiel?«

»Die Anarchisten? Die sind störrisch, da geht nichts ... die haben eigenartige Organisationsstrukturen und Vorstellungen. Eine dezentralisierte Revolution ... wie soll das gehen?«

»Ich habe immer gesagt, dass es wichtiger ist, die Kommunisten ins Boot zu holen«, gab Berghaus selbstgefällig von sich. »Die wissen, wie man organisiert. Und der Leninismus hat ja die angenehme Tendenz, die Führungskader zu adeln.« Er lachte vor sich hin.

»Zurück zu Waschitzki. Er gehört also zur SA. Aber wer war der Tote in der Wohnung im Wedding?«

»Ein Stapo-Mann, mehr wissen wir nicht. Einer, der sich als Spitzel herumgetrieben hat oder Anlaufstelle für solche Leute war. Keine Ahnung, welchen Ärger er mit Waschitzki hatte.«

»Vielleicht war das einer, der wusste, dass Waschitzki van der Lubbe in den Reichstag gelockt hat.«

»Gelockt?«, mokierte sich Berghaus. »Der musste gelockt werden?«

»Das hat er hier mir doch gesagt.« Klara machte eine ruckartige Bewegung mit der Pistole. Henßler zuckte zusammen und duckte sich.

»Also?«

»Waschitzki hat sich dem Holländer genähert. Er ist sehr geschickt, ein guter Schauspieler ... tatsächlich war er mal beim Theater und beim Film, nichts Großes, aber er kann das. Ist im Frack genauso glaubwürdig wie im Blaumann, kann jede Sorte Mensch spielen. Hat auch immer Geld, obwohl er sehr überzeugend den armen Schlucker darstellen kann, wenn's sein muss. Auf Kommando fängt er an zu heulen wie ein Schlosshund und klagt über sein ungerechtes Schicksal ... Er hat mich über van der Lubbe ausgefragt. Deshalb wusste ich, dass er was mit ihm zu tun hat.«

»Und die Wohnung im Wedding, woher wusstet ihr davon?«

»Na ja, wir sind ja nicht blöd, wir fragen auch mal ein bisschen rum.«

»Also wisst ihr auch, wo Waschitzki jetzt ist«, stellte Klara fest.

»Ja«, sagte Henßler widerstrebend.

Berghaus warf ihm einen irritierten Blick zu.

»Wo?«

Henßler zögerte kurz, dann beeilte er sich, es loszuwerden: »Eine Pension in der Nähe des Reichstags.«

»Genauer!«

»Pension Berkemeyer...« Er nannte eine Adresse in Berlin-Mitte.

Erstaunlich, wie Macht funktioniert, dachte Klara. Es ist nicht nur die Pistole. Man glaubt dir erst, dass du zu allem bereit bist, wenn du schon einmal zugeschlagen hast, und sei es mit einem Amboss.

Mehr war allerdings weder aus Henßler, noch aus dem halb höhnisch, halb ängstlich dreinblickenden Berghaus herauszubringen.

Klara verließ die Bibliothek, die Pistole noch immer im Anschlag. Draußen auf der schmalen Straße warf sie einen Blick in den ersten Stock. Henßler stand am Fenster. Sie hob die Waffe. Sein Kopf verschwand.

Erst als sie ein Stück weit gelaufen war und eine Allee erreichte, sicherte sie die Pistole und steckte sie in den Mantel.

Die Visitenkarte steckte noch immer an derselben Stelle im Muff, wo Réka sie irgendwann versteckt hatte. »Dr. Herbert Albrecht, Pension Berkemeyer, Berlin-Mitte« stand darauf.

Zwei Fliegen mit einer Klappe, dachte Klara, vielleicht auch zwei Ratten in einer Falle.

Ein vorbeiradelnder junger Forstarbeiter hatte Mitleid mit ihr und nahm sie auf dem Gepäckträger mit zur nächsten S-Bahn-Station.

»Na, Mädel«, sagte er, nachdem er sie taxiert hatte. »So teure Klamotten und keinen Chauffeur? Falls du einen brauchst, Führerschein hab ich, und dich nehm ich auch ohne Auto.«

Klara dankte lachend und gab ihm die Hand zum Abschied.

Ein kurzer befreiter Moment.

Die »Pension Berkemeyer« lag in einer Seitenstraße mit großbürgerlichen Gebäuden in Fußnähe des Reichstags. Pensionen und Hotels gab es hier etliche, wie man an den vielen Messingschildern neben den Portalen erkennen konnte. Neben der schweren zweiflügeligen Tür stand ein Mann in Knickerbockern, Wanderschuhen und dunkelbrauner Lederjacke mit dazu passender Schirmmütze. Er musterte sie genauer, als sie näher kam.

»Frau Schindler?« Er tippte sich an die Mütze.

»Ja, bitte?«

»Sie suchen doch den Waschitzki.«

Klara nickte.

»Dann kommen Sie mal mit mir mit.«

Er fasste sie am Arm. Sie blieb stehen und machte sich los.

»So nicht.« Er lachte vor sich hin und ging los. Er versicherte sich mit knappem Blick, dass sie folgte. Sie blieb einige Schritte hinter ihm, achtete auf die Umgebung und ging möglichst nah an den Häusern, während er betont lässig am Kantstein entlangschlenderte. In ein Auto gezerrt zu werden, das würde mir gerade noch fehlen, dachte sie.

Er bog mehrmals ab, die Straßen wurden enger und ruhiger. Vor der Tür eines Ecklokals blieb er stehen. Butzenscheiben. Klara konnte nicht erkennen, was drinnen los war. Während sie dem Mann gefolgt war, hatte sie die Pistole aus der Manteltasche in den Muff gesteckt und fand sich übertrieben ängstlich. Was kann dir schon passieren, das ist ein ganz normales Wirtshaus mit Mittagskarte.
Mit wenig glaubhafter höflicher Geste hielt er ihr die Tür auf.
»Keine Angst, Gnädigste.«
»Ich hab keine Angst.«
Männer, die nach Handwerk aussahen, vielleicht auch Fuhrarbeiter, saßen an Tischen und aßen Sauerkraut, wie man deutlich roch. Klaras Begleiter lief an ihr vorbei zielstrebig auf eine Ecknische zu, die durch ein verziertes hölzernes Gitter vom Gastraum abgetrennt war. Der korpulente Wirt blinzelte müde aus geröteten Augen, hinter ihm in der Küche zischte und klapperte es. Wie ein Hinterhalt sah das hier nicht aus. Klara entspannte sich.
Dennoch legte sie den Muff sorgfältig neben ihren Sitzplatz, bevor sie zuließ, dass der Mann ihr aus dem Mantel half.
Sie bestellte Bier, er einen Apfelsaft.
»Sie sind Waschitzki«, stellte sie fest, nachdem er ihr mit großer Kavaliersgeste Feuer gegeben hatte. Sie blies ihm den Rauch ins Gesicht. Er bemühte sich, ihn höflich an ihr vorbeizupusten.
»Sind Sie sicher?«
Klara zuckte mit den Schultern. »Wer hat Ihnen gesagt, dass ich auf dem Weg zu Dr. Albrecht bin, Henßler, Berghaus?«
Er nickte. Klara merkte, dass sie in ein Gesicht blickte, dem jeder echte Charakter zu fehlen schien. Im Augenblick wirkte es völlig ausdruckslos. Und wenn er etwas hineinlegte, dann war es gespielt, falsch und wertlos, um durch Beobachtung auf seinen Charakter oder seine Beweggründe schließen zu können.
»Gehören Sie zur SA?«
»Und wenn? Die SA hat viele Gesichter.«
»Henßler hat behauptet, Sie hätten van der Lubbe in den Reichstag geführt.«

»So? Hat er das? Glaub ich nicht.«
»Vielleicht sind Sie ja auch ein linker Revolutionär. Es scheint da ja eigenartige Vermischungen zu geben …«
»Tja, wer weiß.«
»… ziemlich dumme Strategien von dekadenten Salonlöwen, die sich in der radikalen Boheme herumtreiben, vielleicht einfach nur aus Sensationsgier«, führte Klara ihren Gedanken zu Ende.
»Oh, unterschätzen Sie Henßler und Berghaus nicht. Sie sind sehr enthusiastisch.«
»Wofür treten sie denn ein?«
Waschitzki lachte vor sich hin. »Warum fragen Sie das mich? Ich habe andere Interessen.«
»Und welche wären das?«
»Mein Wohlergehen.«
»Ah.« Sie schob ihm die Schachtel mit den Manolis hin. Er griff danach wie einer, der sich gerne bedient. Schau nicht auf sein Gesicht, schau auf seine Hände und wie er sich bewegt.
»Ich habe mich von der vorherrschenden Krankheit kuriert. Sie sehen ja, wie es ist, fast alle sind befallen, es ist eine Epidemie, ein Wahn, der alle erfasst hat, ein wilder Wahn, alle sind Sklaven ihrer Ideen und schlagen wie die Berserker auf jene ein, die andere Ideen haben.« Während er sprach, bewegte Waschitzki lebhaft die Finger, es schien, als würde er mit ihnen ausdrücken, was er seinem maskenhaften Gesicht versagte.
»Es gibt gute und schlechte Ideen.«
»Nur schlechte.«
»Und was wäre besser?«
»Materielles.«
»Geld?«
»So ist es. Man muss an etwas glauben, das einen unmittelbaren Nutzen bringt.«
»Deshalb sitzen wir also hier. Sie wollen, dass ich Sie bezahle.«
»In diesen Zeiten sind Informationen das höchste Gut, das wissen Sie ja, auch wenn Sie keine Reporterin sind.«

»Täuschen Sie sich mal nicht.«
»Es ist mir egal. Zahlen Sie einfach.«
»Wofür?«
»Sie wollen wissen, wie van der Lubbe den Reichstag angezündet hat. Sie wollen Ihre Genossen reinwaschen. Es hat ja schon längst eine Propagandaschlacht begonnen. Der Preis ist dementsprechend hoch.«
»Vielleicht sind Sie nur ein Hochstapler. Sie müssen schon etwas anbieten. Wie kam zum Beispiel Ihr Treffen mit van der Lubbe in Hennigsdorf zustande?«
»Wir waren verabredet.«
»Woher kannten Sie ihn?«
»Ich dachte, das wissen Sie längst. Wenn nicht, dann nicht.«
»Sie sind wirklich ein Hochstapler.«
Waschitzki breitete die Arme aus. »Ich kann Sie mit dem Hausinspektor vom Reichstag zusammenbringen, Scranowitz. Den haben sie gezwungen mitzumachen.«
»Wer sind ›sie‹?«
»Ja, eben, das wäre nun die Frage.«
»Ich kann auch selbst zu ihm gehen.«
»Mit Ihnen wird er nicht reden. Außerdem steht er unter ... Beobachtung. Sie kommen nur mit meiner Hilfe an ihn ran. Man muss sich da schon etwas einfallen lassen.«
»Zum Beispiel?«
»Lassen Sie sich überraschen.« Er hob sein Glas an und griff nach dem Bierdeckel, drehte ihn um und holte einen Bleistift aus der Tasche seiner Jacke, die er neben sich auf die Bank gelegt hatte. Nun malte er Linien, gerade und geschwungene. Darin schien er geübt zu sein. Auch war der Bleistift gut gespitzt, sodass er auf dem kleinen quadratischen Raum einige Details unterbringen konnte. Als er fertig war, deutete er auf seine Skizze: »Das ist der Reichstag, das hier die Spree, die Straße, die da entlanggeht, heißt Reichstagufer, das hier ist das so genannte Beamtenhaus. Dazwischen das Maschinenhaus des Reichstags. Wir treffen uns vorm Beamtenhaus. Arbeitssachen anziehen! An Männerkleidung sind Sie ja, wie ich gehört habe, gewöhnt.«
»Und dann?«

»Lassen wir uns von Scranowitz die Räumlichkeiten zeigen. Der freut sich über Besuch.« Er zwinkerte ihr zu. Es wirkte falsch, wie alles an ihm.
»Wann?«
»Übermorgen, zehn Uhr abends. Seien Sie pünktlich, kommen Sie allein!« Er stand auf. »Die Partei zahlt, nehme ich an. Bringen Sie zehntausend Reichsmark mit.« Er nahm seine Jacke und zog sie an.
»Sie können mir ja viel erzählen.«
»Eben. Und Sie können kommen oder es bleiben lassen.«
Damit wandte er sich um und ging, ohne sich zu verabschieden. Nur dem Wirt winkte er beim Hinausgehen lässig zu und deutete auf Klara, was heißen sollte: Die Dame zahlt.

★

Klara ging zurück zur Pension Berkemeyer. Nah an den Fassaden entlang, möglichst weit weg vom Bordstein und mit wachsamem Blick. Niemand schien sich für sie zu interessieren.
Sie nahm den Fahrstuhl in die zweite Etage und klingelte. Eine kräftige junge Frau mit Schürze und Kopftuch, einen Besen in der Hand, riss die Tür auf. Sie roch nach Schweiß und lächelte halb freundlich, halb hinterlistig. »Kommen Se rein!«
Großbürgerliche Einrichtung, dicke Läufer, lange Flure geradeaus und nach links, ein Eingangsbereich mit Sofa, Sesseln und Rauchtisch. Ein Schreibpult statt eines Empfangstresens, Gemälde mit idyllischen Szenen, alle gleich groß und in regelmäßigen Abständen an den Wänden, darunter jeweils ein Tischchen mit einer Statue, mal barock, mal orientalisch oder sogar afrikanisch.
Eine ältere Dame, klein und zierlich in schwarzem Kostüm mit langem Rock und nicht ganz passender, ebenfalls schwarzer Rüschenbluse und zu plumpen Pumps kam Klara entgegen.

Das burschikose Zimmermädchen begann, den langen Teppich aufzurollen. In einer Ecke standen Schrubber und Wassereimer, diverse Putzlappen lagen bereit.
Klara fragte nach Dr. Albrecht. Die Wirtin schaute sie missbilligend an und teilte ihr mit, der Herr Abgeordnete sei nicht da.
Klara zeigte ihren englischen Presseausweis und erklärte, sie würde Befragungen durchführen unter Parlamentariern wegen der anstehenden Reichstagswahlen. Es gehe ihr weniger um das Politische als um das Menschliche im Leben eines Volksvertreters. Der strenge Blick von Frau Berkemeyer wurde milder, ein wenig Skepsis blieb allerdings übrig. Immerhin gab sie die Auskunft, der Herr Doktor käme normalerweise gegen achtzehn Uhr. Klara schaute auf die laut tickende Standuhr hinter dem Pult, stellte vernehmlich fest, dass es ja nicht mehr lange sei bis dahin und setzte sich unaufgefordert aufs Sofa.
Die Wirtin bereute ihre freimütige Bemerkung, aber dann klingelte das Telefon. Sie wurde hektisch, redete hastig und wandte sich, nachdem sie aufgelegt hatte, an das Mädchen, das auf den Knien lag und ächzend in einer Ecke herumwischte.
»Lisbeth, gehen Sie runter, die Wäsche kommt gerade ... wie immer zur falschen Zeit.«
Die Angesprochene kroch unter dem Tisch hervor, stieß sich den Kopf, die Statue wackelte bedrohlich. Sie deutete auf ihre schmutzige Schürze, hielt die nassen Hände hoch und jammerte, das gehe nun wirklich nicht, so könne sie doch nicht auf die Straße und außerdem, die schöne saubere Wäsche.
Ungehalten und verbissen machte sich Frau Berkemeyer selbst auf den Weg.
Lisbeth wischte eilig näher zu Klara hin und begann auf Knien mit ihr zu reden, wobei sie so tat, als würde sie weiter sauber machen.
»Wenn's ums Menschliche geht«, sagte sie genüsslich, »sind Sie bei Dr. Albrecht genau richtig. Der ist ja bei den Hitler-Leuten, die es mit der Moral sehr genau nehmen ... aber

dann ist auch ein Herr Doktor nur ein Mensch, und wenn die Frau so weit weg ist im Thüringischen, da sucht sich auch ein studierter Mann seinen Trost in der Nähe.«

»Bei Ihnen?«, warf Klara ein.

»So ein halbes Hemd doch nicht! Aber versucht hat er's schon. Vielleicht hätte es sich ja ausgezahlt, aber die Marie, die er sozusagen näher kennen lernte und die dann gehen musste, weil das der Chefin nicht so passte, wobei sie ja dann wohl eher dem Herrn kündigen sollte, na aber es geht ja immer anders rum ... Die Marie hat dann Sachen erzählt, da nimmt man doch eher Abstand von so einem ... Und ehrlich gesagt, wenn Frau Berkemeyer nicht schön viel Miete von den Hitler-Leuten einstreichen würde, hätte sie ihn vielleicht doch hinauskomplimentiert ...« Sie senkte die Stimme. »Und neulich war ja auch die Kripo da, wegen der Reichstagssache, dem Brand, meine ich.«

»Tatsächlich?«

»Ganz genau. Die haben uns alle verhört. Weil nämlich der Herr Dr. Albrecht an diesem Abend, als es dort gebrannt hat, hingegangen ist.«

»Das haben doch bestimmt viele gemacht.«

»Nee, nicht als Schaulustiger ... Der hat den ganzen Tag hier krank im Bett gelegen, Frau Berkemeyer musste heiße Milch mit Honig und allerlei Kokolores machen, um ihn zu verhätscheln. Und dann abends um neun brennt der Reichstag und die Feuerwehr rückt an. Da springt er aus dem Bett und rennt hin, hat gerade noch den Anzug an, aber für einen Mantel hat's in der Aufregung nicht mehr gereicht. Ins brennende Gebäude ist er gelaufen ... danach hat ihn die Polizei befragt, die wunderten sich natürlich, wieso jemand sich freiwillig in Gefahr begibt ... Aber anscheinend hatte er gute Gründe oder gute Ausreden, jedenfalls haben sie ihn nicht allzu lange gepiesackt. Gewundert hat mich nur, wieso niemand nach dem Mann gefragt hat, der ein paar Tage in dem Zimmer neben dem Herrn Doktor gewohnt hat ... am Tag nach dem Brand war der wieder weg. Aber gefragt hat die Kripo nicht nach ihm, obwohl, ehrlich gesagt, der hat sich schon komisch verhalten, ging immer nur nachts raus und

blieb tagsüber in seinem Zimmer ... ein fescher Kerl eigentlich, nicht sehr groß, aber sportlich ...«
Es klingelte mehrmals hintereinander. Lisbeth sprang auf und riss die Tür auf. Frau Berkemeyer trippelte herein mit einem Stapel weißer Tücher auf dem Arm.
»Lisbeth, so geht das wirklich nicht. Der hat ja die ganze Wochenlieferung dabei, Sie müssen sofort runter!«
Lisbeth schaute sie schuldbewusst an, vielleicht bereute sie ihre Redseligkeit. »Ich wasch mir nur schnell die Hände ...« Sie eilte davon.
Frau Berkemeyers Blick fiel auf Klara und ihre Miene verfinsterte sich: »Hier können Sie nicht warten. Gehen Sie, das ist kein Wartesaal, Fräulein!«
Klara stand auf. Die Wirtin setzte ihren Wäschestapel auf einem Sessel ab. Lisbeth rannte an ihr vorbei ins Treppenhaus.
»Muss ich erst unfreundlich werden?«, sagte Frau Berkemeyer drohend.
In der Hoffnung, auf der Straße wieder das auskunftsfreudige Zimmermädchen zu treffen, verließ Klara die Pension.
Unten standen die Flügeltüren auf, und der Lieferwagen einer Wäscherei parkte davor. Ein Mann trug in Packpapier geschlagene Wäschepakete in den Keller. Lisbeth kam schwitzend und schlecht gelaunt nach draußen, bemerkte, dass Klara auf sie wartete und blickte abweisend drein.
Gleich darauf hellte sich ihre Miene wieder auf, als sie jemanden auf dem Gehsteig entdeckte. Sie flüsterte Klara zu: »Da kommt der Doktor. Der da, mit dem Haarschnitt, der so aussieht, als hätte er sich einen Lappen auf die Glatze geklebt. Können Sie sich vorstellen, dass der sich für unwiderstehlich hält?«
Der schmale unscheinbare Mann im langen Mantel, der mit einer Aktentasche unterm Arm auf sie zukam, zog gerade den Hut, um einen Passanten zu grüßen.
Klara ging ihm entgegen.
»Herr Dr. Albrecht? Entschuldigen Sie bitte, aber ich soll Ihnen eine Nachricht von einer gemeinsamen Bekannten überbringen.«

Der Abgeordnete blieb erschrocken stehen, dann zischte er wütend: »Was bilden Sie sich ein. Doch nicht auf offener Straße!«
»Eine hübsche Ungarin«, fuhr Klara ungerührt fort. »Sie hat mir Ihre Karte gegeben.«
Albrecht starrte sie entgeistert an. Dann fasste er sich wieder. »Folgen Sie mir. Aber bitte ohne Aufsehen … wir kennen uns nicht!«
Das will ich doch hoffen, dachte Klara. Mit so einem willst du wirklich nicht näher bekannt sein. Der Lappen auf seinem Kopf ist bestimmt ein Toupet und die rosig glänzende Knollennase steckt der Herr Abgeordnete bestimmt regelmäßig ins Schnapsglas.

★

Klara folgte dem Abgeordneten ans Spreeufer. In einer geschützten Ecke lehnte er sich ans Geländer und schaute aufs Wasser. Klara trat neben ihn.
»Was bilden Sie sich ein? Mich auf der Straße anzusprechen!«, stieß Albrecht mühsam hervor. Die nackte Angst stand ihm im Gesicht.
»Regen Sie sich nicht auf, Herr Doktor, ich will Ihnen keine Schwierigkeiten machen.«
»Was wollen Sie von mir?«
»Nur Auskünfte. Woher kannten Sie die Frau?«
»Denken Sie, was Sie wollen, aber sie kam zu mir, aus freien Stücken, und daran ist nur ein verdammter Presseartikel schuld«, sagte er verbissen. »Ich gehe rein in den brennenden Reichstag und wieder raus. Was das zu bedeuten hat … dumme Spekulation dieser jüdisch-liberalen Meinungsmacher. Die wollten nur die Gelegenheit nutzen, um mich hereinzulegen. Und dann kommt die Kripo ins Haus. Und dann auch noch diese … Dame.«
»Man hat Sie verdächtigt, etwas mit der Brandstiftung zu tun zu haben?«

Er schnaubte verächtlich. »Ich habe wichtige Papiere retten wollen und ein paar Familienfotos, deshalb bin ich rein …«
»… obwohl Sie krank waren.«
Empört drehte er sich zu ihr. »Kennen Sie keine wichtigen Dinge … Vielleicht gibt es das in Ihren Kreisen nicht, Verantwortungsbewusstsein, Korrektheit, Pflichtgefühl … Es gibt eben Dinge, die man nicht einfach der Vernichtung preisgeben will, so ist das! Beinahe wäre eine Kampagne daraus gemacht worden gegen meine Person, wenn wir nicht eingegriffen und die Sache unterbunden hätten. Da sieht man, was Selbstschutz heißt«, sagte er mehr zu sich selbst. »Und man kann dankbar sein, wenn man über die nötigen Kräfte verfügt.«
»Und der Mann in Ihrer Pension?«
»Was? Was soll das jetzt heißen?«
»Haben Sie den dort untergebracht?«
»Ich verstehe nicht, was Sie meinen.«
»Wer war der Mann, der rechtzeitig zum Reichstagsbrand in das Zimmer neben Ihrem gezogen ist und einen Tag danach Ihre Pension wieder verließ?«
»Hören Sie, Sie sind ja von allen guten Geistern verlassen! Wer sind Sie überhaupt?«
»Van der Lubbe kann es nicht gewesen sein«, fuhr Klara fort. »Wer also sonst?«
»Sie sind ja verrückt!« Albrecht stieß sich vom Geländer ab. »Das ist eine Falle«, murmelte er. Er drehte sich um und ging sehr schnell zur Straße zurück. Dort musste er einige Autos passieren lassen.
Klara holte ihn ein.
»Ich lasse mich nicht erpressen!«, herrschte er sie an.
»Hören Sie …«
Er stieß sie mit aller Kraft von sich. Klara taumelte zurück, stolperte und fiel auf den Gehweg.
Albrecht eilte zwischen Autos und Lastern hindurch über die Straße zurück zu seiner Pension.
Ein Passant half Klara beim Aufstehen, nachdem sie es gerade noch geschafft hatte, die herausgefallene Pistole unbemerkt in die Manteltasche zurückzuschieben.

»Na, dem haben Sie aber zugesetzt. So was wie Sie stößt man doch nicht von sich …«
Sie bedankte sich knapp und ging dem Abgeordneten hinterher.
»Mensch, Fräulein, das war doch eindeutig, lassen Sie mal!«
Aber was sollte sie Albrecht noch fragen? Der lebte anscheinend in seinem ganz eigenen Verfolgungswahn.
Vor der Pension angekommen, bemerkte sie Lisbeth, die mit dem Lieferanten der Wäscherei rauchte und scherzte. Als sie Klara sah, gab sie ihm einen Knuff in die Seite und lief zu ihr.
»Na und? Hat er gestanden?«
»Was sollte er denn gestehen?«
»Na, das mit dem Album!«
Klara schaute sie verständnislos an. »Von einem Familienalbum hat er gesprochen, ja, aber …«
»Quatsch mit Soße, Familienalbum! Was hat der denn für eine Familie, alles junge Weiber und Nackedeis durch die Bank! Und die Marie ist auch dabei. Das ist es ja … Gott schütze uns vor solcher Art Hobby-Fotografen!«
»Ach, darum geht es«, stellte Klara fest.
»Interessiert Sie das nicht, ein Volksvertreter mit Fehltritten? Wo Sie doch von der Presse sind? In der *Welt am Abend* müssten Sie's bringen. Aber für die arbeiten Sie wohl nicht, so schick, wie Sie ausstaffiert sind.« Sie musterte Klara von oben bis unten und verzog das Gesicht. »Gerade jetzt, wo die Braunen so einen Buhei machen, wär's mal angebracht«, fügte sie leise hinzu.
»Hör mal, Genossin, mich interessiert eher der Mann im Zimmer neben Albrecht.«
Lisbeths Gesicht leuchtete auf. Sie zog Klara verschwörerisch in einen Hauseingang. »Den andern würde ich das nicht sagen, schon gar nicht der Polizei, aber wenn du wirklich eine von uns bist …«
Das Zimmermädchen trat dicht neben sie und flüsterte Klara ins Ohr: »Ich bin einmal kurz drin gewesen in seinem Zimmer, als er zum Essen runterging. Der Mann hatte eine Art Seesack unterm Bett. Da waren Fackeln drin und Flaschen

mit einer Flüssigkeit … ›gefährlich‹ und ›brennbar‹ stand da drauf. Ich hab's für mich behalten, weil es ja gleich hieß, die Kommunisten hätten es getan … aber ob er überhaupt ein Kommunist war …«
Ein Pfiff ertönte.
»Lisbeth, ich muss gleich weiter!«, rief der Lieferant.
»Nun drängle doch nicht so!«, rief Lisbeth. An Klara gewandt, sagte sie leise: »Das Gute an so einem ist, dass er immer saubere Unterwäsche hat«, zwinkerte ihr zu und verabschiedete sich.

★

Ein eigenartiges Déja-vu-Erlebnis. Klara späht durch das Fenster in der Ladentür. Auf der anderen Seite steht die Frau mit dem altmodischen Hut. Die Federn darauf sind zerrupft. Die Hände mit den Netzhandschuhen hat sie in die Ärmel ihres Mantels geschoben. Sie friert. Sie überquert die Straße und geht zögernd auf das Schaufenster zu, in dem für Hellseherei, Hypnose und die Hohlwelt-Lehre geworben wird. Sie steigt die zwei Stufen zur Ladentür hinab und nähert sich dem Fenster. Wie schön sie ist. Sie weiß sich herzurichten. Sie weiß auch, wo etwas mehr Puder nötig ist, um dünne Linien zu kaschieren. Sie sieht sich im Spiegel, der verhindert, dass man von draußen hineinsehen kann. Sie rückt den Hut gerade, streicht sich über die Augenbrauen, prüft den Lippenstift. Ihre Lider halten in der Bewegung inne, auf halbem Weg, klappen hoch, die Augen weiten sich, jetzt wieder ein Anflug des gefürchteten bösen Blicks und dann – streckt sie die Zunge raus.
Klara prallte zurück und schnappte nach Luft. Diese Göre!
»Was ist denn?«, fragte Alfred, der neben ihr stand und eine Selbstgedrehte paffte.
»Sie ist da.«
Er drehte den Schlüssel im Schloss herum. »Dann lassen wir sie doch rein.«

Die Tür ging auf, Réka trat ein. Mit ernstem Gesicht.
»Wo ist Otto?«
»Konnte nicht kommen.«
»Er ist da, wenn man ihn nicht will, und fehlt, wenn man ihn braucht«, stellte sie fest.
»Er hat zu tun, und deshalb hat er mich geschickt«, sagte Alfred.
»Und sie?« Réka deutete auf Klara.
»Ich bin gekommen, um mich zu verabschieden.«
»Gehst du fort?«
Alfred seufzte. »Gehen wir erst mal nach hinten.«
Im Hinterzimmer war es warm. Der Ofen summte vor sich hin. Die Kartons mit den Büchern und Zeitschriften waren verschwunden. Zwischen Regalen und Druckerpresse standen jetzt zwei Feldbetten aufgebaut, mit ordentlich zusammengefalteten Decken und blitzsauberen Kopfkissen.
Alfred schob Réka einen Drehsessel hin, Klara einen Stuhl und nahm sich selbst einen Hocker. Die beiden Frauen zogen ihre Mäntel aus und hängten sie über die Lehnen.
Réka wandte sich an Alfred. »Otto sagte, du hast eine Unterkunft für mich.« Sie deutete auf die Feldbetten. »Hier etwa?«
Alfred nickte.
»Und wer nimmt das zweite Bett? Sie etwa?« Rékas Blick verdüsterte sich.
»Nein«, sagte Klara. »Ich bin ganz woanders. Ich habe zu tun.«
»Da schläft im Moment niemand. Du bist allein. Und morgen dann kannst du zurück nach Hause.«
»Ich hab kein Zuhause.«
»Nach Budapest.«
»Dahin will ich nicht. Ich bleibe hier, bis Rinus wieder frei ist. Und dann gehe ich mit ihm.«
»Unsinn«, sagte Alfred. »In dieser Situation …«
»Es ist viel zu gefährlich für dich«, sagte Klara. »Du musst weg. Zu viele Leute sind hinter dir her.«
»Ich kenne doch gar niemanden.«
»Aber es gibt Leute, die dich kennen. Und die von deiner Verbindung zu van der Lubbe wissen.«

»Das glaube ich nicht.«
»Es ist aber so.« Klara erzählte von ihrem Besuch bei Berghaus und Henßler, von ihrem Treffen mit dem undurchsichtigen Waschitzki und dem Gespräch mit Dr. Abrecht. Als sie den Namen des Nazi-Abgeordneten nannte, merkte sie, dass Réka unter ihrer Schminke rot wurde.
»Du hast dich von ihm fotografieren lassen!«, sagte sie barsch.
»Ich wollte ihn benutzen, für Informationen«, sagte Réka trotzig.
»Jetzt hat er dein Foto! Was ist, wenn er das an die Stapo weitergibt oder an die SA?«
»Das ist doch egal! Es geht doch ums Kämpfen! Die Bilder von Rinus sind auch überall ... was ist schon ein bisschen Gefängnis ... wenn wir wieder zusammenkommen ...«
»Im Knast wohl kaum.«
»Es sind harte Zeiten angebrochen«, schaltete sich Alfred ein. »Wer heute von der Stapo geschnappt wird, liegt morgen vielleicht schon tot im Wald.«
»Dann werde ich mich verstecken.«
»Mensch, Mädchen, du träumst dir da was zurecht«, brummte Alfred missgelaunt.
»Es sind nicht nur die Nazis und die Polizei hinter dir her«, sagte Klara und zögerte kurz, bevor sie weitersprach. »Auch die Komintern weiß von dir.«
Alfred warf ihr einen beunruhigten Blick zu.
»Ich hab Kontakte zum kommunistischen Untergrund ... die werden immer nervöser, die schießen sich auf Rinus ein, die benutzen ihn, Wahrheit ist zweitrangig. Ich weiß nicht genau, was sie für Anweisungen haben, aber wenn die Maschine erst mal läuft, hält die so schnell keiner auf. Und jetzt, wo nicht nur Torgler, sondern auch die drei bulgarischen Kommunisten verhaftet sind, vor allem Dimitroff, werden sie richtig loslegen. Und wer dann störrisch im Weg steht ...«
»Wie kommt es, dass du so gut unterrichtet bist?«, fragte Alfred misstrauisch.
»Ist doch egal.«
»Mir auch«, sagte Réka.

Alfred schüttelte den Kopf. »Hör zu, Réka, wir haben einen Schlafwagenplatz für dich organisiert. Direkt bis Budapest. Die Genossen bei der Mitropa stellen dir ein Einzelabteil zur Verfügung. Das ist sonst für Kuriere reserviert. Keine Grenzkontrollen. Du musst dich einfach nur ruhig verhalten, schlafen, und die schaukeln dich nach Hause.«
»Ich geh nicht nach Ungarn, ich will nicht zurück!«, rief Réka. »Was soll ich da? Mich verkaufen, bis ich zerschlissen bin wie ein alter Putzlumpen? Und mich dann in die Donau stürzen? Ungarn ist keine Hoffnung für mich. Hoffnung ist für mich hier. Hoffnung – das einzige Mal, wo ich die hatte, das war mit Rinus!«
»Das geht nicht«, sagte Klara.
»Alles geht!«
Alfred hob die Hände und ließ sie resigniert auf die Oberschenkel fallen.
»Ich will ihm helfen, und ich tue es«, sagte Réka.
»Aber niemand wird dir helfen können«, sagte Alfred. »Wir gehen alle in den Untergrund. Wir verlassen die Stadt, verlegen die Organisation. Wir machen uns unsichtbar. Es ist zu gefährlich geworden. So was wie hier«, er deutete auf die Betten, »wird es bald nicht mehr geben. Wie willst du mit Rinus in Kontakt treten, wenn niemand dich unterstützt? Allein bist du niemand.«
Réka schaute ihn verunsichert an. Schließlich sagte sie: »Dann muss ich mich opfern.«
Klara seufzte laut auf. »Versteh doch endlich, du musst raus aus Deutschland!«
»Kann ich nicht.«
»Eine Möglichkeit gäbe es noch«, sagte Alfred zögernd. »Du gehst nach Holland.«
»Was soll ich da?«
»Da sind Rinus' Freunde und Genossen. Die wollen ihm von dort aus helfen. Sie haben einiges in die Wege geleitet, um die Propaganda der Nazis und der Komintern zu torpedieren. Dort gibt es Anwälte, die ihm helfen können und eine Organisation, die funktioniert. Vielleicht kannst du dort unterkommen …«

»Zu welchem Zweck? Mich verstecken? Das will ich nicht!«
»Du kannst sie unterstützen. Es gibt ein Komitee, das ihn verteidigen will.«
»Sie helfen Marinus? Sie verteidigen ihn? Werden sie ihn befreien?«
»Wenn er vor Gericht kommt, müssen Beweise zu seinen Gunsten erbracht werden. Wer sonst sollte die liefern?«
Réka dachte nach. »Dann könnte ich helfen …«
»Sie müsste nur irgendwie nach Holland durchkommen«, überlegte Klara.
»Schlafwagen?«, fragte Réka.
»Vielleicht funktioniert's«, meinte Alfred. »Ich muss mit Walter sprechen. Es muss schnell gehen, wir haben nicht viel Spielraum. Die Zeit wird knapp.«
»Ich fahre nach Holland«, sagte Réka entschlossen. »Zu seinen Freunden. Das ist sicher.« Sie nickte vor sich hin.
Klara starrte sie verwundert an. Frauen sind doch wie Kinder, dachte sie, jedenfalls wenn sie verliebt sind. Aber vielleicht trifft das auch auf Männer zu.
»Sicher ist gar nichts in diesen Zeiten«, konnte sie sich nicht verkneifen zu sagen. »Und niemand weiß, ob er am Ziel ankommt.«
»Das ist doch immer so«, sagte Réka trotzig.
Klara zog den Muff aus einem Ärmel ihres Mantels und hielt ihn ihr hin. »Hier, den wirst du brauchen. Auch in Holland ist es kalt.«

★

Dem alten Mann im Observatorium gelang es tatsächlich, innerhalb von zwei Tagen das Geld bereitzustellen. Die Botschaft von Leo an Klara war unmissverständlich: »Du stehst dafür gerade, Genossin, soll ich ausrichten«, sagte der Alte. »Und man erwartet in kürzester Zeit alle Details über die Hintergründe der Brandstiftung. Genauer Ablauf, Namen, Beweise. Du bekommst zwei Genossen zugeteilt, die dir Rückendeckung geben. Du triffst sie hier auf der Brücke.« Er deutete auf eine Skizze, die er auseinandergefaltet hatte. »Wer zuerst kommt, guckt aufs Wasser runter, wer dann kommt, sagt: ›Nachts sieht man keine Fische‹ und bekommt zur Antwort ›Die kleinen nicht, aber die großen schon‹. Die beiden tragen Arbeitskleidung mit Schirmmützen, genau wie du. Ist alles hier drin.« Er deutete auf die Reisetasche, in der auch das Geld verstaut war. Nach Aufforderung des alten Mannes hatte Klara es durchgezählt. »Nimm die Pistole mit, die anderen werden auch bewaffnet sein.«

Als Klara durch den Park ging, die Festung mit dem auf die Sterne gerichteten Kanonenrohr hinter sich, merkte sie, dass es wärmer geworden war. Vielleicht kommt ja der Frühling. Und im Sommer sieht alles ganz anders aus. Die Partei berappelt sich. Die Organisation im Untergrund funktioniert. Wer weiß, ob wir nicht einen roten Oktober feiern können, wenn die Nazis abgewirtschaftet haben. Vielleicht haben die Genossen ja recht, dann kommen wir. Wer sonst wäre noch übrig? Leises Vogelzwitschern drang aus den Bäumen. Na bitte, der Frühling kommt!

Am Abend stand sie allein auf der Brücke, im Blaumann mit derber Winterjacke, Schiebermütze auf dem Kopf, Arbeitshandschuhe, grobe Stiefel und die Tasche mit dem Geld neben sich. Und wer nicht kam, waren die beiden Genossen, die sie unterstützen sollten.

Wenn die Gruppe nicht zusammentrifft, bricht man die Aktion ab, ganz klar.

Aber das tat sie nicht. Mit Waschitzki werde ich schon fertig, und der Hausinspektor ist sicherlich ein altes Männchen, der auch nicht mehr kann als Lichtschalter an- und ausknipsen. Geldgierig sind sie beide, sonst würden sie mich nicht treffen wollen. Also ist doch klar, dass wir ein gemeinsames Interesse haben, die Sache einvernehmlich zu regeln. Und wenn nicht, habe ich noch die kleine Beretta, eine Freundin, auf die ich mich verlassen kann. Das Wort »tollkühn« kam ihr kurz in den Sinn, als sie nach längerem vergeblichen Warten die Brücke verließ. Aber tollkühn sind doch alle in diesen Zeiten, die noch an die Freiheit glauben.

Und hast du erst einmal eine Grenze überschritten, fällt das Weitergehen gar nicht mehr schwer.
Das Beamtenhaus lag dicht an der Spree, rechts davon einige kahle Bäume, deren Äste von den Straßenlaternen beleuchtet wurden und die sich nach oben im Dunkel der Nacht verloren. Neben dem Gebäude, hinter den Bäumen zurückgesetzt die Umrisse des Maschinenhauses, überragt von einem hohen Schornstein, der sich kaum vom Schwarz des Himmels abhob. Noch so ein Kanonenrohr, aber mit den Sternen hat das nichts zu tun, nur mit Rauch und Ruß, hatte Klara gedacht, als sie als Dame verkleidet die Gegend bei Tag erkundet hatte. Neben dem Maschinenhaus das Palais des Reichstagspräsidenten. Darin residierte der Naziterror-Chef Göring, wenn man da eine Bombe reinschmeißen könnte, wäre viel gewonnen ... Und weiter über die Straße hinweg hockte der Riesenklotz des Reichstags, ein düsteres Monstrum, ein im Inneren von Flammen zerfressenes architektonisches Ungeheuer ... Wie oft bin ich um dieses verdammte Ding herumgestrichen, und alles nur, weil dieser Holländer oder wer auch immer ... Ja, es wird Zeit, dass wir erfahren, wie das alles gekommen ist.
»Nicht das Hauptportal, rechts den Seiteneingang fürs Dienstpersonal«, hatte Waschitzki gesagt.
Ihre Stiefel knirschten auf dem Pflaster. Da war der Seiteneingang. Waschitzki jedoch war nirgends zu sehen. Wenn der mich jetzt auch versetzt, dann nichts wie weg und raus aus Berlin, schoss es Klara durch den Kopf, aber da wurde die Tür aufgezogen. Eine Flüsterstimme, unverständlich, eine kaum erkennbare Handbewegung, ist er das? Ich geh erst hin, wenn ich weiß, dass er es ist.
Waschitzki trat aus dem Eingang und lief auf sie zu. »Was ist denn? Los doch! Schnell!«
Klara zögerte immer noch und der dumme Gedanke: Was wäre eigentlich gewesen, wenn ich hier mit zwei Genossen angerückt wäre?, ging ihr durch den Kopf.
Waschitzki packte sie am Arm. »Rein da, bevor man uns sieht!«

»Ich dachte, Sie sind da zu Hause.«
»Schnauze!«
Er zog sie durch die Seitentür. Drinnen schaltete er eine Taschenlampe ein, zog sie mit sich und zerrte sie eine Treppe hinunter in den Keller.
»He, nicht so hastig.«
»Ruhig, verdammt!«
Er ließ ihren Arm los und ging voran. Sie folgte dem Lichtschein und seinem Schatten. Kellerräume, die meisten mit verschlossenen Türen, hier und da Verschläge mit Bretterwänden, da und dort eine kurz aufscheinende Beschriftung: Hauswart, Technik, Küche, Elektrische Anlage … Es roch trocken modrig.
Ein Gang folgte dem nächsten, Waschitzki kannte die richtigen Abzweigungen. Sie landeten im Keller des Maschinenhauses, in dem dicke und dünne Rohre unter der Decke hingen oder an den Wänden entlanggelegt waren. Endlich sah man am Ende des Kellergangs einen größeren Lichtschein.
Sie erreichten einen Raum, in dem kleinere Maschinen und größere technische Kästen mit Messuhren, Knöpfen, Reglern standen.
Ein Mann, der einen grauen Kittel über einem einfachen Anzug trug, erwartete sie. Auf seinem runden Kopf klebten dünne graue Haare, aber so alt, wie Klara ihn sich vorgestellt hatte, war der Hausinspektor des Reichstags nicht. Er sah sehr unglücklich aus, zweifellos war die Situation ihm unangenehm, sein leicht aufgedunsenes Gesicht zuckte nervös.
Waschitzki blieb stehen und wandte sich mit seinem ausdruckslosen Gesicht an Klara: »Haben Sie das Geld?«
»Ja, natürlich.«
»Geben Sie mir die Tasche!«
»Nein.« Klara zog die Pistole aus der Jackentasche. »Nur bei Gegenleistung.«
Das Zucken im Gesicht von Scranowitz wurde heftiger.
»Wir schleppen die Tasche doch nicht mit …«, sagte Waschitzki.
»Doch.«

Waschitzkis Finger krochen übereinander wie Nattern. »Hier ist sie aber besser aufgehoben.«
Klara spürte das mechanische Pochen ihres Herzens im Hals, die Dampframme meldete sich wieder, sie rang nach Atem, schüttelte den Kopf.
»Wir sollten hier nicht reden«, mahnte Scranowitz.
»Die Tasche ...«, fing Waschitzki wieder an.
»Gehen wir weiter ... bitte, jetzt«, drängte der Hausinspektor. »Es ist doch egal ... Ich möcht's gern erledigt haben.«
»Meinetwegen, dann erklären Sie's ihr«, lenkte Waschitzki ein.
Scranowitz deutete in den Kellergang. »Da geht es zum Palais des Reichstagspräsidenten.« Er machte eine fahrige Geste und wischte sich über die Stirn, dann über Wange und Mundwinkel. Vor wem hatte er Angst? Vor Waschitzki? Vor Klara? Davor, dass herauskam, dass er Geheimnisse für Geld verriet? Mit so einem kann man nichts anfangen, bei dem merkt gleich jeder, wenn er was verbockt hat.
»Ja und?«, fragte Klara ungeduldig.
»Wir gehen da jetzt hin.«
»Und dann?«
»Dann zeige ich Ihnen, wie die Brandstifter in den Reichstag gekommen sind.«
Scranowitz eilte voran. Waschitzki folgte ihm, nachdem Klara ihm mit der Pistole bedeutet hatte, dass sie ihn keinesfalls hinter sich haben wollte.
Auf dem Weg zum Palais wurde die Luft feuchter, hier und da gab es kleine Pfützen auf dem unebenen Boden. Immerhin war das Licht eingeschaltet und man konnte sehen, wohin man trat.
Schließlich kamen sie in einen gewölbeartigen Raum, der aus Backsteinen gemauert war. Dicke Rohre, die vom Maschinenhaus kamen, führten an der rechten Wand entlang auf einen Durchgang zu, neben dessen Tür sie in der Mauer verschwanden. Über die linke Seite des Raums liefen dünnere Rohre und zahlreiche Leitungen.
»Erklären Sie's ihr endlich!«, drängte Waschitzki. Dessen Hände, so schien es Klara, zuckten ständig gierig in Richtung

Tasche, aber das mochte Einbildung sein. Sie hielt noch immer die Pistole in der Hand, ohne jedoch auf einen der Männer zu zielen. Nur dass sie wussten, die Waffe war da.
»Wir sind hier unter dem Palais«, sagte Scranowitz nervös. »Nebenan«, er deutete auf eine Tür, »ist der Keller dazu. Man hat also von oben Zugang. Göring hat eine SA-Leibwache. Von denen sind auch einige hier, wenn er nicht da ist. Gebäudeschutz. Es fällt also nicht auf, wenn Braunhemden anwesend sind. Die Gäste im Palais müssen sich nicht daran stören. Und wenn was in den Keller geschleppt wird, wer sollte Anstoß daran nehmen? Hier werden die verschiedensten Dinge aufbewahrt. Von dem Durchgang weiß kaum jemand von außen. Sowieso ist die Tür normalerweise immer verschlossen. Der Schlüssel hängt beim Portier. Abends wird alles zugemacht, und wenn alle weg sind, ist nur noch der Nachtpförtner da, aber der hat einen weiten Weg. Und wenn man den kennt, kann man sich ausrechnen, wann er hier ankommt. Schon Tage vor dem 27. Februar wurden die Kanister abgestellt. Es war dann ganz leicht, sie rüber in den Reichstag zu bringen, und es hatte ja auch von ganz oben Anweisung gegeben, dass an diesem Abend alle Bediensteten früher als sonst Dienstschluss hatten. Es waren genügend Männer da, die Kanister schnell in den Reichstag zu tragen.«
»Was denn für Kanister?«, fragte Klara.
»Aus Blech, mit zwei verschiedenen Flüssigkeiten … ich hab's nicht ganz verstanden, aber man mischt es und gießt es aus. Und dann fängt es irgendwann von ganz allein Feuer. Man muss nicht dabeibleiben. Die Männer konnten also wieder hierher zurück und weggehen, bevor etwas zu bemerken war. Der Brand sollte erst später losgehen.«
Klara deutete auf die Tür. »Da durch geht's in den Reichstag?«
»Ja.«
»Aufmachen, na los!«, kommandierte Waschitzki.
Scranowitz ging zur Tür und schloss sie auf. »Bitte sehr.« Er verzog das Gesicht wie einer, der Magenschmerzen hat. Er drehte einen Lichtschalter an, und nackte Glühbirnen

leuchteten auf, die in regelmäßigen Abständen unter der gewölbten, niedrigen Decke hingen. Vor ihnen erstreckte sich ein langer Gang, in dem einer, wenn er ein Stück weit gebückt nach unten gegangen war, aufrecht stehen konnte. Die Leitungen aus dem Maschinenhaus verliefen auf der linken Seite unter der Decke, die dicken Heizungsrohre rechts unten. Am Anfang und am Ende des Gangs, wo es schräg abwärts beziehungsweise wieder aufwärts ging, lagen Holzbohlen.

»Nicht auf die Bretter treten«, mahnte Scranowitz. »Das ist zu laut!«

Das ist der Beweis, dachte Klara, die SA hat den Brand gelegt! Sie machte eine auffordernde Bewegung mit der Pistole. Scranowitz seufzte und ging voran. Waschitzki folgte mit vor Wut geballten Fäusten.

»Nicht so schnell, verdammt«, zischte er hinter Scranowitz her, der schon ein ganzes Stück vorausgegangen war.

Waschitzki ging schneller und warf einen Blick zurück auf Klara, offenbar um sich zu vergewissern, dass sie nicht mit der Tasche in der Hand den Rückzug antrat.

Kein Licht war am Ausgang des erleuchteten Tunnels zu sehen. Scranowitz hatte das Ende des Gangs erreicht und verschwand in der dort herrschenden Dunkelheit.

Waschitzki fluchte vor sich hin.

Als er aus dem Gang trat, flammte Scranowitz' Taschenlampe auf. Er war ein Stück weit vom Tunneleingang weggelaufen.

»Hierher!«, rief er.

Waschitzki drehte sich um, zog gleichzeitig einen Revolver aus der Jackentasche und sagte verbissen: »Schluss jetzt! Her mit dem Geld!«

Ich hab nicht durchgeladen, war Klaras letzter Gedanke, bevor ein Schuss durch den dunklen Raum dröhnte und ein Schlag gegen den Kopf sie zur Seite warf.

Ein gellender Schrei, dann nichts mehr.

★

»Warum machst du das bloß?«
»Was?«
»Schon wieder eine Kerbe in den Revolverknauf. Das ist doch albern. Außerdem ist es schade um die schöne Waffe.«
»Davon hab ich doch genug.«
»Deine Museumsstücke.«
»Die Steinschlosspistolen hängen bei meiner Mutter zu Hause an der Wand. In meinem Zimmer und in der guten Stube. Damit Muttchen sich keine Sorgen macht, wenn mal wieder ein Besuch ›Pistolen-Heini‹ zu mir sagt.«
»Wie kann man einem Kerl, der mit Nachnamen Gewehr heißt, so einen Spitznamen geben?«
»Ach Karl, du weißt doch, wie die Leute sind. Hast du erst mal einen Spitznamen weg, dann bleibt er auf ewig an dir kleben.«
»Trotzdem ruinierst du dir deinen Revolver, wenn du so daran herumsägst.«
»Ach wo! Was glaubst du, wie viele Kerben ich schon gemacht habe? Wenn ein Knauf voll ist, kommt der nächste Revolver. Die liegen säuberlich nebeneinander in einer Kassette.«
»Hätte ich das früher gewusst, ich hätte es dir verboten, du Kindskopf!«
»Ach Karl, sei doch nicht so streng mit mir.«
»Es wäre nicht nötig gewesen zu schießen. Das wäre auch so gegangen, verstanden!«
»Jawohl, Gruppenführer!«
»Gruppenführer und Staatsrat!«
»Jawohl, Gruppenführer und Herr Staatsrat Ernst, mein lieber Karl.«
»Spaßvogel. Wieso machst du jetzt noch eine Kerbe?«
»Alle, die ich erledigt habe, kriegen eine. Die noch leben, nur eine kleine. Und den Scranowitz haben wir erledigt, oder? Der pariert jetzt.«
»Der hat auch vorher schon pariert. So ein kleines Licht. Was du dem vorsagst, das plappert er nach. Der hat hier kein Kommando gesehen, das in den Reichstag marschiert ist. Nichts gesehen, nichts gehört, seinem Hausherrn treu er-

geben. Der Herr Reichstagspräsident kann stolz auf seinen Hausmeister sein.«
»Hausinspektor, und Göring hört jetzt auf den Titel Reichsminister und Reichskommissar!«
»Ganz recht, Stabswachenführer.«
»Kommandant zur besonderen Verwendung!«
»Rühren!«
»Wer weiß, was uns noch für Titel blühen.«
»Nachdem wir der Partei die Machtergreifung auf dem Silbertablett serviert haben, steht uns alles offen.«
»Karl?«
»Hm?«
»Ich mag die braunen Uniformen gar nicht so gern.«
»Bald müssen sie uns die Schwarzen geben, das ist klar wie Kloßbrühe. Geradlinigkeit, absoluter Gehorsam und größte Effizienz müssen belohnt werden.«
»Und Verschwiegenheit.«
»Selbstredend.«
»Was machen wir also mit der Leiche?«
»Effiziente Beseitigung. Stillschweigende Regelung. Man wird uns dankbar sein für jedes Wort, das wir nicht sagen.«
»Gut. Ich kenne ein schönes Birkenwäldchen.«
»Zu viel der Ehre, aber meinetwegen. Nur dass du in deiner Sentimentalität nicht auch noch ein Kreuz aufsteckst.«
»Ich werde mich zurückhalten.«
»Unsichtbares Begräbnis!«
»Jawohl, Gruppenführer und Herr Staatsrat.«
»Mach hin, die Nacht dauert nicht ewig. Sonst werde ich wirklich noch sentimental.«
»Du doch nicht, Karl.«
»Immerhin hat Waschitzki uns den Strohmann zugeführt. Auch eine Leistung.«
»Spitzeldienst, nichts weiter.«
»Stell dir nur vor, der Waschitzki hätte uns nichts von dem Holländer gesagt. Der hätte uns in seiner ganzen Blindheit den grandiosen Plan ruinieren können.«
»Hat er doch. Wozu schleppen wir kanisterweise selbstentzündlichen Brennstoff in den Plenarsaal, wenn so ein

Schwachsinniger mit seinen brennenden Klamotten herumgeistert und alles viel zu früh anzündet.«

»Es hat doch gut funktioniert.«

»Ich hab mir den Arsch aufgerissen, um genug von dem Zeug herzustellen. Und dann lässt er den Laden zu früh hochgehen. Wir waren noch nicht mal raus aus dem verdammten Gang, da brannte der das Feuerwerk schon ab. Zwei von meinen Männern wären beinahe geschnappt worden. Göring, Goebbels und der Führer waren ganz schön von den Socken, als der Zinnober viel zu zeitig losging. Nur weil dieser trottelige Holländer im Reichstag herumgerannt ist wie ein aufgescheuchtes Huhn.«

»Wie ein Wiesel, gewieselt ist er.«

»Dass der sich auch noch ausgezogen hat. Man wäre ja beinahe gern dabei gewesen. So ein junger, kräftiger Kerl ...«

»Uns konnte gar nichts Besseres passieren. Ein holländischer Kommunist, der kaum richtig Deutsch kann, den keiner versteht, der einen halbirren Eindruck macht. Das lenkt ab. Und Stapo-Diels hat doch die Gelegenheit beim Schopf gepackt.«

»Die SA hat die Lage genutzt.«

»Na komm, den Plan dazu hatten Göring und Diels in der Schublade.«

»Ich kann ja viel in der Schublade haben, aber wenn ich's rausnehme, muss es auch funktionieren. Und die SA hat sofort funktioniert. Mensch, waren die glückselig, dass sie endlich mal durften, wie sie wollten!«

»Das Glück dieser Erde liegt auf dem blutigen Rücken der Bolschewiken!«

»Kommen wir noch mal auf die Kleinigkeit Waschitzki zu sprechen. Müssen wir da jemandem was erklären?«

»Keiner wird Fragen stellen. Wer war der schon? Und wenn, ist die Sache sonnenklar. Ein unzuverlässiger, nicht organisierter Spitzel ohne Prinzipien, der nur ein Ziel kennt: Geschäfte auf eigene Rechnung machen. Der hätte immer wieder vor der Tür gestanden und die Hand aufgehalten. Besser also, er gesellt sich zu den Birken. Keine Föhren, Birken, das ist das Richtige für ihn.«

»Und was machen wir mit dem da?«
»Das ist ne Frau, schade eigentlich.«
»Was soll daran schade sein? Eine Kommunistin. Von der Sorte machen wir ein Dutzend pro Tag kalt, Mann oder Frau. Wo ist der Unterschied?«
»Wenn man sie hart rannimmt, halten die Männer länger durch, das spornt an.«
»Das sind doch Sentimentalitäten, mein Lieber.«
»Mag sein, aber man möchte ja sein Bestes geben. Wie auch immer: Göring und Diels wollen wissen, auf welchem Stand die Bolschewisten jetzt sind. Also führe ich sie ihnen vor. Hängt ja noch ein Rattenschwanz dran an der Brandsache, jetzt wo sie nicht nur den Holländer und den Torgler, sondern auch noch die drei Bulgaren im Sack haben.«
»Müssen die wirklich vor Gericht? Was soll denn das werden?«
»Internationale kommunistische Verschwörung gegen die deutsche Volksgemeinschaft und den Staat! Und wenn alles erstunken und erlogen ist, Mensch, die machen massivste Propaganda vom Ausland aus! Denen muss das Dreckwasser abgegraben werden! Gleiches mit Gleichem.«
»Höhere Politik, hm?«
»Genau, aber du machst jetzt erst mal den Beerdigungsunternehmer.«
»Jawohl, Gruppenführer und Herr Staatsrat Ernst, mein lieber Karl.«
Klara schlug die Augen auf und sah zwei Männer in SA-Uniform, die einander gegenüberstanden. Mit ihren glatten Jungengesichtern wirkten sie jünger, als sie wohl waren. Der Ältere gab dem anderen einen Klaps auf die Wange, legte ihm die Hand in den Nacken und zog ihn dicht an sich heran. Der Jüngere lehnte seinen Kopf an die Schulter des anderen und bekam einen Faustschlag gegen den Oberarm. Die Männer grinsten sich an. Der Jüngere ging in eine Ecke und warf sich Waschitzkis Leiche über den Rücken. Der Ältere wandte sich an Klara.
»Du hast Glück, Bolschewistenschlampe, dir bleibt noch eine Gnadenfrist. Göring will dich sehen.«

Mit auf dem Rücken gefesselten Händen und geknebelt wurde Klara von dem Reichstagsabgeordneten, preußischen Staatsrat und SA-Gruppenführer Karl Ernst mit vorgehaltener Pistole durch den unterirdischen Gang geschubst. Hans-Georg Gewehr, genannt »Pistolen-Heini«, SA-Truppführer, Führer der Stabswache des Gauhauses Hedemannstraße und als »Ordonnanz« ständiger Begleiter seines Freundes Ernst, trennte sich im Keller des Maschinenhauses von den beiden und verschwand mit Waschitzkis Leiche in einer dunklen Ecke.

Vom Maschinenhaus wurde Klara durch einen weiteren Gang in den Keller des Palais des Reichstagspräsidenten gebracht. Bevor sie losgingen, hatte Ernst telefoniert und jemandem die Anweisung erteilt, dafür zu sorgen, dass »eine Person durch den Keller in Präsident Görings Büro geführt werden kann«. Zwei SA-Männer erwarteten sie am Kellerausgang.

Ernst schob ihnen Klara mit seiner Taschenlampe in die Arme. Die Männer in den braunen Uniformen packten sie und zerrten sie die Treppe hinauf in Görings Büro.

Neben dem untersetzten Göring, der aussah wie ein fett gewordener gestiefelter Kater, stand ein schlanker Mann, elegant gekleidet, mit glatt zurückgekämmtem dunklen Haar, sinnlichen Lippen, geschwungenen Augenbrauen, scharf geschnittener Nase, ein Mann von Welt, Künstlertyp, den man in einem teuren Nachtlokal vermutet hätte. Es war Rudolf Diels, der Chef der politischen Polizei, treuer Diener seines Herrn, auch wenn man kaum glauben konnte, dass der feiste Nazi diesem eher feinsinnig wirkenden Mann Befehle gab und dieser sie willig befolgte. Aber er wäre nicht der erste Poet, der zum Folterknecht geworden ist, dachte Klara. Immerhin ist er klug genug, beim Schwadronieren dem Dicken den Vortritt zu lassen.

Klara wurde auf einen Stuhl in der Mitte des Zimmers gesetzt. Linke Hand mit Handschellen ans linke hintere Stuhlbein, rechte Hand mit Handschellen ans rechte hintere Stuhlbein. Die beiden SA-Männer verschwanden. Ernst steckte seine Pistole ein und zog sich in eine Ecke zurück, Diels lehnte sich gegen das Bücherregal und Göring nutzte den freien Raum vor dem Schreibtisch als Bühne für seinen Auftritt als Mann mit Hundepeitsche, die er gelegentlich gegen den Stiefelschaft schnellen ließ.

»Name?«, fragte Göring im Kommandoton und warf Ernst einen herrischen Blick zu.

»Schindler, Klara. Aber sie hat noch mehrere Decknamen.«

»Schindler. Und?«

»Kommunistin. Gibt sich als englische Reporterin aus. Aus Kopenhagen illegal eingereist. Komintern-Auftrag. War nach London geflüchtet. Stammt eigentlich aus Hamburg. Arbeitete für die *Volkszeitung* dort. Musste abhauen nach einem Mordanschlag auf einen Polizisten. Von der Stapo als gefährliche Attentäterin eingestuft.«

»Komintern-Auftrag.« Göring sang es geradezu vor sich hin, legte die Hände auf den Rücken und lief ein bisschen hin und her, tat, als würde er nachdenken. Wie zufällig blieb er direkt vor Klara stehen. »Was für ein Auftrag ist das?«, brüllte er ihr ins Gesicht.

Sie schwieg. Sein Speichel brannte auf ihrer Haut.

»Sammeln von Informationen in Sachen Reichstagsbrand. Entlastung kommunistischer Funktionäre. Soll den Bolschewisten Material liefern, um uns die Sache anzuhängen. Internationale Propaganda.«

»Ha!«, spuckte Göring. »Und was hast du herausgefunden?«

»Ihr wart es selbst«, sagte Klara.

»Und? Haben wir Beweise, junge Frau?«

»Der unterirdische Gang. Selbstentzündliche Flüssigkeit. SA-Brandstiftertruppe.«

»Ha! Und was hat dieser schwachsinnige Holländer gemacht? Na? War der kein Kommunist? Hat der nicht mit Torgler und Dimitroff und diesen andern beiden bulgarischen Wichten gekungelt?«

»Nein, hat er nicht.«
»Da kann die Dame wohl nicht zwei und zwei zusammenzählen! Da habe ich drei bulgarische Kommunisten, die wegen Konspiration verhaftet wurden, und einen KPD-Abgeordneten, der sich freiwillig stellt, dazu einen holländischen Kommunisten ... was ist das wohl?«
»Zwei und zwei sind vier, und das waren fünf.«
Blitzschnell holte Göring mit der Peitsche aus, stoppte dann aber in der Bewegung, wandte sich um und hielt Ernst das Ding hin. Der nahm die Peitsche kopfschüttelnd entgegen. Göring trat ans Fenster und schaute in die Nacht. Ernst nahm die Peitsche in die linke Hand, holte mit der rechten aus und schlug Klara ins Gesicht. Gleich noch mal mit der Rückhand. Klara spürte, wie Blut aus ihrer Nase lief. Ernst legte die Peitsche auf den Schreibtisch des Reichstagspräsidenten.
Göring drehte sich um und baute sich wieder vor ihr auf. »Vielleicht haben wir ja hier ein kommunistisches Flittchen, das in seiner ganzen Verdorbenheit auch gern mal zündeln wollte.« Er beugte sich zu ihr, sein Gesicht war dicht vor ihrem: »Dann sind es sechs Kommunisten!«
»Van der Lubbe ist kein Kommunist«, sagte Klara.
»Und ich bin der Kaiser von China!«
»Er hat nichts mit der Komintern zu tun, im Gegenteil.«
»So? Was ist er dann? Ein nackter Wilder, dem Prometheus einen Sonderauftrag erteilt hat, oder hat hier ein Vulcanus seine Hände im Spiel?«
»Sie wissen es doch. Sie haben ihn ja benutzt. Warum sonst hätten Sie Waschitzki umbringen lassen? Das war der Beweis.«
Göring wandte sich an Diels. »Was redet die da?«
Diels, eine Hand in der Hosentasche, zuckte nachlässig mit den Schultern, wie um zu sagen: kaum der Rede wert. Mit leichtem Stirnrunzeln, als würde er über die Kritik eines Theaterstücks sinnieren, sagte er: »Wir hatten einen gewissen Waschitzki auf den Holländer angesetzt, nachdem wir erfahren hatten, dass der zu Brandanschlägen neigt. Wir wussten, dass ihm ein Fanal vorschwebte. Es passte gut zu

unserem Plan. Waschitzki sollte ihn diesbezüglich ermutigen.«

»Das ist ihm ja gelungen«, stellte Göring zufrieden fest.

»Wie man's nimmt«, brummte Ernst. »Beinahe wäre wegen dem Holländer alles schiefgegangen. Er hat zu früh losgelegt. Und sich nicht entblödet, gleich in den Restaurant-Räumen zu zündeln. Genau da, wo man es sofort von außen sehen konnte. Noch ein bisschen früher, und die Feuerwehr hätte unsere Vorbereitungen im Plenarsaal entdeckt und ein Aufflammen verhindert. Es hing alles an wenigen Minuten.«

»Ich dachte, van der Lubbe hat das angezündet?«, wunderte sich Diels.

Ernst wehrte ab. »Der ist bloß mit einem Stück kokelndem Stoff da durch. Das hat nicht viel bewirkt. Dass es so schön gebrannt hat, liegt allein an unseren Vorbereitungen. Hans-Georgs großartiges Gemisch«, sagte er stolz und fügte grinsend hinzu: »Außerdem haben die Herren Abgeordneten selbst mitgeholfen.« Er grinste. »Unsere Männer haben die Abgeordnetenkarten benutzt. Sechshundert Kartonkarten im Großformat. Darauf stehen die Namen. Wenn einer spricht, wird die Karte in die Anzeigetafel eingesetzt, damit alle den Namen des jeweiligen Redners lesen können. Die Dinger lagen in einem Raum hinter dem Podium. Perfektes Brandmaterial. Mit der selbstentzündlichen Flüssigkeit und den Kartons war es leicht, das Mobiliar zum Brennen zu bringen. Der Holländer ist bloß wie ein Verrückter im Haus herumgerannt und hat hier und da gezündelt. Der hatte ja nichts weiter als Kohlenanzünder.«

»Und eine Fackel. Die steckte in einem Sofa«, ergänzte Diels.

»Woher er die Fackel hatte, weiß ich nicht«, sagte Ernst.

»In jedem Fall hat ein Kommunist versucht, den Reichstag abzubrennen«, stellte Göring fest.

»Van der Lubbe ist kein Kommunist«, beharrte Klara verbissen.

»So? Was denn sonst?«, fuhr Göring sie an.

»Er gehört wohl eher zu den Anarchisten.«

»Anarchisten! Kommunisten! Ist doch alles eins, oder?«

Göring warf Diels einen fragenden Blick zu. Der zuckte nur desinteressiert mit den Schultern.
»Das ist ein Ablenkungsmanöver«, beeilte sich Ernst zu erklären. »Die Kommunisten versuchen alles, um sich von der Sache reinzuwaschen.«
»Geschenkt«, sagte Göring. »Jetzt hauen wir sie zu Klump. Dann hat sich das. Wir machen einfach weiter! Plattwalzen! Und jetzt lasst mich allein, ich muss telefonieren.«
»Was machen wir mit der hier?«, fragte Ernst.
»Tja, was?«, murmelte Göring zerstreut.
»Frau Schindler ist seit über einer Woche in Berlin unterwegs, von einer Untergrundzelle zur nächsten. Sie hat vielfältige Kontakte und Verbindungen ins Ausland. Außerdem ... hat sie einiges herausgefunden, das uns in Schwierigkeiten bringen könnte, wenn es an die Presse gerät.«
»Hab ich von Freilassen gesprochen?«, sagte Göring. »Festsetzen! Nehmt sie euch vor. Aber bitte kein Geschrei. Ihr wisst doch, dass ich es nicht ertrage, wenn Frauen leiden.«
Ernst schubste Klara aus dem Büro des Reichstagspräsidenten. Im Flur wandte Diels sich an den SA-Führer: »Nehmen Sie sich einen Verhörexperten.« Er zog sich den Mantel über, achtete darauf, dass Jackett und Krawatte gut saßen, und eilte die Treppe hinunter.
Ernst führte Klara ein Stockwerk höher in ein fast leeres Zimmer. Dort musste sie sich mit dem Gesicht zur Wand stellen. Sollte dies das Ende sein?, fragte sie sich. Wenn es so ist, dann ist es gut, denn du bist deinen Weg konsequent zu diesem Ende gegangen und hast dir kaum etwas vorzuwerfen. Höchstens, dass du vom Pfad der Tugend gelegentlich abgewichen bist. Aber geschah nicht auch das im Namen der – Freiheit? Was für ein eigenartiges Wort in diesem Moment, in dieser Situation. Doch gerade jetzt kommt es darauf an, dieses Wort nicht zu vergessen, es immer wieder vor dich hinzusagen, jede Silbe genau zu betonen, jeden einzelnen Buchstaben zu verinnerlichen, keinen davon zu vergessen. Das ist nun dein Auftrag, Klara, dieses Wort im Bewusstsein zu behalten, alle Nuancen seiner Bedeutung und alles, was an Leben und Glück darin mitschwingt. Bis zum Schluss soll

es dein heiliges Wort sein, wie ein Gebet, denn jetzt brauchst du etwas Heiliges und ein Gebet, denn du wirst etwas aushalten müssen, bevor du gehst. Du kannst nichts mehr tun. Am Anfang war die Tat, aber am Ende bleibt das Wort. Und du bleibst, so lange es möglich ist. Das befehle ich dir!

★

»SA-Scharführer Franke, Kommando zur besonderen Verwendung!«
»Schön, Franke, kommen Sie rein.«
»Zu Befehl, Herr Staatsrat.«
»Haben Sie Erfahrung mit Verhören?«
»Jawohl, Herr Staatsrat!«
»Sehen Sie den Kerl da?«
»Den Kerl?«
»Ist doch ein Mann, trägt Hosen.«
»Jawohl, Herr Staatsrat.«
»Kommunistischer Aufrührer, aus dem Ausland geschickt, Sabotageauftrag. Verbindung zu Terrorgruppen und Untergrundzentralen. Gefundenes Fressen für uns, Franke.«
»Jawohl, Herr Staatsrat.«
»Muss dringend zum Reden gebracht werden. Zeigen Sie mal Ihre Hände, Franke. Die sind ja ganz kalt. Was ist das für ein Ring?«
»Verlobung, Herr Staatsrat.«
»Nehmen Sie den mal ab und stecken ihn in die Tasche. – Haben Sie Handschuhe? – Schön, ziehen Sie die an. – Sie sind ein bisschen blass, Franke, Sie brauchen Bewegung. Die kalten Hände müssen durchblutet werden. Machen Sie mal, Franke. – Na, nicht gleich die Faust, Sie wollen sich doch noch steigern.«
……
»Geben Sie dem Kerl mal das Handtuch hier, Franke. Sonst kriegen Sie noch Flecken aufs Hemd.«
……

»Na, Vorsicht, Hunde sollen bellen, nicht beißen. Nehmen Sie mal die Peitsche hier, Franke.«

......

»Die Jacke ist im Weg, Franke, ziehen Sie dem Kerl die Jacke aus. – Das Hemd gleich mit Franke. – Ja, so. – Was zögern Sie denn, Franke? Helfen Sie mal nach! Los doch! Geht so nicht? Dann soll er sich mal umdrehen! Auch ein Rücken kann entzücken. – Na also, gleich noch mal. Mehr Kraft, Franke! Was ist denn los, haben Sie einen lahmen Arm? Dann machen Sie mal Pause. Ich spendier ein Glas Wasser.«

......

»Nun passen Sie mal auf, Franke, ich schick Ihnen den Kulek rein, der hat ein bisschen mehr Erfahrung auf dem Gebiet. Der Kerl darf sich mal hinsetzen. Wir sind ja keine Unmenschen.«

......

»Obersturmmann Kulek zur Stelle!«

»Wo ist denn Staatsrat Ernst?«

»Kommt später wieder. Will dringend Ergebnisse.«

»Aber die redet nicht. Ich hab schon alles versucht.«

»Wir ziehen sie übern Tisch, dann wird's schon was. Sie haben doch da eine Peitsche. Die machen wir mal ein bisschen geschmeidiger. Halten Sie die mal unter den Wasserhahn. Schön. Und jetzt das hier.«

»Was ist das?«

»Vaseline. Da kriegt die einen schönen Schnalz.«

......

»Rauf auf den Tisch!«

......

»Handschellen an die Tischbeine, Mensch ... sonst haut sie die uns noch um die Ohren.«

......

»Wollen Sie zuerst? Nicht? Bitte sehr, stets gern zu Diensten.«

......

»Gottverdammt! Warum redet die denn nicht?«

......

»Was ist das denn, ein Feuerwerk?«

»Das sind Schüsse.«

»Na, wenn Göring jetzt mal wieder durchdreht. Aber um sich geschossen hat er bislang noch nicht.«
»Der ist gar nicht mehr da, den hat der Reichskanzler zu sich bestellt.«
»Das klingt nach einem Feuergefecht. Wenn die jetzt doch losschlagen?«
»Was wollen die dann ausgerechnet hier?«
»Wer weiß, wie wichtig die da für die Kommune ist.«
»Meinen Sie, die kommen, um diese Frau zu befreien?«
»Wenn's so ist, wäre es wohl das Beste, wir würden da mal eben kurz Abhilfe schaffen.«
»Lassen Sie das, Kulek. Hier habe ich das Kommando. Niemand wird grundlos exekutiert!«
»Na, einen Grund hätten wir ja jetzt.«
»Nein.«
»Ist jetzt auch egal, die kommen ran. Nehmen Sie doch endlich Ihre Pistole!«
»Wie viele sind das denn?«
»Ist mir doch scheißegal! Deckung!«

★

Die Eroberer des Präsidentenpalais machten sich nicht die Mühe, an der Tür herumzuprobieren. Sie traten sie ein. Das ganze Ding brach mit dem halben Rahmen aus der Wand und wurde zur Seite geschleudert.
Die SA-Folterknechte Franke und Kulek rissen ihre Pistolen hoch und ballerten los. Dem riesenhaften Kerl in der Mechaniker-Montur, der in der Tür aufgetaucht war, wurde die Mütze samt Toupet vom Kopf gerissen.
»Ludwig!« Klaras Lippen bewegten sich lautlos. »Hättest du nicht etwas früher kommen können, nur ein bisschen früher…?«
Rinke warf sich zur Seite und landete laut krachend auf den Holzdielen. Ein zweiter, kleiner drahtiger Mann, ebenfalls in Arbeitskleidung und mit einer Wollmütze auf dem Kopf,

sprang hinter ihm herein, zielte, drückte ab, aber sein Revolver versagte.
Wenige Sekundenbruchteile genügten Kulek zum Zielen und Feuern. Der kleine drahtige Mann wurde an der Schulter von einer jähen Kraft nach hinten gerissen, eine zweite Kugel traf ihn unter dem Auge, eine dritte in die Brust und schleuderte ihn in einer grotesken Pirouette durch die Türöffnung zurück in den Flur. Gleichzeitig dröhnten kurz hintereinander mehrere Schüsse aus der Waffe des Mannes, der am Boden lag. Das Gesicht von Franke zersprang, als wäre es aus Porzellan, sein Körper fiel in sich zusammen wie ein leerer Sack.
Klara, die halb bekleidet und geschunden auf dem Tisch lag, sah, wie zwei Kugeln rechts und links von Kuleks Hals in die Uniform eindrangen und dort runde, schwarz geränderte Löcher hinterließen. Kulek taumelte nach hinten und ruderte mit den Armen. Vor dem Heizkörper neben dem Fenster sackte er zusammen.
Rinke sprang auf und zerschoss die Ketten von Klaras Handschellen. Er nahm sie in die Arme und stellte sie vorsichtig hin. Ihr ganzer Körper vibrierte, als würde er unter Strom stehen. Er ließ sie stehen und stürzte in den Flur, wo der Genosse A, auch Otto genannt, auf dem Boden lag und kein Lebenszeichen von sich gab. Klara, nur halb bekleidet, der nackte Oberkörper von Striemen, Prellungen, Platzwunden und Schnitten übersät, ging in die Knie. Neben ihr lag Franke, tot. Seine Pistole war unter den Tisch gerutscht. Sie nahm sie, lud durch und stand mühsam wieder auf.
Kulek saß gegen den Heizkörper gelehnt. In der einen Hand hielt er seine Pistole. Aus den Löchern neben seinem Hals quoll rotes Blut auf die braune Uniform. Kraftlos mühte er sich ab, die Waffe zu heben, um auf Klara anzulegen. Mit starr ausgestrecktem Arm, die Waffe direkt auf ihn gerichtet, ging Klara mechanisch wie eine Puppe auf ihn zu. Drei Schüsse, und Kulek war zerstört. Sie japste nach Luft und nahm seine Pistole an sich. Zwei Schüsse in den Unterleib des toten Franke.
»Lass das!«, rief Rinke. »Das ist doch sinnlos.«

»Ist es nicht«, flüsterte sie.
»Otto ist tot«, fügte er leise hinzu.
»Ich aber nicht!«
»Mensch, Mädchen, der hat sein Leben für dich geopfert.«
Klara starrte ihn aus kalkweißem Gesicht verständnislos an. Sie schnappte in unregelmäßigem Rhythmus nach Luft.
»Schätze, er hat's gern getan«, fügte Rinke hinzu.
Klara spähte in den Flur, blickte ruckartig in alle Richtungen wie ein verängstigter Vogel.
Rinke nahm ihre Sachen, die ordentlich zusammengefaltet auf einem Stuhl lagen, und begann sie anzuziehen. Sie half apathisch mit, schien ihn kaum wahrzunehmen. Ihre Augenlider wurden schwer, sie taumelte vor Erschöpfung.
»Kannte sich hier ja gut aus, der Otto, nachdem er mit dem Holländer eingestiegen ist«, redete Rinke mechanisch weiter. »In der Presse machen sie sich mordsmäßige Gedanken, wie van der Lubbe vom Souterrain aus die glatte Wand hoch bis zum Fenster des Restaurants gekommen ist. Die Antwort ist so einfach: Räuberleiter! Sie waren zu zweit!«
»Mach mir die Knöpfe zu«, stieß Klara mit klappernden Zähnen hervor, »ich kann nicht.«
Rinke knöpfte ihr Hemd und Jacke zu.
»Mit ein paar Kohlenanzündern und einer Fackel wollten die beiden ihr Fanal setzen. Ist ihnen ja auch gelungen, nur dass sie unerwartet Unterstützung von der falschen Seite bekamen. Aber das hat den Holländer nicht angefochten, der wollte trotzdem persönlich seine Erklärung abgeben und hat sich gestellt. Aber vorher hat er den Otto durchs Südportal rausgelassen und hinter ihm die Tür wieder ordentlich geschlossen. Nach seiner Festnahme hat er natürlich dichtgehalten und den Polizisten diese verrückte Geschichte aufgetischt, wie er ganz allein durch den Reichstag gerannt ist, um Brände zu legen. Ich frag mich allerdings, ob ihm klar ist, dass die SA mitgemischt hat und er sie mit dieser Geschichte deckt.«
Klara starrte ihn mit weit aufgerissenen Augen und kreidebleich an. Ihre Knie gaben nach. Rinke hielt sie fest.
»Den Safe vom fetten Göring kann ich in den Wind schrei-

ben«, murmelte er, als sie in den Flur traten. Mit der linken Hand stützte er sie, in der Rechten hielt er seine Waffe und richtete den Lauf auf jede Ecke, hinter der ein Gegner versteckt sein konnte.

Ein Stockwerk tiefer stiegen sie über zwei tote SA-Männer. Es waren keine lebenden Wachen mehr im Haus.

»Wenn ich dich nicht an der Hacke hätte, würde ich es glatt noch versuchen.«

»Was?«, stieß Klara mühsam hervor, ohne den Sinn seiner Worte oder der Situation zu verstehen.

»Der Geldschrank. Die Kriegskasse der SA. Gut deponiert im Hauptquartier des Reichstagspräsidenten. Damit hätten wir eine Weile ausgesorgt ... oder den syndikalistischen Widerstand gespeist, wie Otto vorschlug.«

Sie stiegen eine schmale Dienstbotenstiege hinab. Klara humpelte stark, Rinke musste sie stützen, beinahe tragen.

»Kriegskasse?«, formulierte Klara mühsam.

»Bis oben hin gefüllt. So ein Putsch will doch finanziert sein.«

»Aber woher!...«

»Woher wir das wussten? Glaubst du, nur ihr und die Nazis haben Informanten in feindlichen Organisationen? Man muss nicht den Staat vergöttern, um zu kapieren, wie nützlich ein Spion sein kann. Und was mich betrifft, war es ein passabler Handel: eine Hälfte für das autonome Individuum, die andere für das syndikalistische Kollektiv ... aber stattdessen rette ich eine Komintern-Agentin, heiliger Strohsack, wie tief kann man sinken!«

»Aber woher ... seid ihr ... hier...«

»Du bist nicht die Einzige, die das mit dem unterirdischen Gang herausgefunden hat. Seit dem Brand wird er nicht mehr benutzt, führt ja nur noch ins Reich von Schutt und Asche. Also ist es ein idealer Zugang zu Görings Residenz. Haben wir alles in tage- und nächtelanger Kleinarbeit auskundschaftet. Hätte auch prima geklappt, wenn nicht...«

»Tut mir leid.«

»Schwamm drüber.«

Sie waren im Keller an der Tür zum unterirdischen Gang an-

gelangt. Irgendwo weiter oben hörte man aufgeregte Rufe.
»Da müssen wir durch.«
Klara sackte zusammen. Mühsam gelang es Rinke, sie dazu zu bewegen, sich Huckepack nehmen zu lassen.
»Wohin denn?«, stöhnte Klara, die Arme kraftlos um seinen Hals gelegt.
»Was hältst du von einer nächtlichen Ruderpartie auf der Spree?«

★

Nacht. Silhouetten von Bäumen ziehen vorbei. Der Mond wird verdeckt von eilig ziehenden, schwärzlich geballten oder grau zerfetzten Wolken, gelegentlich bricht sein fahles Licht durch, nur kurz. Wie ein lang gestreckter, riesiger Urfisch schiebt sich der flache Kahn durch das dunkle, ab und zu silbrig aufblitzende Wasser des Kanals. Keine Stadt, kein Dorf, keine Häuser oder Höfe, das Bellen der Hunde und alarmierte Schnattern der Gänse ist verstummt. Die letzte Schleuse liegt weit zurück. Geschmeidige Bugwellen breiten sich nach beiden Seiten zum Ufer hin aus.
Der Motor der Péniche »El Atacante« tuckert gleichmäßig. Sie hat sich einen mächtigen Berg Kohle einverleibt, der sich als hügeliger Umriss aus dem Laderaum wölbt. Keine Lichter leuchten außer den Positionslaternen. Die Fahne am Heck flattert als schwarzer Fetzen im Fahrtwind. Der Kapitän hat das Ruderhaus verlassen und sich zu seinen Passagieren gesetzt, die unter dem grünen Licht an der Steuerbordseite die Beine baumeln lassen. Sie haben sich dicke Wolldecken umgelegt und atmen gierig die frische Luft ein.
Klara hat sich ihre letzte Manoli-Zigarette angesteckt, Ludwig Rinke pafft eine Zigarre, der bärtige Kapitän zündet sich in aller Ruhe seine Pfeife an. Er ist Spanier und legt Wert darauf, nur eine Strickmütze als Kopfbedeckung zu tragen. Sein Steuermann, der jetzt das Schiff auf Kurs hält, ist gleichberechtigtes Besatzungsmitglied. Die beiden Passagiere haben

den Tag unter Deck verbracht, in einem Holzverschlag unter der Kohle. Nach Einbruch der Dunkelheit durften sie herauskommen und bekamen etwas zu essen, Bohneneintopf und Brot, und Wein zu trinken.

»Man wird von ganz allein schwarz, wenn man hier mitfährt«, sagt Rinke.

»Vielen Dank übrigens«, sagt Klara.

»*De nada*«, sagt der Kapitän. »Ihr seid willkommen.«

»Wo sollen wir jetzt hin?«, fragt Klara nach einer Weile des Schweigens. »Wir haben so viele Tote hinter uns, man möchte kaum noch einen Fuß an Land setzen ... alles riecht nach Mord ...«

»Ich kann euch bis nach Frankreich mitnehmen«, schlägt der Kapitän vor.

»Man erwartet mich in Kopenhagen ...«, sagt sie.

»Wir finden Möglichkeiten für dich«, sagt der Kapitän.

»... die erwarten einen Bericht ... und sie erwarten, dass ich persönlich dort wieder aufkreuze.«

»Um dich zusammenzustauchen, weil du eigenmächtig gehandelt hast«, sagt Rinke. »Und dann ab nach Russland in die Peter-und-Paul-Festung.«

»Die ist doch längst ein Museum. Und nicht nur Bakunin saß darin, sondern auch Lenin.«

»Vom Häftling zum Kerkermeister ist es ein kurzer Weg, man muss nur den Schlüssel nehmen.«

»Wir können deinen Brief zur Post bringen, wenn er die Wahrheit beschreibt.«

»Ihr könnt es vorher lesen. Aber eben das ist ja das Problem: Ich fürchte, sie werden meinen Bericht verfälschen. Es geht nur noch um die große Schlacht zwischen den Parteien. Um Politik, nicht um die Bewegung. Sie werden weiterhin Lügen über van der Lubbe verbreiten, weil ihnen der Mensch egal ist, es geht nur um Taktik. Für die Kommunisten muss er ein Strohmann der Nazis sein, der zur großen Verschwörung der Machtübernahme gehört, sonst würde ihr jämmerliches Versagen allzu offensichtlich. Und für die Nazis muss er ein Kommunist sein, um ihren entfesselten Terror zu rechtfertigen. Manche werden sagen, er war ein verrückter Einzeltäter, nur um davon abzulenken, dass es viel verrückter war, nichts zu tun.«

»Ich hätte es kaum besser ausdrücken können«, sagt Rinke.

»Wenn der Bericht für die Kommunisten nichts taugt, können wir ihn nach Holland weitergeben«, schlägt der Kapitän vor. »Das Netz der Flussschiffer ist weit verzweigt und es fahren mehr Kähne unter schwarzer Flagge als man denkt.«

»Das wäre Verrat«, sagt Klara.

»Kommt darauf an, wen man verrät«, meint Rinke. »Mitunter ist Verrat angebracht. Ich zum Beispiel werde auch jemanden verraten.«

»Wen?«

»Johann Caspar Schmidt, den Mann, der nur sich selbst als Maßstab gelten lässt. Du hast recht, Klara, wenn du sagst, wir haben so viele Tote hinter uns, mir genügt einer ...«

»Otto.«

»Ja, eben. Er ist nicht für sich gestorben.«

»Nein, das ist er nicht«, sagt Klara leise. »Und all die anderen auch nicht.«

»Für sich selbst sterben, wäre ohnehin ein Widerspruch, oder?«

»Verstehe ich nicht.«

»Ich könnte mir angesichts eines aufgebrochenen Geldschranks voller Goldbarren eine Kugel in den Kopf jagen ...«

»... oder dafür sorgen, dass das Gold jenen zugute kommt, die es brauchen«, sagt der Kapitän.

»... um Widerstand zu leisten«, ergänzt Klara.

»Ich gebe zu, dass ich doch ein wenig egoistisch handle, wenn ich dies tue«, fährt Rinke fort. »In einem SA-Staat der totalen Überwachung, wo schon die Kinder zu Polizisten dressiert werden, kann ich meinem Beruf nicht mehr nachgehen. Als Einbrecher liegt es in meinem unmittelbaren Interesse, für eine freie Gesellschaft zu kämpfen.«

Der Kapitän lacht. »Was machst du, wenn es keine Banken und kein Geld mehr gibt?«

»Dann kämpfe ich dafür, sie wieder einzuführen.«

»Und bis dahin? Was tun wir?«, fragt Klara, die jetzt ihren Parteiausweis in der Hand hält.

»Wir helfen denen, die sich nicht dressieren lassen, egal auf welcher Seite sie stehen«, erklärt Rinke.
»Gegen Barbarei und Stacheldraht!«, ruft der Kapitän aus.
»Gegen die Herrschaft der Dummheit und die Macht des Kalküls.« Klara zerreißt den Ausweis und streut die kleinen Papierfetzen ins Wasser.
»Ach du liebe Zeit!«, stellt sie nach einer Minute des Schweigens fest. »Wir sind ja pathetisch!«
Der Flussdampfer »El Atacante« gleitet weiter durch die Nacht, über das Netz der Kanäle, die alle Länder Europas verbinden, mit verborgener Fracht im Laderaum, und nachts flattert am Heck der kleine schwarze Fetzen im Wind.

★

# NACHBEMERKUNG

> *Kriminalkommissar Dr. Braschwitz:* Was hatten Sie für einen Gedanken und zu welchem Ergebnis kamen Sie, als Sie vor dem Reichstag standen?
> *Marinus van der Lubbe:* Ich dachte mir, dass das die Vorderseite sein müsste, vor der ich stand.

Die Historiker haben den Reichstagsbrand nur verschieden interpretiert, es kommt darauf an, den Blick zu verändern. Bis heute sind weder die genauen Tatvorgänge, noch die wahren Hintergründe, noch die Täter definitiv bekannt. Und das, obwohl der Brand als eines der folgenreichsten Verbrechen der deutschen Geschichte von zahlreichen Historikern genauestens in Augenschein genommen wurde. Alle bekannten Fakten wurden akribisch studiert, analysiert – und vor allem interpretiert. Je nach politischem Standpunkt oder Erkenntnisinteresse wurde gewertet und gewichtet.

Wer aus politischen und persönlichen Gründen die Nazis von einer Täterschaft oder Mittäterschaft freisprechen wollte, übersah eigenartige Ungereimtheiten und deutliche Lücken in den Aussagen des angeblichen Alleintäters und montierte die vorhandenen Bruchstücke zu einem teilweise unlogisch und falsch gebastelten Puzzle zusammen.

Anderen, die Beweise für eine Nazi-Verschwörung fanden, passten den Brandstifter in das Gesamtbild ein, ohne Rücksicht auf seine Persönlichkeit und seine Motive zu nehmen. Sie machten aus einem kämpferischen Antifaschisten und unbestechlichen Moralisten einen halb Debilen, der innerhalb weniger Tage zu seinen Feinden überlief und ihnen die Gelegenheit zur Machtübernahme bescherte, die zu verhindern er doch eigentlich nach Berlin gekommen war.

Es mag sein, dass Marinus van der Lubbe naiv war, aber er war viel zu intelligent, um sich in politischen Dingen an der Nase herumführen zu lassen. Es mag sein, dass er sich schlecht artikulieren konnte, aber er hatte ein fest gefügtes Weltbild im Kopf. Es mag sein, dass er ständig widersprüchliche Aussagen machte, aber nicht, weil er verwirrt war, sondern weil er die Beamten, die ihn verhörten, verwirren wollte.

Im Nachhinein darf man sagen, dass ihm das gut gelungen ist. Sogar sämtliche Historiker, die sich mit ihm befassten, hat er blamiert.

Die nicht erfolgte Aufdeckung der wahren Zusammenhänge im Fall des Reichstagsbrandes könnte man auch als Folgeverbrechen werten. Studiert man die einschlägige Literatur – ungefähr fünfzehn Bücher zum Thema wurden in Deutschland publiziert –, stellt man fest, dass die meisten Historiker sich weniger wissenschaftlich als literarisch betätigt haben. Jeder erzählt den Fall so, wie er ihn gern hätte. Allen Abhandlungen, die zu eindeutigen Ergebnissen kommen, fehlen die schlüssigen Beweise.

Das beginnt mit den denunziatorischen Braunbüchern der Kommunisten und setzt sich fort bei Fritz Tobias' pseudowissenschaftlicher Lügentirade und Hans Mommsens intrigantem Abwürgen konkurrierender Meinungen und ist auch bei den Publikationen des Luxemburger Komitees und den erstaunlich militanten Entgegnungen darauf zu erkennen. Selbst neueren Abhandlungen, die alle Details abzuwägen vorgeben (Bahar/Kugel auf knapp 900 Seiten), gelingt es nur unter Zuhilfenahme großzügiger Interpretationen, ein scheinbar klares Bild der Vorgänge und Hintergründe zu erzeugen.

Die meisten Darlegungen der angeblichen Fakten durch die Wissenschaftler basieren in den entscheidenden Punkten auf leicht anzweifelbaren Indizien ohne echte Beweise. Und so sind sämtliche Theorien, wie vehement sie auch immer vorgetragen werden, bestenfalls Erklärungsversuche. Sämtliche Schilderungen der Ereignisse erweisen sich bei genauerer Betrachtung als Fiktionen. Und alle Historiker, die sich damit befasst haben, entlarven sich früher oder später als Geschichtenerzähler.

In diesem Sinne darf der vorliegende Roman als Kommentar zum Schwelbrand eines bis heute anhaltenden Historikerstreits verstanden werden. Und als Verteidigung eines jun-

gen Mannes, der nicht nur vom Räderwerk der Geschichte zermalmt wurde, sondern auch ins Räderwerk der Geschichtsschreibung geraten ist.
Längst fällig war dieser Genre-Beitrag im Sinne einer »schwarzen Kolportage« ohnehin, denn erstaunlicherweise haben sich die deutschen Kriminalschriftsteller bei diesem Thema bislang zurückgehalten, es vermieden oder gar nicht in Betracht gezogen. Vielleicht, weil sie den Zorn der Historiker fürchteten oder die hämischen Lachsalven des Feuilletons oder weil ihnen die Recherchen zu anstrengend erschienen.
Nun ist aus dem großen Fall doch noch ein kleiner Kriminalroman geworden. Wenn er etwas bezwecken soll, dann eventuell dies: dass die Leser dem jungen Mann aus Holland etwas mehr Verständnis entgegenbringen. Denn darum ging es mir: herauszufinden, wer Marinus van der Lubbe war und was ihn dazu brachte, in den Reichstag einzusteigen. Ansonsten lege ich Wert auf die Feststellung, dass meine neue Variante der Geschichtsschreibung keinen Deut unwahrscheinlicher ist als die Vorschläge der Wissenschaft hierzu.

*R.B.*

# GLOSSAR

*Organisationen*

AAU – Allgemeine Arbeiterunion, rätekommunistische Gewerkschaft
BDM – Bund deutscher Mädel, nationalsozialistische Organisation
EKKI – Exekutivkomitee der Kommunistischen Internationale in Moskau
FAUD – Freie Arbeiter Union Deutschlands, anarchosyndikalistische Gewerkschaft
GIC – Gruppe Internationaler Kommunisten, niederländische Rätekommunisten
GPU – Gossudarstwennoje Polititscheskoje Uprawlenije, sowjetische Geheimpolizei
KJVD – Kommunistischer Jugendverband Deutschlands (KPD)
Komintern – Kommunistische Internationale
KPD – Kommunistische Partei Deutschlands
Radenkommunisten – niederländische Rätekommunisten
RFB – Roter Frontkämpferbund (KPD)
RGO – Rote Gewerkschaftsopposition (KPD)
SA – Sturmabteilung (NSDAP)
Sipo – Sicherheitspolizei (offiziell: Ordnungspolizei)
Stapo – Staatspolizei (politische Polizei)
Spartacus-Gruppe – niederländische Anarchisten

*Publikationen*

8-Uhr-Abendblatt – nationalliberale Tageszeitung
AIZ – Arbeiter Illustrierte Zeitung, kommunistische Zeitschrift
Arbeiter-Echo – anarchosyndikalistische Zeitung
Berlin am Morgen – kommunistische Tageszeitung
Berliner Tageblatt – linksliberale Tageszeitung
Börsen-Courier – bürgerlich-liberale Tageszeitung

Der Proletarier – rätekommunistische Zeitschrift
Der Syndikalist – anarchosyndikalistische Zeitung
Die Internationale – anarchosyndikalistische Zeitschrift
Echo von Berlin – sozialdemokratische Tageszeitung
Ekstra Bladet – liberale dänische Tageszeitung
Hamburger Volkszeitung – Tageszeitung der KPD
Manchester Guardian – linksliberale britische Tageszeitung
Rote Fahne – Tageszeitung, Zentralorgan der KPD
The Times – konservative britische Tageszeitung
Völkischer Beobachter – Tageszeitung, Zentralorgan der NSDAP
Vossische Zeitung – liberale Tageszeitung
Welt am Abend – kommunistische Tageszeitung